„Auch den Tantalos sah ich, mit schweren Qualen belastet.

Mitten im Teiche stand er, den Kinn von der Welle bespület,

Lechzte hinab vor Durst, und konnte zum Trinken nicht kommen.

Denn so oft sich der Greis hinbückte, die Zunge zu kühlen;

Schwand das versiegende Wasser hinweg, und rings um die Füße

Zeigte sich schwarzer Sand, getrocknet vom feindlichen Dämon.

Fruchtbare Bäume neigten um seine Scheitel die Zweige,

Voll balsamischer Birnen, Granaten und grüner Oliven,

Oder voll süßer Feigen und rötlichgesprenkelter Äpfel.

Aber sobald sich der Greis aufreckte, der Früchte zu pflücken;

Wirbelte plötzlich der Sturm sie empor zu den schattigen Wolken."

(Aus der Odyssee (11. Gesang, 582–592), Übersetzung von Johann Heinrich Voß)

Inhalt

Rückkehr

Es begann alles mit meiner zweiten Geburt.

Plötzlich waren meine Augen geöffnet. Ungeheure Schmerzen durchdrangen meinen Körper, das grelle Licht durchflutete mein Bewusstsein, das gerade erwacht war. Nach einer gefühlten Ewigkeit geblendet vom Licht, fiel mir ein, meine Augenlider zu schließen. Nachdem ich begonnen hatte, meine Augen langsam wieder zu öffnen, um mich an die gleißende Realität zu gewöhnen, erkannte ich die weiße Zimmerdecke mit der Neonröhre, die mich begrüßt hatte. Mir wurde latent bewusst, dass ich ein Mensch war. Ein Mensch, dem nun auch die Ohren ihre Aufwartung machten. Ein schreckliches, durchdringendes Piepen überflutete meine Wahrnehmung, und je lauter mir das Geräusch vorkam, desto rasanter wuchs mein Fluchtimpuls. Entsetzt stellte ich fest, dass ich mich nicht bewegen konnte. Es war so, als wüsste ich nicht, wo sich die richtigen Knöpfe befänden, die meine Motorik steuerten. Aber wessen Motorik? Gerade als mich ein erneuter gewaltiger Panikschub überkam, ausgelöst von der absoluten Unkenntnis meiner eigenen Person, platzten Leute in weißen Kitteln in den Raum. Ich schrie: „Hilfe, wer bin ich!" Aber aus meinem Mund kam nur ein animalisches Krächzen. Dann verlor ich das Bewusstsein. Aber ich fiel nicht zurück in die absolute Schwärze, aus der ich kam. Ich war zurück, das wusste ich, aber ich wusste nicht, von wo.

Das alles geschah am 25. Mai 2001 im Klinikum Barmen, Wuppertal. Als ich das nächste Mal zu mir kam, wurde ich von einem netten Arzt der Neurologie mit ein paar Eckdaten versorgt: „Hallo Herr Grundberg ...", er lächelte kurz, vielleicht, weil ihm einfiel, dass ich nicht antworten konnte. Doch er ließ nicht locker: „... Grundberg, das ist Ihr Name, aber darf ich Sie Michael nennen, ja? Wir sind sehr froh, dass Sie nach über drei Monaten aufgewacht sind. Das Wichtigste ist jetzt, dass Sie sich schonen und alles ganz behutsam angehen." Natürlich. Ich würde den nächsten Marathon auslassen. Leider konnte ich ihm das nicht mitteilen. Dann kam er auf den Punkt: „Man hat Sie laut Polizeibericht am 14. Februar dieses Jahres zu Hause überfallen. Sie und Ihre Frau Franziska. Keine Angst. Ihrer Frau ist nichts passiert." Ich empfand nichts, während der Chefarzt mich aufklärte, da ich mich nicht an meine Ehefrau erinnerte. „Wir mussten bei Ihnen mehrere Notoperationen durchführen. Während der dritten OP fielen Sie aufgrund Ihres schweren Schädel-Hirn-Traumas ins Koma. Erst heute sind sie aufgewacht. Gottseidank."

Ich war wach, und ich lebte. Naja, odertreffender formuliert, ich war lebendig. Zunächst hatte es mit Leben nicht viel zu tun, fand ich. Schlucken, Essen, Trinken, Greifen, Sprechen, Laufen und selbst Pinkeln: Nichts funktionierte mehr. Meine Füße waren durch Spasmen verdreht und überstreckt.

„Michael, ich sehe, dass Sie mich verstehen. Das ist gut. Wie stark Ihr Hirn geschädigt wurde, wird sich noch zeigen. Aber, die gute Nachricht ist ..."   Er holte Bilder aus einem großen braunen Umschlag.

„Die sind von Ihrer Tomographie. Bis jetzt gab es keine Anzeichen von irgendwelchen bleibenden Schäden aufgrund des Sauerstoffmangels, und es konnte auch kein beschädigtes Gewebe in Ihrem Schädel gefunden werden. Die anderen Verletzungen an Ihrem Kopf sind wirklich gut verheilt." Andere Verletzungen? Was zum Henker hatte man mir angetan? Nach einer Menge von medizinischen Tests stand fest, dass ich ein amnestisches Syndrom hatte, wobei hauptsächlich mein episodisches Gedächtnis betroffen war. Da alle Erinnerungen fehlten, wusste ich nicht, wer ich war. Aber hätte ich mich bewegen können, wäre ich mit Sicherheit in der Lage gewesen, mir selbst die Schuhe zuzubinden. Ich wusste sogar, was Ärzte sind. Und so erfuhr ich alles Weitere von Professor Nemati. Ich war Michael Grundberg. Geboren am 3. August 1965. Nach dem Abitur hatte ich eine Ausbildung bei der Sparkasse gemacht und lebte mit meiner Frau Franziska und unserer Tochter Vanessa hier in Wuppertal. Man hätte mir in diesem Moment alles Mögliche erzählen können, ich hätte es glauben müssen. Ich hörte mir die Fakten an, und es tat sich nichts in meinem Gedächtnis. Die einzigen Emotionen, die sich bei mir regten, war die unterdrückte Wut darüber, dass man mir mein Leben gestohlen hatte. Es machte mich hilflos und ich wünschte mir fast, man ließe mich im Unklaren.

Immer wieder gab man mir starke Schlafmittel, wobei die Intervalle langsam größer wurden. Irgendwann brauchte ich auch keine künstliche Beatmung mehr. „Es geht nun aufwärts, Michael", versprach mir Professor Nemati.

Während ich auf der Intensivstation der Neurologie lag, durfte ich keinen Besuch empfangen. Oft sah ich Menschen hinter der Glasscheibe. Das mochten meine Besucher gewesen sein, die, gequält von der Tatsache, dass man sie nicht zu mir durchließ, nach einiger Zeit des flehenden Starrens wieder gingen. Ich war dann froh. Denn mich berührte seltsamerweise nur die Tatsache, dass ich, bedingt durch mein Syndrom, niemanden vermisste.

Nach ein paar Wochen wurde ich schließlich auf eine normale Station verlegt. Einige Zeit später konnte ich sogar wieder sprechen. Verbissen fing ich an, meinen Körper im Rahmen meiner Möglichkeiten unter Kontrolle zu bringen. Wenn ich auf meinem Bett lag, drehte ich den Kopf vorsichtig nach links und rechts. Ein Stück Autonomie. Ein Stück Kontrolle, die ich zurück erlangte. Ich hatte beschlossen, zu leben. Und zu kämpfen.

„Tolle Leistung, Michael Grundberg …", dachte ich dann.

Winnie

Als ich aufwachte, es mochte am späten Nachmittag gewesen sein, saß ein mir unbekannter Mann an meinem Bett. „Du bist wach!", rief er und sprang auf. Umständlich brachte er das Kopfteil meines Bettes in eine aufrechtere Position, was es mir ermöglichte, ihn näher zu betrachten. Er war dunkelhaarig, trug ein schwarzes Sakko und Jeans, wirkte insgesamt sehr gepflegt und nicht unsympathisch. Er setzte sich wieder hin und drehte seinen Stuhl mehr in meine Richtung.

„Hallo Micha." Ich nickte und zog es vor, zu schweigen. „Keine Idee, wer ich bin?", fragte er. Offenbar kannte dieser Fremde mich besser als ich mich selbst.

„Nicht einmal ansatzweise", gab ich zu. „Polizei?"

„Um Gottes willen. Nein. Die Bullen werden dir noch früh genug auf den Sack gehen. Ich bin dein bester und ältester Freund. Winfried von Hochstedter, aber du nennst mich, wie alle anderen auch, seit vierundzwanzig Jahren Winnie." „Winnie?"

„Winnie."

„Hi Winnie."

Minutenlang schwiegen wir, blickten uns an, suchten dann einen anderen Punkt im Raum, den man fixieren konnte. Nicht nur ich selbst musste diese bizarre Szene als unangenehm empfinden. Winnie bestimmt auch.

„Wie geht es dir?", brach er endlich die Stille.

„Fühle mich ein wenig leer", gab ich zu. „Und ich bin ein wenig neidisch auf dich. Anscheinend weißt du mehr über mich, als mir je wieder einfallen könnte."

„Vielleicht kann ich dir ein wenig helfen?", meinte Winnie.

Willkommen

„Es war 1977, das Jahr, in dem Elvis gestorben ist", begann Winnie. „Du kennst doch Elvis Presley?"

„Herzversagen. Daran erinnere ich mich", antwortete ich und bekam spontan eine Gänsehaut. Es erschien mir etwas unwirklich, diese Worte zu benutzen: Ich erinnere mich ...

„Das war auch das Jahr, in dem die RAF diesen Bubak erschossen hat, stimmt's?", ergänzte ich nicht ohne Stolz.

„Krass, Micha. Fällt dir dazu etwas ein: Städtisches Gymnasium Sedanstraße. Hier in Wuppertal. Da haben wir uns damals getroffen. Ihr seid nach Wuppertal gezogen und du kamst in meine Klasse. Quarta 2. Rateike als Klassenlehrer in Erdkunde und Mathematik. Dämmert es?"

Ich sah ihn ungläubig an: „Kein Stück."

Winnie legte die Stirn in Falten und fuhr fort: „Zuerst habe ich dich gehasst. Du warst so unfassbar arrogant. Ein verwöhntes uneheliches Einzelkind, bei Oma und Opa aufgewachsen. Dein Stiefvater wurde nach Wuppertal versetzt. Bundeswehroffizier. Alter, deine Klamotten waren echt scheiße."

Er lachte, doch bei mir regte sich nicht einmal der Ansatz einer Erinnerung. „Echt nicht lustig, Kumpel. Wieso sind wir Freunde geworden, wenn ich doch so ein Vollhorst war?", gab ich etwas patzig zurück.

„Kann ich dir sagen. Weil du ziemlich gut Gitarre spielen konntest. Es war im Musikunterricht, und ich glaube, das erste Halbjahr war schon fast rum. Jeder hielt dich für bekloppt, und du hattest echt keine Freunde auf unserer Schule. Die von der Roten Armee Fraktion hatten im Oktober so ein Flugzeug entführt, und die GSG9 hatte das Ding gestürmt und die Geiseln befreit. In der ersten Stunde hatten wir Musik und der Lehrer kam nicht. Alle sprangen herum und redeten über die RAF und die Befreiung. Aber keiner redete mit dir. Plötzlich sah ich, wie du die alte Gitarre im Musiksaal nahmst und dann fingst du an, Peaches von den Stranglers zu spielen. Ich hatte die Stranglers damals vergöttert, und ich hatte meine eigene Band. Uns fehlte ein zweiter Gitarrist. OK, was heißt Band. Wir waren zwischen zwölf und vierzehn. Und es gab halt diesen Keller bei uns im Haus, in dem wir geprobt haben. Bis du kamst, hatten wir nur gecovert. Keine eigenen Titel. Du hast dann die Texte geschrieben. Es war zuerst dilettantisch, aber hinterher hatten wir eine tolle Besetzung, wir konnten echt spielen. Ich an den Drums. Tippel an der Klampfe. Zoran am Bass und als Shouter. Und du. Mann, wir waren die verdammten Subcanes. Dämmert es jetzt?"

„Kein Stück. Leider muss ich dich enttäuschen", antwortete ich und war wirklich frustriert. Plötzlich sah Winnie auf seine Uhr.

„Mist. Ich muss los. Micha, ich komme wieder, sobald ich kann. Alter, halt die Ohren steif. Ich werde ab jetzt für dich da sein."

„Tschüss, Winnie."

Ich versuchte zu lächeln. Winnie nickte und ging hinaus, dabei summte er eine Melodie. Falls es Peaches gewesen war, erkannte ich es nicht. In meinem Kopf blieb alles still.

Jörg, der Zivildienstleistende, half mir nicht nur bei der Morgentoilette, sondern auch geduldig bei meiner umständlichen Nahrungsaufnahme. Als ich satt war, fragte ich ihn: „Sag mal, Jörg, könntest du mir so einen Radiorekorder besorgen und ein oder zwei Tapes?"

Er sah mich verdutzt an. „Geht alles. Kostet aber." Ich lächelte.

„Ich gebe dir fünfzig Mark. Aber dafür ist dann auf jeden Fall von den Stranglers das Lied Peaches dabei. Und irgendwas von den Subcanes, wenn du was findest."

Er sah mich an. „Aufschreiben."

„Arschloch."

Dann lachten wir beide und Jörg nahm einen Notizblock aus der Tasche. „Los, bitte buchstabiere es mir, du Analphabet."

„An dem Tag, an dem ich wieder selbst schreiben kann, ist das erste, das ich verfasse, deine miese Beurteilung, du Halsabschneider!"

Jörg war schon in Ordnung. Wir hatten beide diesen sarkastischen Humor. Manchmal konnten es die Ärzte und Schwestern nicht nachvollziehen, aber es war klar, dass Jörg unter meinem Schutz stand. Vielleicht war es auch umgekehrt.

Peaches

Schon drei Tage später hatte ich einen Radiorekorder der Marke Sony, der sogar CDs abspielen konnte, und unter den von Jörg mitgelieferten Tonträgern befand sich auch ein Album von der britischen Punkrock-Band The Stranglers. Es handelte sich um Greatest Hits 1977–1990, und direkt das erste Lied darauf war Peaches. Das Einlegen der CD hatte freundlicherweise Schwester Sabrina vor meiner letzten Spritze übernommen. Wie üblich war ich dann sofort eingeschlafen. Nun, als ich aufgewacht war, konnte ich das Gerät zum ersten Mal benutzen. Ein aufregender Tag für mich.

Ich drückte auf Start, besser gesagt, ich traf beim dritten Versuch den richtigen Knopf.

Endlich begann der Song mit seinem Intro. Der Bass ließ eine gängige Melodie erklingen, und gebannt hörte ich zu. Bereits nach ein paar Takten wusste ich genau, wie das Lied auf einer Gitarre zu spielen wäre. Ich hätte mein linkes Auge gegeben, um in diesem Moment so ein Instrument zur Verfügung zu haben. Ich war berauscht von der Magie dieses Songs, und plötzlich überkam mich eine wahre Flut von Assoziationen. Plötzlich erinnerte ich mich. Plötzlich stand ich im Musiksaal des Städtischen Gymnasiums Sedanstraße und war wieder ein Jugendlicher.

Im ersten Refrain riss mir Udo Germer plötzlich die alte Akustikgitarre aus der Hand und schlug sie mir so fest auf den Kopf, dass sie um ein Haar zerbrochen wäre. „So ein Arsch ...", dachte ich. Aber ich unternahm nichts. Seitdem ich mit meinen Eltern nach Wuppertal gezogen war, hatte ich nichts mehr zu lachen. Konrad Grundberg war nur mein Stiefvater. Eigentlich mochte ich ihn nicht. Seine plumpen, aufgesetzten Bemühungen um meine Zuneigung waren mir zuwider. In der Schule wurde ich von fast allen gemieden und vom Rest gequält.

Als ich die Gitarre aufheben wollte, versetzte Udo Germer mir einen Stoß, sodass ich hart auf meine Knie stürzte. Er lachte wie besessen, doch plötzlich stand Winfried von Hochstedter zwischen uns und packte Udo am Kragen.

„Lass die Scheiße sein, oder ich polier dir deine blöde Fresse!"

Mein Peiniger guckte ziemlich verdutzt, dann befreite er sich und schrie: „Halt dich da raus, du Punker!"

Winfried von Hochstedter verpasste ihm eine schallende Ohrfeige und flüsterte ihm in das andere Ohr: „Das heißt Punk. Such dir ein anderes Opfer. Letzte Warnung, oder du kannst dir dein Bonanza-Rad aus der Wupper fischen, du Arschloch." Dann spuckte er ihm ins Gesicht und half mir beim Aufstehen.

„Danke", brachte ich mühsam hervor, verwirrt von dieser unwirklichen Szene, die ich mir vom Fußboden aus angesehen hatte.

„Hast du eine E-Gitarre?", fragte er, wartete meine Antwort jedoch nicht ab und fuhr fort: „Komm um fünf Uhr mit deinem Hobel vorbei. Verstärker habe ich. Cronenstrasse 31. Ich bin Winnie." Er hielt mir die Hand hin. Ich nahm sie.

Winnie hatte sehr hochwertiges Equipment in seinem Proberaum. Er spielte ein altes, aber perfekt gestimmtes Sonor-Drumset, für das sein Vater damals viel Geld bezahlt haben musste. Winnie trommelte sehr gut, was nicht zuletzt daher rührte, dass sein Vater ihn schon seit drei Jahren im Schlagzeugspielen unterrichtete. Aber die beiden anderen waren absolute Nieten. Unsere erste Session war einfach nur Krach, der von meinen Soloeinlagen durchsiebt wurde, mit denen ich den anderen Gitarristen an die Wand spielte, ohne es richtig zu merken. Schon bei der nächsten Probe waren er und der Bassist nicht mehr dabei.

Ob ich sie vertrieben oder Winnie sie abserviert hatte, war nie klar. Winnie und ich jammten von da ab fast jeden Tag ein paar Stunden. Ich genoss es und alles andere wurde zur Nebensache. Wir hatten The Clash für uns entdeckt. Optisch färbten Winnies Stil und die Punk-Bewegung auch auf mich ab. Ich trug bald eine Harrington-Jacke auf links mit dem Karomuster nach außen, dazu Hosen im Bondage Style und alte Springerstiefel, die mir mein Stiefvater von der Bundeswehr besorgt hatte. Ich rasierte mir die Haare an den Seiten und behandelte die restlichen mit Seife, damit sie in alle Richtungen abstanden. In der Schule hatte ich keinen Ärger mehr mit meinen Klassenkameraden, seit Winnie mich beschützte. Mit den Lehrern war es anders. Obwohl ich im Notendurchschnitt immer noch zwischen befriedigend und ausreichend stand, war mir die Schule lästig geworden. Der Konservativismus, der dort gepflegt wurde, stand in einem stetig wachsenden Widerspruch zu meiner neuen Lebenseinstellung, dem Punk.

Es war nicht nur so, dass Winnie und ich durch unser Erscheinungsbild auffielen, nein, es gab auch oft Ärger wegen unseres mitunter sehr pöbelhaften Auftretens und

der schlichten Verweigerung aller Regeln. Einmal bearbeiteten wir die große Torein-
fahrt an unserer Schule mit Sprühdosen. Wir schrieben mit roter Farbe

Arbeit macht frei

über den Torbogen. Sofort wurden Winnie und ich zum Direktor zitiert. Es gab eine
polizeiliche Untersuchung, aber es fehlten Beweise für unsere Schuld. Es gab mal wieder einen Tadel per Brief mit der Aufforderung an meine Eltern zu einem Gespräch in
der Schule. Inzwischen sah ich meinen Stiefvater öfter in der Schule als zu Hause.

Ich verbrachte jede freie Minute mit Winnie. Oft schwänzte ich mit ihm die Schule, und wir fuhren mit der Schwebebahn nach Elberfeld, einem angrenzenden Stadtteil. Dort hingen wir am alten Brunnen in der Fußgängerzone herum, wo sich immer
zahlreiche Punks trafen und Kellergeister und Bier tranken. Auch vormittags. Selbstverständlich rauchten wir schon, und bald machte ich Bekanntschaft mit Hasch. Wir
waren natürlich die Jüngsten in dieser Clique, aber irgendwann lernten wir Zoran kennen. Er war zwei Jahre älter als wir, trug einen imposanten rot gefärbten Irokesen, und
er spielte Bass.

„Echt, Zoran, du hast noch keine Band? Dann mach doch bei uns mit", schlug Winnie vor.

„Geil, dann fehlt uns nur noch ein zweiter Gitarrist", sagte ich, während ich meine
Bierdose zerdrückte.

Zoran hatte plötzlich eine Idee: „Hör mal, ich könnte den Tippel mal mitbringen.
Der spielt sogar eine Les Paul von seinem Vater. Der Alte ist vom Baukran gefallen und
hat Tippel die Klampfe vererbt. Tippel meinte, wenn er gewusst hätte, wie geil eine
Gibson ist, hätte er seinen Dad schon viel früher runtergeschubst, ha, ha, ha ..."

„Das klingt, als ob dieser Tippel sehr gut zu uns passt", sagte Winnie ziemlich ernst.
„Bring ihn mit!"

Wir waren nun zu viert, machten oft zusammen Musik und waren auch sonst un-
zertrennlich. Vor und nach unseren Proben hingen wir am Brunnen in Elberfeld ab,
tranken Bier und Kellergeister, gefielen uns in unserer Rolle als Bürgerschreck. An den
Wochenenden trafen wir uns im VIP, unserer Stammdisco, oder fuhren auf Partys, zu
denen wir gar nicht eingeladen waren. Natürlich meistens zusammen mit einem guten
Dutzend weiterer Punks, die auch Wind von der Feier bekommen hatten.

Einmal landeten wir in Lichtscheid unweit vom Ausbildungszentrum der Polizei auf einer Party. Die Hausbesitzer waren im Urlaub, und der Sohn hielt die Feier spontan im ganzen Haus ab. Das Haus war in diesem Fall eine luxuriöse Villa mit drei Etagen und einem riesigen Garten.

Wir hatten uns abends in Elberfeld an der Bushaltestelle getroffen und der Bus war voller Punks, Waver und Rude Boys, allesamt betrunken, bekifft und sonst wie zu gedröhnt. Das Publikum auf der Party war eher normal. Der Gastgeber hatte ein Mädchen aus unserer Clique eingeladen, und die hatte es uns mitgeteilt. So in der Art lief das immer ab. Es dauerte keine Viertelstunde, da lief schon unsereMusik, und nach einer weiteren Stunde gab es keinen Alkohol mehr. Bis dann Tippel den gut sortierten Weinkeller entdeckte. Bald hatten die Meisten eine der edlen Flaschen in der Hand und die Stimmung war gut. Dann schmiss Winnie den Fernseher aus dem ersten Stock. Es handelte sich um ausgefeilte Röhrentechnik mit einer 38er Bilddiagonale bei nur 32kg Gesamtgewicht. Leider traf er den Gastgeber. Wie immer endete die Fete mit der Zerstörung der halben Einrichtung, einer Handvoll Verletzten und der einen oder anderen Festnahme. Winnie, Tippel und ich konnten fliehen.

Das Verhältnis zu meinen Eltern wurde immer schlechter. Verständlicherweise. Aber es war mir egal. Der Höhepunkt war ein Konzert unserer Band in der General-Oberst-Höppner-Kaserne, wo mein Vater Dienst schob. Er hatte durchsickern lassen, dass sein Stiefsohn in einer Bandspielte, und plötzlich drängten ihn die Organisatoren, uns doch auf dem Bundeswehrfest auftreten zu lassen. Für die jungen Offiziere war es Ehrensache, dass der Sohn ihres Vorgesetzten auf dem fest musikalisch etwas zum Besten geben könne. Mein Stiefvater hatte nicht zu Unrecht seine Zweifel, ob wir mit unserer Band den Nerv der Soldaten treffen würden, aber er kam irgendwann aus der Sache nicht mehr raus. Es war wohl für ihn das kleinere Übel, mich scheitern zu sehen, als zugeben zu müssen, dass sein Sohn nicht den Erwartungen eines stolzen Vaters entsprach.

Letzten Endes war es für die Subcanes ein gelungener Auftritt. Ich musste immer noch lachen, wenn ich daran dachte. Wir bauten unsere Anlage und die Instrumente auf, und schon unser Outfit ließ Gespräche zunächst verstummen und dann in ein anschließendes Getuschel übergehen. Man war entsetzt, als wir mit unserem Equipment deutlich angetrunken und bekifft aus dem Bundeswehr-Laster stiegen, der uns abgeholt hatte.

Wir begannen unser Set mit Blitzkrieg Bop von den Ramones. Wir hielten das für sehr passend. Dann spielten wir eine deutlich schnellere Version von I wanna be your dog von den Stooges. Dann gab man uns fünfhundert Mark, damit wir verschwanden. Man karrte uns nach Hause. Unser erster Gig war ein voller Erfolg gewesen. Zu mindestens aus meiner Sicht.

An viele einzelne Erlebnisse konnte ich mich nun erinnern,
aber leider stieß ich darüber hinaus an Türen meines Bewusstseins, die verschlossen blieben. Noch. Vorerst behielt ich die neuen Erkenntnisse für mich. Ich hatte das Gefühl, einen Schatz in den Händen zu halten, der vergehen würde wie Rauch, wenn ich ihn teilte.

In Morpheus´ Armen

Wie immer, kurz nach der täglichen Tortur meiner Übungen und Anwendungen zur Rehabilitation, betrat Schwester Sabrina mein Zimmer. Jörg, der Zivildienstleistende, der mich nebenbei regelmäßig mit Tonträgern versorgte, hatte mich gewaschen und klärte mich gerade voller Elan über eine Musikrichtung auf, die ihm persönlich sehr am Herzen lag: „Grunge ist für mich wie Crossover. Pures Extrakt aus Rock´n Roll. Gab es auch schon vor deiner Zeit. Späte Sechziger, Anfang Siebziger. Stooges, Velvet Underground, Crazy Horse mit Neil Young. Aber das wurde mit der Seattle-Welle rockiger. Melvins, Soundgarden, Nirvana. Alter! Kurt Cobain? Vater des Alternative?"

„Stopp!", rief Schwester Sabrina. „Das reicht für heute. Herr Grundberg muss jetzt schlafen. Verzieh dich." Jörg hielt seine Hand auf, ich gab ihm zwanzig Mark und er verschwand wortlos. Das Geld, das er für mich bei der Sparkasse abhob, war zum größten Teil für ihn, damit er mich mit Musik versorgte. Aber ich mochte ihn einfach. Ein echt sympathischer Junge, wenn auch etwas schräg und leicht aus der Spur zu bringen, was seine Affinität zu Drogen betraf. Ich hatte schnell erkannt, dass er dauerstoned war. Irgendwie war ich mir sicher, dass ich auch Zivildienst geleistet hatte.

„So!", riss Schwester Sabrina mich aus meinen Gedanken. „Es wird Zeit für Morpheus' Arme." Sie zückte eine Spritze. Nichts Neues für mich. In regelmäßigen Abständen bekam ich Propofol über den Tropf verabreicht, damit ich ein paar Stunden schlief. Das diente dazu, meine geistige Erholung zu fördern, da nicht nur mein Körper, sondern auch mein Geist durch den Heilungsprozess einer großen Belastung ausgesetzt war.

„Schon gehört, Herr Grundberg? Der Bürgermeister Diepgen ist weg vom Fenster in Berlin. Die Grünen und die PDS sind durchgekommen mit ihrem Misstrauensantrag. Jetzt macht das der Wowereit, der sich vor kurzem als Homo geoutet hat." Heute Morgen hatte man mir gesagt, dass meine Frau aus der Dominikanischen Republik zurückgekehrt war und mich bald besuchen wollte. Wenn ich die Wahl hätte zwischen einer Unbekannten, was in diesem Fall meine Ehefrau wäre, und dieser sympathischen, intelligenten und gutaussehenden Krankenschwester, dann fiele meine Entscheidung mir leicht. Darüber hinaus hatte sie einen großartigen Humor.

„Schwester Sabrina, wissen Sie eigentlich, dass Sie die erste schöne Frau sind, die mir je begegnet ist? Ich möchte jetzt nicht vom Thema ablenken. Von mir aus darf der Wowereit auch zum Einstand einen neuen Flughafen in Berlin bauen, aber Sie sind so ... bezaubernd." Ich deutete einen Handkuss an.

„Herr Grundberg, hören Sie auf. Sie haben doch bestimmt einen ganzen Harem schöner Frauen - bei Ihrem betörendem Charme, ha, ha." Damit steckte sie die Spritze in den Zugang und drückte den Kolben herunter. „Und sie haben den Charme einer Gottesanbeterin, ah ...", ächzte ich. Kurz darauf war ich eingeschlafen. Es war der sechzehnte Juni 2001.

Mutter

Irgendwann wurde ich wach und vernahm das belanglose Gefasel irgendeines Sportmoderators. Die Sportart erschloss sich mir nicht sofort, aber ich vermutete, dass ich vergessen hatte, den blöden Fernsehapparat auszuschalten. Mist. Ich drehte meinen Kopf nach links. Nach wie vor war mein Schädel das einzige Körperteil, das mir spontan gehorchte. Zumindest in waagerechter Position. Ich erblickte zwei Schienbeine. Der Behaarung nach zu urteilen, die durch die helle Strumpfhose durchschimmerte, gehörten sie einem Mann. Einem dicken Mann. Aber warum steckten sie dann in Strumpfhosen?

Deutliche Wassereinlagerungen in den Füßen ließen die viel zu kleinen Pumps grotesk erscheinen. Der Nachtschrank versperrte mir die Sicht auf mehr.

Nicht, dass ich scharf darauf gewesen wäre, aber ich wollte nicht unhöflich sein. Verzweifelt suchte ich den Schalter für die Betätigung der elektrischen Rückenlehne. Endlich fuhr sie langsam und mit einem monotonen Summen nach oben, und ich erblickte eine ältere Frau mit bordeauxrot gefärbten Haaren und einer enorm großen Hornbrille. Ein leichtes Polyesterkleid mit altrosa Blüten auf taubenblauem Grund und eine eierschalenfarbene Strickjacke rundeten das Ensemble ab. Ich hatte diese Person noch nie in meinem Leben gesehen.

„Hallo", begrüßte ich sie.

„Michael! Oh, mein armer Junge. Was haben sie nur mit dir gemacht, mein armes Kind. Wir dachten alle, du wärst tot. Ich bin es: deine Mutter", sprudelte es aus ihr hervor.

Ich konnte es nicht fassen. Trotz ihres eigenartigen Erscheinungsbildes strahlte die Frau, die offensichtlich meine Mutter war, sehr viel Herzlichkeit aus. Aber gleichzeitig war sie das personifizierte Chaos.

„Können Sie vielleicht erst den Fernseher ausschalten, äh ... Mutter?", fragte ich vorsichtig.

Sie sprang auf, erwischte dabei meine Bettpfanne und trat sie quer durch das Zimmer. Dann drückte sie unbeholfen die Knöpfe des kleinen Fernsehers, bis er ausging. Endlich setzte sie sich und seufzte: „Ach, du erkennst mich nicht, oder?"

„Nein. Bis jetzt nicht. Tut mir leid. Habe ich dich eigentlich Mutter oder Mama genannt?"

„Du hast dich ja gar nicht mehr gemeldet, seit du diese Frau hast. Ach, komm, hör auf. Mein Enkelkind habe ich seit Jahren nicht zu Gesicht bekommen. Ich gehe immer noch in die Sparkasse und besuche die Leute. Die fragen mich immer, aber ich sag dann nur: Ach, es ist ja nicht seine Schuld."

„Für mich ist es, als hätte ich meine Tochter noch nie gesehen."

Plötzlich beugte sie sich zu mir runter und streichelte zuerst meine linke und dann meine rechte Wange mit ihrem Handrücken. Ich bekam spontan eine Gänsehaut.

„Du warst so ein hübscher Junge. Alle haben immer gedacht, du seist ein Mädchen", sagte sie und hatte dabei feuchte Augen. Die arme Frau.

„Aha", sagte ich.

„Ich habe mir doch immer so sehr ein Mädchen gewünscht. Einen Mann wollte ich nie. Immer nur ein Kind."

Ihre Herzlichkeit schmolz dahin wie Eis in der Sonne. Auf einmal blickte sie mich vorwurfsvoll an.

„Das finde ich jetzt aber nicht sehr passend, Mutter."

Um nicht zu sagen, es war etwas, das kein Sohn hören wollte. Ob er seine Mutter nun kannte oder nicht.

„Ach, es ist ja immer falsch, wenn ich dir etwas sage."

An dieser Stelle musste ich mir eingestehen, dass sich die Zuneigung zu meiner Mutter noch sehr in Grenzen hielt.

„Lebt mein Vater noch?", versuchte ich, das Thema zu wechseln.

Sofort bekam sie wieder einen milderen Blick.

„Ach, der ist doch schon lange tot. Da warst du gerade ausgezogen. Da hat er mich auch alleine gelassen. Und so werde ich wohl auch sterben."

Bedingt durch meine Amnesie konnte man mit emotionaler Erpressung bei mir gar nicht landen.

„Tja ...", sagte ich nur und fuhr meine Rückenlehne noch etwas hoch. Ich musste einfach etwas tun. Da setzte sie noch eins oben drauf. „Michael, wie konntest du mir das alles nur antun?"

„Was denn?", fragte ich dagegen.

„Wie soll ich das alleine denn schaffen? Hättest du nur auf mich gehört."

„Bitte was?", stieß ich hervor. „Kann ich etwas dafür, dass ich ins Koma gefallen bin?"

Nun platzte mir fast die Hutschnur. In diesem Augenblick wurde mir meine Hilflosigkeit besonders bewusst.

„Hättest du niemals diese Frau geheiratet, dann wäre das alles nicht passiert. So. Jetzt muss ich aber gehen."

Sie stand sehr umständlich auf und raffte ihre Sachen zusammen. Von weitem grinste meine Bettpfanne uns hämisch an. Ich fuhr meine Rückenlehne wieder etwas herunter und sagte leicht säuerlich:

„Ich wollte etwas in dieser Art gerade vorschlagen, ... Mutter."

Sie ignorierte meine Bemerkung und sagte: „Nur einmal hast du auf mich gehört. Als du deine Banklehre zu Ende gemacht hast. Da wusste ich immer, wo du bist und dass es dir gut ging. Als Mutter weiß ich schließlich am besten, was gut für dich ist."

Natürlich geschah dies in derselben Sparkasse, wo sie als Bürohilfe und, ich formuliere es einfach mal schlicht, Putzfrau bis zur Rente gearbeitet hatte.

Als sie gerade ihre hässliche Strickjacke anzog, fragte ich sie: „Mutter, was mache ich eigentlich jetzt beruflich?"

„Du bist immer noch in der Sparkassenfiliale am Loh. Ich arbeite ja schon drei Jahre nicht mehr. Wie soll man von der Rente nur leben. Und wenn der unselige Euro kommt, wird das noch mal das ganze Land zugrunde richten."

„Ja gut. Aber was mache ich da genau? In der Sparkasse."

Sie funkelte mich an: „Du bist immer noch Abteilungsleiter. Kreditabwicklung. Aber ich bin immer zu den Leuten hin und habe denen gesagt, dass du das kannst. Sonst wäre aus dir doch nichts geworden."

Au weia! Es erfreute mich fast, dass ich in den nächsten Monaten nicht zur Arbeit gehen würde. Mein Stiefvater war schon lange tot, so blieb mir wenigstens der Besuch eines weiteren unbekannten Elternteils erspart. Nur bruchstückhaft im Zusammenhang mit Winnie und unserer Band formte sich ein Bild von ihm. Wie ich als Erwachsener zu ihm stand, konnte ich nicht sagen.

Zum Abschied gab sie mir noch ein gerahmtes Foto.

„Das habe ich aus deinem Büro mitgenommen, als keiner aufgepasst hat", sagte sie.

Meine Mutter war eine Frau mit zwei Gesichtern.

„Das ist echt nett von dir", sagte ich ihr.

Auf dem Bild sah man mich im grauen Anzug vor einem blauen Kombi. Im Arm hielt ich eine sehr arrogant wirkende blonde Frau in einem rosa Kleid. Ihr Lächeln schien mir sehr aufgesetzt. In letzter Zeit hatte sich meine Libido durchaus hier und da bemerkbar gemacht, aber es schien mir absurd, einen Heiratsantrag an diesen Menschen gerichtet zu haben.

Auf dem breiten Bilderrahmen stand mit schnörkeliger Schrift geschrieben: Herzlichen Glückwunsch zum Hochzeitstag. Vanessa ...

Nach den Erkenntnissen der Tiefenpsychologie existiert angeblich ein Mutterarchetyp, der von jedem Mann mit Wünschen besetzt wird, wie man seine Mutter gerne hätte. Wenn ich ehrlich war, konnte ich nach unserem sehr aufschlussreichen Gespräch einen Mutterkomplex bei mir nicht mehr gänzlich ausschließen.

Verband man im Allgemeinen mit der Frau, die einen geboren hatte, Geborgenheit und Schutz, sah ich mich hier in erster Linie bis zum Hals in Selbstzweifeln zurückgelassen.

Wer war ich eigentlich?

Wie viel von dieser Selbstüberschätzung, der Ichbezogenheit und Kontrollsucht meiner Erzeugerin steckte auch in mir?

Und wie viel von ihrer Güte?

Rock 'n Roll

Meine Mutter schoss das Foto und verabschiedete sich von uns. Es hatte vor ihrem Besuch wieder einen heftigen Krach zwischen mir und meiner Frau Franziska gegeben, und die Stimmung war die ganze Zeit über gereizt gewesen.

Franzi, wie ich meine Gattin meistens nannte, und ich redeten nicht viel. Man versuchte, sich auf das Nötigste zu beschränken, um vor dem Kind die Fassade der Vernunft aufrecht zu halten.

Leider ließ Franzi auch vor Vanessa immer öfter die Maske fallen, schlug mich sogar vor dem Kind und beschimpfte mich auf das Übelste. Wut, Tränen, Enttäuschung und Angst waren die eigentlichen Erzieher meiner Tochter. Dann im Bett fiel sie mit einem Mal über mich her, lutschte mir den Schwanz, und irgendwann saß sie rittlings auf mir und ich fickte sie, so hart ich konnte.

„Du verdammte Hexe!", schrie ich sie an. Aber ich starrte in die leeren Augenhöhlen meiner Mutter. Der schlanke und durchtrainierte Körper meiner Frau hatte sich in das alte, faltige und wabbelige Fleisch meiner Mutter verwandelt. Ihre riesigen Brüste schlugen mir ins Gesicht. Ich schrie: „Hau ab aus meinem Leben, du Monster!"

Endlich riss ich meine Augen auf. Mein Puls überschlug sich. Da stand ein Mann, aber ich konnte mich nicht bewegen. Dann beugte der Fremde sich zu mir herunter und ich blickte in Winnies Gesicht.

„Winnie?" ächzte ich. „Gottseidank. Ich hatte gerade einen unglaublichen Albtraum."

„Ganz ruhig. Ist vorbei. Wie geht es uns denn?"

Langsam beruhigte ich mich wieder und erkannte meine Umgebung. Das Zimmer, mein Bett, mein hilfloser Körper und mein bester Freund, Winnie.

„Tu mir einen Gefallen und lass bitte diesen Blödmannsplural weg, ja? Der geht gar nicht", frotzelte ich.

Winnie lachte. Ich freute mich, ihn zu sehen.

„Und mir geht es so weit gut. Sagen die Ärzte. Elektroenzephalogramm, Computertomographie, Belastungs-EKG, Langzeit-EKG, Stuhlgang, Blut und Pisse. Alles bestens. Nur die Spermaprobe wurde mir noch nicht abgenommen. Das hat im Traum meine Mutter gerade versucht."

„Alter, du hast davon geträumt, mit deiner Mutter zu schlafen? Echt?"

„Sie wollte mich vergewaltigen."

Winnie brach vor Lachen fast zusammen. „Das tut sie doch schon, seit wir uns kennen, ha, ha ..."

„Erzähl mir das gleich, aber erst mal brauche ich die Schwester. Ich muss mal."

Winnie ging hinaus, um eine Zigarette zu rauchen, und es war mir ganz recht. Bettpfanne, Wundsalbe und Fütterung durch Schwester Sabrina oder die Zivis Jörg und Floyd waren Notwendigkeiten, für die ich mich vor Winnie schämte. Immerhin schritt mein Muskelaufbau voran. Die täglichen Übungen in der Physiotherapie waren am Anfang die reinste Folter. Meine Ungeduld führte oft zu anhaltenden Wutausbrüchen.

Floyd half mir bei meinem Toilettengang und so wartete ich bald auf die Rückkehr meines Freundes. Inzwischen konnte ich schon eine Zeitlang mit Kissen abgestützt auf meinem Bett sitzen. Und so begrüßte ich Winnie nicht ohne Stolz: „Hey, da bist du ja wieder. Schön, dass du mich heute wieder besuchst."

„Ehrensache, alter Freund. Ist aber ein steiler Zahn, deine kleine Krankenschwester. Da will man gar nicht mehr hier weg, oder?"

Wir flachsten ein wenig herum, dann fragte Winnie plötzlich: „Und kannst du dich schon an etwas erinnern?" Zuerst zögerte ich, dann aber log ich ihn an: „Gar nichts. Aber trotzdem möchte ich weitermachen. Du bist im Moment der einzige Mensch, der mich nicht völlig nervt. Erzähl mir bitte was von früher. Vielleicht macht es dann Klick."

Der Alltag in der Klinik war so öde und eintönig. Winnies Erzählungen waren für mich wichtiger als alles andere. Ich war ein Junkie, meine verlorenen Erinnerungen der Stoff, und Winnie war die Nadel.

„Also gut. Es muss Anfang 1983 gewesen sein. Du warst in deinem letzten Jahr auf diesem Scheiß-Gymnasium und hattest gerade deinen Führerschein gemacht. Dein Oberst Stiefvater hatte dir eine alte Karre geschenkt. Ich glaube, es war ein roter B-Kadett. Klingelt da was?"

„Absolut nicht", sagte ich schnell. „Los, erzähl weiter."

„Also, wir waren bei dir, und eigentlich warteten wir nur darauf, endlich loszudüsen. Dein alter Herr stand vor uns und war sich am Auskotzen über die Grünen, die gerade zum ersten Mal in den Bundestag eingezogen waren. Echt super anstrengend. So steil

ging der erst einen Monat später wieder, als der Stern die Hitlertagebücher ankündig-
te."

„Hitler?", fragte ich. „Wer war Hitler?"

Winnie sah mich mit offenem Mund an. „Kleiner Scherz!" erlöste ich ihn.

„Pisser! Naja, aber irgendwann saßen wir in deiner Karre mit einer Flasche Bier zwischen den Beinen, und ab da ging es nur noch ab. Jeder verdammte Club im Umkreis
von einhundert Kilometern gehörte uns: Zeche, Bochum; die Börse und das VIP bei
uns im Tal; das Lime Light, Sprockhövel; Zwischenfall, Bochum; das Bauhaus in Dort-
mund, dämmert es?"

Betroffen schüttelte ich den Kopf. „Tut mir leid. Ein paar Namen sagen mir was, aber
ich kann keinen Zusammenhang zu mir herstellen. Roter Kadett? Keine Idee."

„Das war eine Karre. Über zwölf Jahre alt oder so. Aber wir hatten Weiber ohne
Ende, Fun bis zum Abwinken und Konzerte, bis der Arzt kommt. Wir waren zuerst
bei Public Image in der Phillips Halle, Düsseldorf. Mann, Johnny Rotten live! Oder
im magischen Jahr 1984 bei The Clash. Wo die direkt mit London Calling angefangen
haben. Großartig war das. Und alles hatten wir deinem alten B-Kadett zu verdanken."

„Mist. Ich weiß noch nicht einmal, wie diese Autos aussahen."

„Das kannst du ändern. Schade ist es nur um die ganzen anderen Erinnerungen."

Winnie bekam einen seltsamen Glanz in seinen Augen. Fast schien es, als ob er diese
Tatsache begrüßte, dass meine Erinnerungen immer noch sein Privileg waren. Einen
Moment schwiegen wir uns an, dann meinte er: „Sei es drum. Ich muss los. Komm du
erst mal schnell hier raus, dann werden wir schon Spaß zusammen haben. Lass uns mal
wieder Golf spielen gehen."

„Golf? Bist du sicher? Golf? Im Leben nicht!"

Lachend verließ mich mein bester Freund.

Erste Liebe

Nach wie vor beschäftigte ich mich in der Klinik mit zwei Dingen, wenn ich nicht gerade irgendwelche medizinischen Anwendungen ertragen musste: Musik und Zeitschriften.

Jörg besorgte mir die entsprechenden CDs, und Floyd, der andere Zivi, der meistens den Nachtdienst übernahm, brachte mir Zeitungen aus dem Kiosk seines Großvaters vorbei, so oft es ging. Das Altpapier wurde dann immer von Jörg entsorgt, aber die CDs wurden langsam zu einem Platzproblem.

Meine Lieblingsscheiben waren auf der Fensterbank gestapelt, aber auch unter dem Bett lagen einige Alben. Das machte die Putzfrauen sehr wütend, aber mir war es egal. Ich genoss nebenbei immer den Anblick des entzückenden Hinterteils von Schwester Sabrina, wenn ich sie bat, unter dem Bett nach einer bestimmten CD zu suchen.

„Schwester Sabrina? Können Sie mir noch einen Gefallen tun?"

„Was darf es sein, Herr Grundmann?"

„Unter dem Bett müsste eine CD von der Band Spliff sein. Sie ist weiß und heißt 85555."

„Ist das wieder so ein subtiler Versuch von Ihnen, mir Ihre Telefonnummer unterzujubeln?"

Wir lachten beide und dann ging sie vor meinem Bett in die Hocke. Ihr weißer Kittel spannte sich, als vor meinen Augen kurz ihr Dekolleté aufblitzte. Sie hob ihren Hintern, und ich bekam eine Erektion. Die erste Frau in meinem neuen Leben würde ich zuerst von hinten nehmen, das schwor ich mir. Jede Sekunde, die sie länger brauchte, um die Scheibe zu finden, brachte mich fast um meinen Verstand. Verdammt. Sie hatte sie gefunden.

„Bitteschön."

„Ich weiß gar nicht, wie ich Ihnen danken soll. Darf ich Sie mal zum Essen einladen?"

„Möchten Sie die Spritze heute früher?"

Ausnahmsweise hörte ich mir das Album komplett an, und so stieß ich auf den Titel Duett komplett von Spliff.

Sie nimmt mich mit,

in 'nem roten Kadett.

Raus aus der Bar und weg,
in ihrem roten Kadett ...

Duett komplett im roten Kadett ...

Und plötzlich fiel es mir wieder ein:
Ihr Name war Susanne Beckmann. Es war im Mai 1983, und es war heiß. Und sie war heiß. Wir vergnügten uns auf der Rückbank meines roten Opel Kadett. Wir fummelten, und meine Hand hatte sich unter ihr kurzes Schottenröckchen verirrt und streichelte ihre Muschi. Es war faszinierend.

Im Gegensatz zu Susanne war ich noch Jungfrau, aber das änderte sich in dieser Nacht auf dem Parkplatz der Börse an der Viehhofstraße in Wuppertal.

Wobei es sehr schnell ging.

Immerhin blieben wir dann fast ein halbes Jahr zusammen. So schlecht kann ich demnach nicht gewesen sein. Es war eine aufregende Zeit.

Mir fielen die Chaostage wieder ein.

Angefangen hatte es bei uns in Wuppertal bei unseren Punktreffs am Brunnen in Elberfeld. Es gab damals diese langen Samstage einmal im Monat, und eines Tages kamen so viele Punks aus allen möglichen Städten, dass die Polizei uns auseinandertreiben wollte. Es gab eine Straßenschlacht und wir plünderten dabei das Hertie-Kaufhaus. Ich war mal kurz im Fernsehen zu sehen, zusammen mit Susanne.

Dann waren plötzlich Flyer im Umlauf, die uns zu den Chaostagen nach Hannover einluden. Den Punks aus Hannover war die Polizeipräsenz in Wuppertal zu stark, was auch darauf zurückzuführen war, dass sich auf Lichtscheid eine große Ausbildungsakademie befand. So luden sie uns nach Hannover ein.

Manche behaupteten, Jello Biafra, der Sänger von den Dead Kennedys, hätte bei einem Konzert in Bad Hersfeld die Idee zu den Chaostagen gehabt. Es gab da eine Tonaufzeichnung von einem Konzert in Deutschland aus dieser Zeit.

Aber was störten uns Gerüchte. Wir wollten feiern.

Am 3.August 1984 fuhren Susanne, Winnie, Tippel und ich mit meinem roten B-Kadett nach Hannover. Es war mein neunzehnter Geburtstag und ich war zu allem bereit. In Hannover erwarteten uns fast 3000 Polizisten und 400 Nazi-Skins, die sich mit rechtsradikalen Fußballfans gegen die Punks verbündet hatten. Monate vorher hatte es schon Flugblätter gegeben, auf denen von beiden Seiten – Punks und Skins – blutige Randale angekündigt wurde.

„Hast du keine Angst, aufs Maul zu bekommen?", fragte ich Winnie, als ich den Motor abgestellt hatte. Wir stiegen aus.

„Nein. Keine Spur. Nur die Bullen machen mir Sorgen", sagte Winnie und hielt mir einen Flyer hin, den er gerade aufgehoben hatte. Er hatte das Logo der Polizei, und der Text informierte darüber, dass Recht und Gesetz auch für Punks und Skins galten.

Interessanter Standpunkt. Uns war das scheißegal. Wir wollten Spaß, Pogo und Nervenkitzel.

„Da vorne!", rief Tippel. Er zeigte auf eine Gruppe in zwanzig Metern Entfernung, wo eine Überzahl Nazis auf zwei Punks einprügelten.

Wir rannten sofort hin und kamen den Punks zu Hilfe.

Ich packte den ersten Angreifer von hinten und schmiss ihn zu Boden. Es waren insgesamt fünf Nazi-Skins mit Hakenkreuz-Armbinden und Doc Martens bis zum Knie. Aber zum Glück waren sie unbewaffnet.

Tippel kassierte einige heftige Schläge, und ich konnte mir den Glatzkopf auch kaum vom Leib halten. Nur Winnie schien in seinem Element. Er verpasste dem größten der Nazi-Skins einen Schlag nach dem anderen.

„Hilfe!", schrie Susanne plötzlich, und da kam noch eine Gruppe Punks zu uns herüber. Die Nazis ergriffen die Flucht.

Das war am Ende die harmloseste Prügelei an diesem Tag. Während die Nazis hinter den Reihen der Polizei ungehindert den Hitlergruß vollführten und rechte Parolen riefen, wurden die Punks sofort niedergeknüppelt.

„Lass uns hier verschwinden. Kommt ihr mit?", sagte Winnie und sah dabei die zwei holländischen Punks an, denen wir am Anfang geholfen hatten und die seitdem bei uns blieben. Wir hatten keinen Bock auf Wasserwerfer oder Polizeiknüppel.

Irgendwann nachts hatte man die meisten Punks im Café Glocksee eingekesselt.

„Klar. Hier. Nehmt. Dann hauen wir ab", meinte Josh, der Kleinere der beiden, und gab uns Papers. Das waren kleine Papierstückchen, auf denen sich ein Tropfen LSD befand.

Die Wirkung setzte bei fast allen nach einer halben Stunde ein.

So rannten wir auf einem heftigen LSD-Trip durch Hannovers Straßen, die durch viele zertrümmerte oder brennende Autos den Trip noch verstärkten.

Das war die krasseste Drogenerfahrung meines Lebens. Alle meine Sinne waren verändert. Die Gespräche hallten um mich herum, schienen plötzlich in einer riesigen Kathedrale stattzufinden. Manchmal hörte ich auch Echos bei besonders lauten Worten. Die verschiedenen Stimmen waren teilweise verändert, bekamen zusätzliche Ober- und Untertöne. Gesichter wirkten verformt. Farben um mich herum explodierten. Die Symmetrie des Bürgersteigs löste sich auf und die Fläche wurde dreidimensional. Ich hatte Angst, durch die Gitterlinien der Gehwegplatten in einen Abgrund zu stürzen. Mit einer Stimme, die Satan persönlich gut gestanden hätte, rief Tippel: „Da hinten! Die Oper."

Der Geruch von verbranntem Gummi hatte nachgelassen, als wir in der Nähe der Oper ankamen.

„Hey, wartet mal. Ich muss pissen!", rief ich. Aber Winnie, Susanne, Tippel und die beiden anderen gingen einfach weiter. Nachdem ich meine Blase entleert hatte, bog ich dort um die Ecke, wohin sie verschwunden waren, und sah, wie Winnie von zwei Polizisten weggeschleppt wurde.

Die Holländer und Tippel waren wohl weggelaufen, und Susanne stand da und schrie hysterisch. Ich rannte auf die Gruppe zu. Einer der Beamten hatte Susanne grob am Arm gepackt.

„Ihr Arschlöcher! Lasst uns in Ruhe!", brüllte ich. Ich rannte den ersten Polizisten förmlich um. Wütend stieß ich ihn zu Boden, so konnte Winnie sich befreien.

Susanne hatte sich losgerissen und rannte davon.

„Los, Winnie! Komm jetzt." Ich packte meinen Freund am Arm, aber wütend trat er dem Polizisten auf dem Boden ins Gesicht. Immer wieder. Ich schrie: „Alter, spinnst du?" Entsetzt zog ich ihn weg, schubste gerade noch rechtzeitig den anderen Beamten zur Seite, und dann rannten wir, bis wir keine Luft mehr hatten.

Auf dem Trip kam mir die ganze Aktion unwirklich vor. Gleichzeitig hatte ich das Gefühl, ich hätte Superkräfte. Ich musste daran denken, wie Soldaten in Vietnam auf dieser Droge sogar getötet hatten.

Als ich ein paar Tage später anlässlich eines aktuellen Fernsehberichtes über die Ausschreitungen meinem piefigen Stiefvater dieses Erlebnis schilderte, flippte er genauso aus, als hätte ich dem Stern die falschen Hitlertagebücher verkauft.

Zugegebenermaßen gaben die Ereignisse in Hannover meiner Euphorie für den Punk einen kleinen Dämpfer. Ich konnte meinen Verstand nicht in Einklang mit der Zerstörungswut auf beiden Seiten bringen. Wir waren genauso faschistoid wie die Rechten, wenn wir auf jeden losgingen, nur weil er eine Glatze trug. Viele Ex-Punks hatten sich den OI-Skins angeschlossen und waren alles, nur keine Nazis. Ich liebte damals If the kids are united von Sham 69, denen die Gewalt auf ihren Konzerten sehr zu schaffen machte.

Klassischer OI-Punk.

Unsere tolle Antifa hatte sich in Hannover genauso hinter den Kulissen verkrochen und uns die Dreckarbeit machen lassen, wie es die Strippenzieher und Funktionäre bei den Rechtsradikalen getan hatten, als sie ihre Schlägertrupps mit den grünen Bomberjacken auf uns hetzten. Ich kam an einen Punkt, da wollte ich nicht zerstören, ich wollte vielmehr etwas erschaffen. Die Musik wurde mir und Winnie immer wichtiger. Joe Strummer wurde zu meinem Idol. Rude Boys, ein Film von 1980, in dem Strummer und Mick Jones, der Gitarrist von The Clash, mitspielten, wurde zu meinem Evangelium.

Im Sommer 1984 hatte ich meinen Zivildienst kurioserweise im selben Krankenhaus angefangen, in dem ich aus dem Koma erwacht war: im Städtischen Klinikum Wuppertal Barmen.

Meine Tätigkeit bezog sich einmal auf den Transport von Schnellschnitten, die kurz vor Operationen ins Labor gebracht werden mussten. Wir brachten außerdem amputierte Gliedmaßen und entfernte Tumore von den chirurgischen Stationen zur Pathologie, und dorthin brachten wir auch die Leichen. Gestorben wird ja auch im Krankenhaus. Das Schlimmste für mich waren jedoch die Transporte von der Kinderklinik.

Die toten Babys und Kleinkinder waren noch der geringere Teil meines Schreckens. Albträume hatte ich anfangs wegen der kranken Kinder, die trotz ihrer furchtbaren Schicksale weit mehr Lebensfreude ausstrahlten, als es so manch ein Erwachsener je könnte.

Gegen Ende meines Zivildienstes 1985 hatte ich die deutsche Band Extrabreit für mich entdeckt. Die meiste Musik, die im Hype der Neuen Deutschen Welle bekannt wurde, ließ mich relativ kalt. Auch der erste Hit der Hagener Formation Hurra, Hurra, die Schule brennt riss mich nicht vom Hocker.

Aber dann stieß ich auf ihr Album Europa.

Wollt Ihr Euren Sohn noch retten war mein Lieblingssong. Die Gitarren-Riffs von Stefan Kleinkrieg waren mir aus der Seele geschnitten. Die Texte, gesungen von Kai Havaii, gingen mir unter die Haut.

Ich besorgte mir die restlichen Alben. Die Rückkehr der phantastischen Fünf klaute ich sogar. Extrabereit war keine Neue Deutsche Welle. Das war etwas Eigenes. Ab da schrieb ich nur noch deutsche Texte für die Subcanes. Das war der Weg. Da wollte ich hin. Hier endet meine Erinnerung.

Zurück in Morpheus' Arme

Schwester Sabrina und Jörg kamen in mein Krankenzimmer.

„Herr Grundmann", begrüßte Jörg mich. „Guten Morgen. Die Hannelore Kohl hat sich umgebracht."

Ich ignorierte es und rief stattdessen: „Jörg, ich brauche Extrabreit. Alles, was du kriegen kannst."

Entsetzt sah er Schwester Sabrina an und sagte: „Ich nehme so ein Zeug nicht!"

„Das ist eine Band", half Schwester Sabrina augenrollend aus.

„Ach so. Schreiben Sie es auf."

Inzwischen konnte ich schon selber den Stift schwingen. Mittlerweile befand ich mich endlich in der dritten Rehabilitationsphase, in der in erster Linie meine Mobilisierung angestrebt wurde. Mit eiserner Verbissenheit vollzog ich meine Ergotherapien und sämtliche Maßnahmen zum Muskelaufbau und der schnellen Zurückgewinnung der Kontrolle über meinen Körper.

Die Früchte des Erfolgs waren unter anderem die Einwilligungserklärungen für die teure Reha, die ich mittlerweile auch selbst zu unterschreiben hatte.

Während meiner Zeit im Koma waren sämtliche Angelegenheiten von meiner Ehefrau mit Hilfe einer Generalvollmacht geregelt worden. Nun erlangte ich aber langsam meine Autonomie zurück.

Jörg verließ das Zimmer, nachdem er mein Bettzeug aufgeschüttelt und das Tablett mit den Resten des Mittagessens abgeräumt hatte.

„Extrabreit ...", murmelte er dabei.

„Her mit den Abenteuern!", rief Schwester Sabrina plötzlich und bezog sich damit auf einen Hit der Band.

„Das käme auf einen Versuch an. Wie komme ich zu diesem plötzlichen Vergnügen? Und vor allem: Gereicht diese Spritze in Ihren wunderschönen Händen nicht einem derartigen Unterfangen zum Nachteil?" Ich verstellte meine Stimme dabei und legte meinen besten Dackelblick auf.

Sie lachte schallend. „Herr Grundmann, seien Sie nicht dumm. Her mit den Abenteuern ist mein Lieblingslied von Extrabreit." KLAPPER! Völlig absichtlich ließ ich Der Pate von Mario Puzo fallen.

„Oh Schwester. Dürfte ich Sie noch mal um einen Gefallen bitten, den Sie nicht ablehnen können?"

„Herr Grundmann. Sie sind unmöglich."

Sie ging in die Knie. Viel zu schnell für meinen Geschmack. Ich genoss jede Faser ihres stramm anliegenden Kittels. Ihre perfekten Rundungen sprangen meine Libido an.

Sie gab mir die Sedierung, und ich schlief ein und würde wieder mit der Erektion erwachen, die mir eigentlich jetzt zugestanden hätte. Es war der vierte Juli 2001.

Franzi

Patsch, patsch, patsch. Jemand tätschelte unsanft meine Wange und gleichzeitig erstickte ich an schweren Schwaden aus Poison von Dior. Sofort war mir klar, dass es meine Frau sein musste. Offenbar konnte man in der Dominikanische Republik wieder aufatmen. Ich hielt reflexartig ihre Hand fest.

„Gut gemacht, Herr Grundmann", hörte ich im Geiste Doktor Nemati.

„Aua!", schrie Franziska in der Realität. „Für so einen Pflegefall bist du aber ziemlich handgreiflich! Lass bitte los!"

Aua war gut. Das konnte unmöglich wehgetan haben. Mir fehlte sogar die Kraft in den Händen, um die Folien an den Musik-CDs zu entfernen.

„Wer sind Sie!", rief ich nur der Form halber. Sie trat versehentlich gegen meine leider noch unbenutzte Bettpfanne. Offenbar machte das jetzt jeder meiner nahen Angehörigen.

„Du weißt tatsächlich nichts mehr? Du hast vergessen, wie du nicht in der Lage warst, mich in deinem eigenen Haus zu beschützen?"

„Genau", antwortete ich trocken.

„Wenn du dich selbst sehen könntest", sagte sie und blickte mich an, als ob sie tatsächlich Bedauern empfände. Nur ihr Blick blieb nach wie vor zu kalt. Mich selbst sehen? Ein interessanter Standpunkt. Tatsächlich gab es in meinem Umfeld keine Spiegel. Sofort beschloss ich, den Arzt danach zu fragen. In einer Stunde hatte ich einen Termin mit Doktor Nemati.

Aber erst musste ich meine Frau loswerden. Die war ja nicht zum Aushalten.

„Ich nehme mal an, Sie sind meine Frau?" Da sie, statt zu antworten, nur die Luft zwischen ihren vollen Lippen ausstieß, fragte ich weiter: „Hatten wir schon immer so eine harmonische Beziehung?"

Sie schwieg weiter. Ich sah sie an. Franzi trug ein schulterfreies, auberginefarbenes Kleid, das ihren schlanken Körper betonte. Neben meiner Bettpfanne wirkten ihre Manolo Blahniks etwas fehl am Platze. Ihre dichten blonden Haare waren etwas zu sehr durcheinandergeraten, aber im Prinzip hätte man sie als eine hübsche Frau bezeichnen können. Wäre da nicht diese Fratze gewesen. Dieses Gesicht, das mich kalt und maskenhaft anblickte und mir jede Hoffnung nahm, dass ich in dieser Situation mein Schicksal in bessere Bahnen lenken könnte.

„Warum bist du so unfreundlich zu mir, äh ... Franziska, das ist doch dein Name?"

Sie nickte, aber schwieg weiterhin. Ich fuhr fort: „Oder sag mir doch einfach, warum du gekommen bist, wenn ich doch so ein abstoßender Krüppel bin?"

Sie sah mich immer noch an und verzog ihren hübschen Mund. Endlich sprach sie: „Vanessa vermisst dich sehr. Sie hat mitbekommen, dass du aufgewacht bist. Ich habe ihr gesagt, dass du entstellt bist und es nicht gut wäre, wenn sie dich so sieht."

„Wie bitte?", fragte ich. Zunächst nahm ich an, ich hätte mich verhört.

„Ich bin was? Entstellt?"

Zum ersten Mal blitzte so etwas wie Mitleid bei Franziska auf.

„Oha. Man hat es dir noch nicht gesagt? Wie dem auch sei. Vanessa ließ sich nicht davon abbringen. Sie ..."

Die Zimmertür flog auf: „Papa!" schrie Vanessa und stürmte auf mich zu. Dann war es, als ob ein stolzer Adler im Flug verbrennen würde. Je näher sie kam, fror ihr Lachen zuerst ein, dann schlug ihr Gesichtsausdruck um in das absolute Entsetzen.

Nun war meine Tochter an meinem Bett angekommen und weinte. Ich hielt diesen kleinen, zitternden Menschen in meinen Armen, und das Kind kam mir gleichzeitig fremd und vertraut vor. Im gleichen Maße, wie ich Vanessas Wärme genoss, erschreckte mich die neue Situation. Ich war also entstellt.

„Vanessa, reiß dich endlich zusammen. Was sollen die Schwestern denn denken. Was ist denn los? Ich habe es dir doch schon gesagt. Nun komm."

Sie nahm meine Tochter zuerst in ihre Arme und schob sie dabei vom Bett fort. „Va-nes-sa-Was-ist-los!", zischte sie. Mit jeder Silbe schüttelte sie das arme dreizehnjährige Mädchen einmal kurz und heftig und schien nun völlig ihre Beherrschung zu verlieren.

Mir fiel an dieser Stelle auf, dass sich meine vermeintliche Tochter nicht sehr altersgerecht verhielt. Sie wirkte eher wie ein acht- oder zehnjähriges Mädchen in ihren Reaktionen. Offenbar hatte es Störungen in ihrer Entwicklung gegeben. Ich wusste nicht, ob ich es gut oder schlecht finden sollte, dass mir hier die Hintergründe fehlten.

Unfähig zu reagieren und angewidert von diesem unmöglichen Verhalten meiner Frau ertrug ich diese Szene und schwor mir, Franzi dafür zur Rede zu stellen. Jedoch nicht vor dem Mädchen.

Mit Tränen in den Augen schluchzte meine Tochter: „Papa sieht echt gruselig aus. Warum machen die Ärzte das nicht besser. Und meine Freunde finden das bestimmt auch, wenn sie mich besuchen."

Falls ich wieder nach Hause komme ..., dachte ich. Wollte ich das?

Meine Frau wirkte genauso unwirklich und zerrissen wie meine Mutter. Langsam wurde mir klar, wie das eigenartige Verhalten meiner Tochter zu erklären war. Hatte meine Amnesie mich vielleicht von meinen eigenen seelischen Beeinträchtigungen durch die Prägung durch diese Frauen geheilt? Das wäre der erste positive Effekt meines Gedächtnisverlustes.

Aber zunächst musste ich allein schon wegen Vanessa den Frieden wieder herstellen.

„Franziska, ich glaube, es ist zu viel für das Kind. Und ich muss das jetzt auch erst einmal verpacken", sagte ich und stellte erstaunt fest, dass auch sie den Tränen nah war. Kurz überlegte ich, ob es Wut oder Mitleid war, kam aber zu keinem Ergebnis.

Sie hielt immer noch Vanessa im Arm und wischte sich mit dem freien Handrücken umständlich über die Augen.

„Ja, du hast Recht, Michael. Es ist für uns alle nicht leicht im Moment. Es gibt so viel ... Aber lass uns da ein anderes Mal drüber reden. Ich glaube auch, wir sollten jetzt gehen. Und verzeih mir. Auch du, Vanessa. Meine Nerven ..."

„Schon gut", sagte ich. Ich streichelte Vanessa über ihren Kopf. Dann gingen die beiden.

Franziska hauchte noch ein verlegenes „Na, dann ..." in meine Richtung, dann schloss sich die Tür.

Die Schöne war gegangen, und das Biest blieb zurück.

Inspektion

„Einen Spiegel?", fragte Doktor Nemati und blickte mich nachdenklich an. „Einen Handspiegel", verbesserte ich trotzig. „Glauben Sie, ich könnte es nicht fühlen, dass ich Narben im Gesicht habe, Doktor? Die Verbände sind immerhin schon seit zwei Tagen ab. Aber auf meinen CDs kann ich nicht allzu viel von meinem Gesicht erkennen. Also. Was ist?"

„Herr Grundmann, Sie sind in den zwanzig Jahren meiner Praxis für mich das allererste medizinische Wunder. Die letzten kognitiven Tests beinhalten ausnahmslos positive Ergebnisse. Das Tempo, mit dem Ihre Selbstheilung vonstattengeht, wird nur durch die Verbissenheit übertroffen, mit der Sie Ihr vorgeschriebenes Pensum an Reha-Maßnahmen täglich absolvieren. Es grenzt an Besessenheit. Es ist ein Wunder, dass sich Ihre sämtlichen Körperfunktionen so rasch wieder einstellen, eigentlich ist das wissenschaftlich nicht erklärbar. Sie sind während einer Notoperation bereits klinisch tot, und, das ist dabei das Entscheidende, waren nach Ihrer Wiederbelebung nicht in der Verfassung, auch noch plastische Korrekturen zu überstehen. Auch jetzt halte ich eine wiederherstellende Operation für ausgeschlossen. Ihre Lunge und Ihr Kreislauf sind vergleichbar mit denen eines Kleinkindes im Körper eines Erwachsenen und einfach nicht belastbar genug."

„Ich bin also so etwas wie ein Versuchskaninchen für Sie?"

Er sah mich entsetzt an, und ich musste lachen.

„Also? Was ist mit dem Spiegel?" Ich ließ nicht locker. Ich verstand nur die Hälfte von dem, was Doktor Nemati da erzählte. Aber ich musste das Monster, das ich geworden war, endlich sehen. Nun konnte ich die verlegenen Blicke deuten, mit denen mir die Leute begegneten, wenn sie mich erblickten.

„Ich mache Ihnen einen Vorschlag: In Ihrem Badezimmer befindet sich ein Spiegel. Ich sorge dafür, dass Sie morgen zwei Krücken bekommen. Noch können Sie damit nicht viel anfangen, aber machen Sie so weiter, und in ein bis zwei Wochen könnten Sie es schaffen, sich im Badezimmerspiegel zu betrachten. Auch wenn Ihre Verletzungen bis dahin noch besser verheilen werden, seien Sie sich einer Tatsache bewusst: Es wird auch in zwei Wochen kein schöner Anblick sein. Ihr Schädel war praktisch zertrümmert. Ihnen fehlt, wie Sie sicher schon bemerkt haben, ein Drittel der Zähne, und alle chirurgischen Maßnahmen dienten damals bei der OP ausschließlich der Rettung Ihres Lebens. Gefällt Ihnen mein Vorschlag?"

„Eine Woche!", versprach ich ihm.

Spieglein, Spieglein...

Gedächtnisverlust konnte viele Gründe haben: übertriebener Alkoholkonsum und Drogenmissbrauch beispielsweise. Auch die Langzeitmedikamententherapien konnten die Ursache sein. Wie zum Beispiel mein tägliches Propofol.

Aber es kamen auch Stress und Traumata als Auslöser in Frage. Medizinisch gesehen war mein amnestisches Syndrom mit stark ausgeprägter retrograder Amnesie nicht die Folge einer Zerstörung des Hirngewebes. Schwein gehabt. Dass meine Erinnerungen langsam zurückkamen, war immer noch mein großes Geheimnis, und das sollte es auch erst einmal bleiben.

Es gab mit mittlerweile etwas Autonomie. Während ich das Gefühl hatte, dass die Menschen um mich herum alles von mir wussten, besaß ich nun etwas, wo ich alleine bestimmen konnte, ob ich es mit anderen teile. Es war fast ein Gefühl der Macht, die jedes Mal wuchs, wenn ein Teil meines Lebens zurück floss in den Topf der Erinnerungen.

Mein prozedurales Gedächtnis hatte so gut wie gar nicht gelitten. Langsam war ich mir sicher, dass vor allem die Erinnerungen zurückkehrten, die an starke emotionale Ereignisse geknüpft waren.

Aber zu dem, was ich am sechzehnten Juli 2001 im Spiegel meines Badezimmers sah, fiel mir nichts ein.

Zuerst dachte ich an Two Face aus der Comicserie Batman. Die rechte Seite meines Gesichtes war vollkommen normal, vielleicht ein wenig zu unrasiert. Jörg hasste es, mich zu rasieren. Jetzt wurde mir schlagartig klar, warum.

Auf meiner linken Gesichtshälfte gab es an den meisten Stellen überhaupt keinen Bartwuchs mehr. Nur roh wirkendes, rotes Fleisch, verwachsen und unregelmäßig, in Symmetrie und Proportion gänzlich abweichend von meiner Schokoladenseite.

Zartbitterschokolade.

Erstaunlicherweise dachte ich nur daran, dass ich mit meinem neuen Gesicht Schwester Sabrina nie im Leben flachlegen würde. Und daran, dass Beate Uhse heute gestorben war.

Vielleicht war das der richtige Zeitpunkt, das mit dem Sex für immer zu beerdigen?

In diesem Moment vor dem Spiegel hasste ich mich. Ich grinste mich selbst an mit meiner entstellten Fratze.

Aber ich konnte mich aber nicht losreißen von dem verhassten Spiegelbild. Da klopfte es an meiner Tür. Ich nahm meine Krücken, und während ich mich in Richtung meines Bettes schleppte, rief ich: „Herein." Dann brach ich schluchzend zusammen. Winnie kam herein und konnte mich gerade noch auffangen, während meine Krücken durch die Gegend flogen.

„Hey, hey, hey! Michael, was machst du?" Winnie half mir auf die Beine. „Weiß dein Arzt, was du hier treibst? Beruhig dich. Ganz ruhig ..." Er hielt mich fest in seinen Armen, und ich heulte mich aus wie ein kleines Kind bei seiner Mutter.

Ein wenig erinnerte mich diese Szene an den ersten Besuch von Vanessa.

„Winnie, ich bin ein Monster. Ein Freak. Was hat das Arschloch mir nur angetan?"

Winnie klopfte mir sanft auf den Rücken, während er mich hielt.

„Alles wird gut. Irgendwann kriegen wir das Schwein."

Lehrjahre

Bald hatte ich mich beruhigt, und wir machten uns auf den Weg zum Außenbereich des Klinikums gegenüber des Hochhauses, das zu den neuen Gebäuden gehörte. Innere Medizin. Die Neurologie befand sich in einem der beiden Altbauten, die durch einen hufeisenförmigen Umgang verbunden waren, der in der Mitte an das Hochhaus anschloss. Dort setzten wir auf einer Bank im Freien, und ich hatte mich wieder im Griff.

Winnie rauchte gefühlt die zwanzigste Zigarette. Gegenüber saß ein alter Mann mit einem Tubus im Hals, durch den er ebenfalls eine Zigarette inhalierte.

„Ich hätte ihm keine Kippe gegeben", sagte ich und deutete auf den Alten.

„Du rauchst schon seit Beginn deiner Lehre 1986. Davor waren es nur ein paar Tüten, aber ab da Kette. Du könntest da jetzt auch sitzen", konterte Winnie.

„Arschloch. Meinst du nicht, ich bin gestraft genug?", rief ich und stieß ihn leicht mit meinem Ellbogen. Eigentlich war ich froh, wenn jemand, der ein noch ekelhafteres Gebrechen vorzuweisen hatte, mir die Monstershow stahl. Dann wurde ich nicht so angestarrt. Ich mochte den alten Mann.

„Erzähle mir mal was von meiner Lehre. Bankkaufmann ist richtig?", fragte ich Winnie.

„Das werde ich nie vergessen, wie du in diesem blauen Anzug da antreten musstest. Bei der Sparkasse. Micha, der Banker. Alter, ich bin extra gekommen, um dich am Schalter zu erleben. Einmal habe ich dir sogar einen LSD-Trip zugeschoben. Du hast ihn dir eingeklinkt und eine Stunde später bist du einfach rausgegangen auf die Straße. Nur in Unterhose und Sakko ..." Er bekam er einen Hustenanfall vom Lachen.

„Wieso haben die mich nicht rausgeschmissen?"

„Wegen deiner Mutter, der alten Glucke. Die hat wohl mal in jungen Jahren mit dem Chef der Hauptniederlassung gevögelt. Was meinst du, wie oft die dir den Arsch gerettet hat? Es gab eine Zeit, da dachte die ganze Bank, du wärst ihr gemeinsames Kind."

„Das ist ja ganz entzückend. War ich jemals der Typ für eine Bank?", fragte ich etwas irritiert.

„Bis heute nicht. Musik war immer dein Ding. Aber irgendwie hattest du keine Alternative. Alter, ich muss los. Komm, ich bringe dich zurück."

„Nee, lass mal. Das schaffe ich schon alleine. Weißt du was? Lass mir die Kippen da."

„Bist du sicher?"

„Ich will das mal testen. Es ist für mich praktisch das erste Mal."

Er gab mir zögerlich die Schachtel. „Aber das Zippo kriegst du nicht. Warte, ich habe noch Streichhölzer. Hier. Mach es gut, mein Freund, und pass auf dich auf."

„Danke, Winnie. Hau rein."

Es war ein bewegender Moment, wie sich das erste Streichholz entflammte. Langsam, aber sehr durchdringend stieg der Schwefelgeruch in meine Nase. Dann zündete ich die Zigarette zwischen meinen Lippen an, und während ich daran zog, gab es ein knisterndes Geräusch, das mir eine Gänsehaut im Nacken bescherte. Gierig trieb ich den Qualm tief in meine Lungen, und sofort wurde mir schwindelig. Erst beim zweiten Zug bekam ich einen Hustenanfall, der den von Winnie um ein Vielfaches übertraf.

Wie bei meiner ersten Zigarette ...

Zwei auf der nach oben offenen Richterskala

Plötzlich kehrten Erinnerungen an meine Ausbildung zurück. Und vor allem fielen mir auch die Dinge ein, die ich in meiner Freizeit getan hatte.

Gleichzeitig hatte ich auch den Soundtrack zu dieser Zeit wieder im Ohr.

Die Platte hieß Fünf auf der nach oben offenen Richterskala von den Einstürzenden Neubauten. Blixa Bargeld war der Kopf dieser Band, und entsprechend schwer war ihre Musik zu beschreiben. Experimenteller, avantgardistischer und kunstvoller Krach mit zumeist deutschen Texten. Deutsche Texte lagen mir sehr am Herzen, und Blixa war für mich zu einem weiteren Idol geworden.

Avantgarde und Intellekt waren die einzigen Schubladen, die auf ihn zutrafen, aber sie konnten ihn nicht beschreiben. Bei Blixa Bargeld kam man sich immer irgendwie unterlegen und dumm vor. Nick Cave schrieb einmal, er habe noch nie einen Menschen gesehen, der so zerstört und krank aussah, aber gleichzeitig auch so wunderschön. Mag sein, dass diese Verkörperung der absoluten Gegensätzlichkeit mich damals beeindruckt hatte. Jedenfalls erinnerte ich mich plötzlich an einen bestimmten Tag. Es war der zwölfte September 1987, der Tag, an dem Morrissey The Smith verlassen hatte.

Ach ja: Und ich hatte irgendwie meine Zwischenprüfung bestanden, und Winnie brachte mir in der Bank LSD vorbei.

„Hey Micha", rief er und stand plötzlich vor mir am Schalter. Ganz in schwarz gekleidet, mit grün gefärbten Haaren, fiel er etwas aus dem Kundenschema, und sofort spürte ich nicht nur die Blicke der Kollegen auf mir. Auch die anwesenden Kunden starrten abwechselnd auf seine Haare und seine fürchterlich spitzen Schnallenschuhe, die mir sofort aufgefallen waren, als er hereingekommen war. Das Schlimmste jedoch war: Er grinste auf eine wirklich furchteinflößende unnatürliche Art. Seine Gesichtszüge wirkten panisch, doch er lachte unaufhörlich. Seine Pupillen waren so groß wie Kaffeetassen.

„Du hast es getan?", fragte ich, obwohl für mich kein Zweifel bestand. Er grinste zur Antwort.

Dann flüsterte ich: „Du bist auf einem Trip?" Er schob mir ein winziges Stück Papier rüber.

„Nimm!" Das tat ich.

Zuerst merkte ich nichts von der Pappe, wie man diese Form des LSD-Konsums auch nannte. Auf einem kleinem Stück Papier befand sich ein winziger Tropfen des Wirkstoffes LSD. Das schluckte man einfach wie eine Pille. Seit den Ereignissen in Hannover hatte ich von dem zeug nichts mehr angerührt. Aber jetzt hatte ich Bock darauf.

Etwa eine Stunde nach der Einnahme kam eine alte Frau zu mir an den Schalter. Irgendwie war ihr Kopf mit Luft aufgepumpt worden, und ihre Augen leuchteten gelb. „Sie wünschen?" fragte ich höflich, aber gleichzeitig hatte ich das Gefühl, meine Füße würden sich in Gummi verwandeln. Augenblicklich merkte ich, wie ich zu zittern begann. Der Trip hatte gezündet.

„Junger Mann, ich war heute am morgen schon einmal hier und habe die Zinsen vom letzten Jahr nachtragen lassen." Sie knallte ein rotes Sparbuch auf den Schalter. Höllenfeuer. Lava. Es wurde flüssig und tropfte auf meine einzige Anzughose. „Sie haben sich um einen Pfennig verrechnet. Bitte prüfen Sie das."

Ich zog meine brennende Hose aus. Inzwischen hatte der Kopf der Frau eine Größe erreicht, die mich den Rückzug antreten ließ. Ich warf meine brennende Hose in den Mülleimer und verließ die Sparkasse. An der Tür kam mir mein Ausbilder entgegen und starrte auf meine käsigen nackten Beine. „Herzlichen Glückwunsch zum Prüfungsergebnis, Herr Grundberg."

Plötzlich gaben sich die Erinnerungen aus dieser Zeit in meinem Kopf die Klinke in die Hand. Das Gefühl von damals stellte sich wieder ein. Wir waren ständig auf der Suche nach allem, das uns von der Masse abhob. Das war für mich persönlich das Wichtigste neben unserer Musik.

Praktisch gesehen führte ich ein Doppelleben. Nachts hing ich mit Winnie und der Band ab. Wir machten Musik, feierten und gaben einen Dreck auf die Leute, die in der Sparkasse zu meinen Kunden zählten.

Tagsüber saß ich meine Zeit auf der Arbeit und in der Berufsschule ab und tat nur das Nötigste, um meine Ausbildung wenigstens mit ausreichend abzuschließen. Letzten Endes war das nicht viel.

Tatsächlich fiel mir alles in den Schoß, da ich mir alles merken konnte, was ich einmal gehört oder gelesen hatte.

Es bestanden für mich damals keine Zweifel daran, dass ich keinen Tag länger in der Sparkasse arbeiten würde, als es nötig wäre.

Unvermittelt schloss sich eine weitere Erinnerungslücke:

Am 11. Oktober 1987 wurde Uwe Barschel in Genf tot in seiner Badewanne gefunden. Das Foto im Stern inspirierte mich, und ich beschloss, mir ein T-Shirt damit anfertigen zu lassen. Nachdem ich in der Sparkasse einen Entwurf gezeichnet hatte, fuhr ich mit der nächsten Schwebebahn nach Oberbarmen. Dort gab es einen Kopiershop, der auch Textilien bedruckte. Während ich eilig auf die Eingangstür des Ladens zuging, sah ich mir noch einmal den Barschel-Entwurf an.

Das Foto des toten Ministerpräsidenten in seiner Wanne wurde ergänzt mit einer Überschrift, die mit ausgeschnittenen Buchstaben im Erpresserbrief-Stil hieß:

CDU - mit uns gehen Sie baden

Ich musste selbst darüber lachen. Mit schnellem Schritt betrat ich das Geschäft, sah dabei auf meinen Entwurf und abgelenkt von meiner Kunst stieß ich plötzlich mit einem Mädchen zusammen.

In einer von diesen kitschigen Hollywood-Komödien a la Sandra Bullock, Michael J Foxoder Gene Wilderwäre diese Szene natürlich in Zeitlupe abgelaufen.

An diesem Tag war ich mit Franziska Westkötter zusammengestoßen, meiner zukünftigen Frau. Vor meiner Brust hielt ich den Entwurf und konnte mich kaum rühren.

„Davon müsste man ein Shirt machen", schlug sie vor und hielt mir ihre Hand hin, die ich ergriff, während ich ihren üppigen Ausschnitt bewunderte. „Franzi", sagte sie nur, nachdem sich unsere Hände gefunden hatten.

„Geil", sagte ich. „Ich meine das mit dem Shirt. Das hatte ich vor. Ich bin Micha."

„Schöner Anzug", sagte sie. Ich lächelte und dachte: „So ein hübsches Mädchen. Aber wohl nicht meine Liga ..."

Im Kopiershop ließ ich sie nicht mehr aus den Augen. Sie stand an einem der Kopierer und ich bewunderte ihr Profil, während ich mein T-Shirt in Auftrag gab.

Dann kam sie mit ihren Kopien auch an die Kasse. Ich bezahlte meine Shirts, und dann wartete ich mit vor Aufregung hochrotem Kopf vor der Tür auf sie.

„Na?", sagte sie nur, als sie rauskam. Dann setzte ich alles auf eine Karte: „Du Franzi, ich lasse dir auch so ein Shirt machen. Meinst du, du kannst mir deine Nummer geben? Dann können wir uns treffen, wenn die Shirts fertig sind."

„Och, wie süß ...", meinte Franzi. Dann hauchte sie mir ihre Telefonnummer ins Ohr, gab mir einen Kuss auf die Wange und ging.

Ihr Hintern unter dem karierten Minirock ließ mir keine andere Wahl, als wieder einmal auf das neue Ziel meiner Sinneslust zu starren.

Sie drehte sich noch einmal um, winkte. Ich wurde sofort wieder rot und winkte zurück.

Ich hatte noch nie lange gefackelt. Nach unserem gemeinsamen Abendessen im Hotelrestaurant, das mich für diesen Monat finanziell ruinierte, hatte sie mir auch ihre Adresse gegeben. Als ich mit den beiden Barschel-Shirts ein paar Tage später bei ihr auflief, öffnete ihr Vater die Tür. Hätte ich gewusst, dass er bei der Wuppertaler CDU im Vorstand saß, hätte ich meines vielleicht nicht vorher angezogen. Oder erst recht?

Mein Verhältnis zu Herrn Westkötter stand von Anfang an unter keinem guten Stern. Wenn ich in dieser Zeit nicht gerade mit Winnie auf LSD war oder wir mit der Band probten, vögelte ich mit Franzi. Es war eine schöne Zeit.

Dann, an meinem dreiundzwanzigsten Geburtstag am 3. August 1988, platzte uns ein Gummi. Franzi wurde am selben Tag schwanger, an dem Matthias Rust nach Deutschland zurückkehrte.

Mitte Juni kam dann Vanessa zur Welt. Am dritten Oktober heiratete ich Franzi. An diesem Tag starb Franz Josef Strauß. Winnie fand, dieses Ereignis und meine Hochzeit reichten aus, den dritten Oktober zu einem Nationalfeiertag zu machen. „Von mir aus", sagte ich. „Andererseits könntest du wenigsten noch auf die Wiedervereinigung warten." Winnie lachte herzlich über meinen Scherz.

Unseren ersten Ehekrach hatten wir, weil ich am Tag von Vanessas Geburt auf einem Konzert der Einstürzenden Neubauten in der Börse am Viehhof war. Mit Winnie. Es war ein tolles Konzert. Blixa erzählte zwischen den Songs jedes Mal, dass er krank sei und tierisch breit von Medikamenten. Es hat ihm wohl niemand geglaubt.

Zu Besuch bei Morpheus

Schwester Sabrina war mit meiner Spritze beschäftigt, als sie plötzlich innehielt. „Was grinsen Sie so? Freuen Sie sich, dass Sie die Spritze nur noch einmal in der Woche bekommen? Sie sind inzwischen so stark, dass sie mit weniger Erholungsphasen auskommen."

„Können Sie sich vorstellen, dass ich früher ein Punk war?"

„Auf jeden Fall."

Ihre Antwort kam für mich überraschend.

„Wieso?"

„Sie sind frech, unbelehrbar, rebellisch, nonkonformistisch, altklug, unverschämt, haben sogar in unserem Krankenhaus Zigaretten geraucht, starrsinnig, extravagant ..."

„Stopp!", rief ich dazwischen. „Bin ich nicht in erster Linie einfach nur total hässlich?"

„Ausgesprochener Emotional-Erpresser, mitleiderregend und bestätigungsbedürftig sollte ich noch ergänzen, mein Hübscher."

„Ich liebe Sie ...", konnte ich gerade noch flüstern, dann war ich eingeschlafen.

Immer für Sie da

Als ich aufwachte, hatte ich miese Laune. Ich hasste mich, meine Situation, meine Krücken, das blöde Krankenhaus mit seinen Angestellten, die jeden Tag die gleichen Sprüche runterrasselten wie der Moderator in einer dieser dämlichen Dauerwerbesendungen. Ich hasste sogar das Wetter und am meisten mich selbst. Es gibt so Tage.

Das erste, was ich sah, als die Tür zu meinem Zimmer sich zu ersten Mal an diesem Tag öffnete, war ein unverschämt großer Präsentkorb. Phallusartig ragte eine Flasche Veuve Clicquot Ponsardin daraus hervor. Des Weiteren waren Gourmetnudeln, Paté, italienische Oliven in der Konserve und ähnliche Dinge um eine große Genesungskarte drapiert, aber am auffälligsten war die Packung mit den Golfbällen.

„Golfbälle?", fragte ich unhöflicherweise die beiden Unbekannten, die nun ihrerseits sehr schnippisch zurückgaben: „Sind es die falschen? Du hattest doch immer Srixons."

„Wer sind Sie?", fragte ich nach.

„Clemens Kampmann und Volkmar von Steinhausen. Wir sind seit drei Jahren im selben Flight", gab der Ältere zurück. Es schien, als wäre es ihm unangenehm, dieses erwähnen zu müssen.

„Und wohin sind wir geflogen?"

„Es ist also wahr. Du hast alles vergessen. Wir spielen zusammen Golf. Im Club Juliana", sagte der Jüngere.

„Spielen kann er bestimmt auch nicht mehr, Volkmar."

Volkmar winkte ab und zwang sich zu einem Lächeln. Dann sagte er: „Ich weiß, dass es nicht sehr passend ist mit dem Präsentkorb. Aber er kommt vom Club. Mit den besten Empfehlungen zur Genesung. Von uns allen."

„Du siehst ja auch schon wieder ganz gut aus, Michael", warf Clemens ein. Sie sahen sich dabei beide verstohlen an. Ebenso gut hätten sie einfach ihren Ekel vor mir ganz unverblümt zeigen können.

Ich beschloss, mir diese Heuchelei zu verbieten und sagte, während ich ebenfalls lächelte: „Mal im Ernst, Freunde: Seid ihr blind? Oder anders ausgedrückt: Wenn ihr so schlecht spielt, wie ihr lügt, ist es wohl an der Zeit, mir andere Partner zu suchen. Verarschen kann ich mich alleine. Ich weiß selbst, dass ich aussehe wie Frankensteins Monster. Also lasst es doch einfach sein. Ihr könnt ein Häkchen bei eurem Anstandsbesuch machen und vielen Dank. Ich rufe euch an."

„Ich glaube, wir gehen besser, Clemens. Man will ja nicht unhöflich sein."

Der Ältere stellte den Korb ab. Ganz unverhohlen zeigte sich sein Ekel vor meinem entstellten Gesicht, genau wie ich es vermutet hatte. Endlich schloss sich die Tür hinter ihnen.

Ich nahm meine Krücken, humpelte um mein Bett herum und öffnete das Fenster. Dann steckte ich mir eine von Winnies Zigaretten an. „Was für Idioten", murmelte ich und blies den Rauch nach draußen. Das Nikotin beruhigte mich sehr schnell, und als ich gerade darüber nachdachte, den Champagner zu schlachten, öffnete sich wieder meine Zimmertür.

Vor mir stand ein südländisch wirkender Mann im Alter zwischen dreißig und vierzig Jahren. Seine äußere Erscheinung wirkte ungepflegt und seine Kleidung wahllos und alt.

„Hä?", stieß ich hervor.

„Karsten Przybilla ist mein Name. Kennen Sie mich noch?" Sein starker Akzent wirkte osteuropäisch.

„Nein. Kein Stück. Was kann ich für Sie tun?", fragte ich höflich.

„Ich bin ein Nachbar von Ihnen, aber natürlich wissen Sie nicht mehr. Haus gegenüber."

„Wie schön. Brauchen Sie eine Tasse Zucker?"

Ich gebe zu, es war nicht unbedingt mein bester Tag. Man kann sagen, ich stand kurz vor einem Lagerkoller. Wieder registrierte ich bei meinem Gegenüber die Abscheu vor meinem Anblick. Das half auch nicht gerade, mich zu beruhigen.

„Herr Grundberg, ich wollte Sie nicht belästigen. Die Polizei hat mich verhört, und ich konnte leider nichts dazu beitragen, den Täter zu schnappen."

Hektisch streifte sein Blick im Krankenzimmer umher, während er redete. „Leider habe ich nichts gesehen. Aber ich bin hier, um Ihnen gute Genesung zu wünschen. Wenn Sie später mal etwas brauchen, sagen Sie Bescheid, Herr Grundmann."

„Grundberg."

„Herr Grundberg. Natürlich."

Wieder ging die Tür auf und Winnie kam herein. „Ich gehe dann mal", sagte der mir völlig unbekannte Nachbar, dann quetschte er sich an Winnie vorbei und verschwand durch die noch geöffnete Tür.

„Wie in einem gottverdammten Taubenschlag. Schön, dich zu sehen, Winnie."

„Wer war das?", fragte mein bisher liebster Besucher und blickte Karsten Przybilla noch durch die offene Tür hinterher.

„Du kennst ihn auch nicht? Er sagt, er sei mein Nachbar."

Winnie ignorierte meine Frage und schnupperte prüfend im Zimmer herum.

„Hast du geraucht, Alter?"

„Klar. Spielst du eigentlich Golf?" Ich zeigte auf den Präsentkorb.

„Was soll das denn? Das sieht schwer nach Clemens und Volkmar aus. Erzähl."

„Du kennst die Vögel?"

„Ja klar. Wir spielen schon seit ein paar Jahren zusammen Golf. Du warst doch nett zu ihnen, oder? Es gibt keine Versicherung, die ich den beiden nicht andrehen konnte."

„Hätte ich vorher wissen müssen. Heißt das, du bist Versicherungsvertreter?"

Winnie grinste. „Nur nebenbei. Ich bin Fotograf."

„Sag mal, Winnie ...", fragte ich und mein ton wurde ernster. „Kennst du meine Frau, die Franzi?"

„Klar. Wieso? Ist dir plötzlich eingefallen, dass ihr euch seit drei Jahren trennen wollt?"

Nach dieser wenig subtilen Aufklärung durch meinen besten Freund musste ich raus aus meinem Zimmer.

Hilflosigkeit paarte sich in mir mit der Erkenntnis, was auf mich draußen wartete: Eine zerrütteten Ehe, ein Job, den ich hasste, und ein Teenager, der meine Störung und die meiner Ehefrau in sich kumulierte.

Und im Spiegel begrüßte mich die Fratze von Frankensteins Monster. Jeden Tag. Immer wieder. War ich dafür aufgewacht?

Wir saßen wieder draußen auf der Bank und sahen dem alten Lungenkrebspatienten beim Sterben zu. Wir rauchten, und irgendwann fragte ich Winnie: „Sag mal, wie war das denn mit Franzi?"

„Franzi war eine ziemlich geile Tussi damals. Zuerst dachte ich: Klar. Das ist eine reine Bettbeziehung. Mann, ihr habt nur gefickt im ersten halben Jahr. Wenn du mal Zeit für mich hattest, hast du dich sofort mit ACID abgeschossen. Es gab damals keinen, der mehr LSD genommen hat als du. Einmal hast du dir eine Pappe unter das Augenlid geschoben. Ich dachte, ich muss dich einweisen lassen. Du hattest einen sagenhaften Horrortrip."

„Äh, und was ist mit Franzi?", unterbrach ich.

„Tja, du hast sie geschwängert, du Idiot. Das war auch das Ende der Band. Vanessa kam zur Welt, als wir unsere letzte geile Sause gemacht hatten. Neubauten in der Börse. Das war es dann."

„Und ich bin bei der Sparkasse geblieben?"

„Das ist der Oberklopper. Natürlich wollten die dich da kegeln nach deiner Ausbildung. Aber dann half dir das Schicksal in Form der Steuerfahndung. Du erinnerst dich wirklich an gar nichts, Micha?"

„An absolut gar nichts. Wie oft willst du das noch hören?"

Mittlerweile schämte ich mich noch nicht einmal mehr, ihn zu belügen. Winnie war der Anker in meinem tosenden Meer der Ungewissheit. Er gab mir die Kontur zurück, er gab mir meine Vergangenheit zurück. Er gab mir Autonomie. Er musste nur erzählen. Alles.

„Was war mit der Sparkasse?" fragte ich ungeduldig. Winnie grinste mich an und öffnete den in Folie verpackten Keks, den er einfach von meinem Nachtschrank mitgenommen hatte. Eigentlich hatte ich ihn Schwester Sabrina schenken wollen.

„Jeder wusste damals, dass man dich nicht übernehmen würde. Deine Leistungen waren zwar gut, aber nicht gut genug, um das auszugleichen, was deine Ausbilder ‚Aufmüpfigkeit‘ und ‚Desinteresse‘ nannten. ‚Unzuverlässigkeit‘ war auch noch so ein Attribut."

„Danke, Winnie. Offenbar hatte ich da nicht nur einen Beruf, sondern auch eine Berufung gefunden", sagte ich. Winnie lachte und fuhr fort: „Dann kam die Steuerfahndung in die Sparkasse. Razzia. Du kamst morgens mit der obligatorischen halben Stunde Verspätung zur Arbeit, und fast alle Kundenberater standen mit kaltem Schweiß auf der Stirn im Foyer herum oder rauchten Kette draußen vor dem Eingang. Die Fahnder hatten alle rausgejagt. Selbst Papierkörbe durften nicht mehr angepackt werden, geschweige denn Akten. Deine Mutter, die ja immer recht schlicht aussah, wurde irrtümlich für eine Kundin gehalten und nach Hause geschickt. Dann ging das richtig los. Die Kundenberater und deren Vorgesetzte hatten zwischen zwei Optionen zu wählen: Entweder acht bis zehn Jahre Knast oder bedingungslose Mithilfe bei der Aufklärung der Steuerhinterziehungen. Die Angestellten sollten also alle Kunden nennen, die sie in Bezug auf ‚alternative Anlageformen' hin beraten hatten."

„Alternativ heißt in dem Fall wohl, Bargeld in die Schweiz oder nach Luxembourg schaffen, um es da anzulegen?", fragte ich nach.

Winnie nickte und sagte: „Ganz genau. Total verboten, aber sehr gefragt. Das ist wie bei Drogengeschäften. Der, der verkauft, ist genauso schuldig, wie der, der kauft."

„Eigentlich hätten die ihre Kunden anzeigen müssen. Stattdessen geben die noch Tipps, wie man nicht erwischt wird, damit die Kunden nicht mit der Kohle zur Konkurrenz gehen", erklärte ich.

„Korrekt, Micha. Mann, du hattest echt deinen Spaß. Die Berater mussten alle dikken Fische anrufen und ihnen erklären, dass sich möglicherweise das Finanzamt mit unangenehmen Fragen an sie wenden wird. Letzten Endes gab es ein Bauernopfer in Form der Verurteilung einer Führungskraft, die man bei der Sparkasse schon lange hatte loswerden wollen. Der Abteilungsleiter der Anlagenberatung wurde als Schuldiger entsorgt und in der Öffentlichkeit zerlegt."

Ich runzelte die Stirn. „Wo komme ich da ins Spiel?"

„An diesem Tag kamst du nach Feierabend sehr gut gelaunt zum Abendessen zu deiner Mutter."

„Kann die etwa kochen?"

„Dazu möchte ich schweigen. Aber an diesem Abend war sie sehr aufgeregt und bat dich, eine Aktenmappe mit Unterlagen mitzunehmen, die sie am Morgen der Razzia noch für den Bereichsleiter der Anlagenberatung kopiert hatte. Geistesgegenwärtig nahmst du ihr die lästige Aufgabe ab, die wichtigen Akten zurückzubringen, wo deine Mama doch frei hatte am nächsten Tag. Bingo, Alter. Nachdem du am nächsten Tag diesen Mann angerufen und ihm ein paar Sachen vorgelesen hattest - dazu gehörte auch eine handschriftliche Notiz vom Vorstand mit dem Vermerk: Regeln Sie das – hatte man sich mehr als ein Bein ausgerissen, dich in einer Führungsposition fest anzustellen. Verstehst du? Okay, du hattest natürlich keinen Kundenkontakt in der Kreditabteilung, aber jede Menge frustrierte, sexsüchtige Weiber, die du alle flachlegen konntest. Wenn du gewollt hättest. Die waren fast alle älter als du."

„Die ganz jungen sind ja eher dein Beuteschema."

Winnie lachte. „Treffer, versenkt!"

„Aber jetzt mal im Ernst, Winnie. Wie war das mit Franzi?"

Er hörte sofort auf zu grinsen und steckte sich in Ruhe noch eine Zigarette an.

„Es war schrecklich. Eigentlich hast du das letzte halbe Jahr vor dem Überfall bei mir gewohnt. Du warst schon auf der Suche nach einer eigenen Wohnung und allem. Ihr habt euch nur noch gestritten. Du bist halt nicht der Banker mit den tollen Karriereaussichten, den sie immer in dir sehen wollte. Reicht endlich die Scheidung ein. Vanessa zuliebe. Und vor allem dir zuliebe. Im Prinzip kann dir deine Ehe dir doch am Arsch vorbei gehen. Du erinnerst dich doch sowieso an nichts, oder etwa doch? Liebst du sie?"

Ich schwieg.

„Denk mal drüber nach. Ich muss los, alter Freund. Bleib sauber!" Winnie warf dem alten Mann seine Schachtel zu und stand auf. „Ich bin immer für dich da, Micha. Das weißt du?"

„Ja. Danke", krächzte ich. „Für alles."

Wiedersehen macht Freude

Im Prinzip war mein Bedarf an Gästen gedeckt für diesen Tag, aber ich bekam dann noch die Ehre eines weiteren unbekannten Besuchers, der mir seine Aufwartung kurz vor dem Abendessen machte.

„Lassen Sie uns nicht lange drum herum reden. Mein Name ist Baum. Wie der Baum. Da Sie ja behaupten, Ihr Gedächtnis verloren zu haben, helfe ich Ihnen etwas. Ich bin der Leiter der Personalabteilung der Stadtsparkasse Wuppertal. Wie geht es uns denn?"

Er setzte sich auf den Stuhl an meinem Bett.

„Ich weiß nur, wie es mir geht. Sie kenne ich eigentlich gar nicht."

„Sehr witzig. Offenbar machen Sie immer noch gerne den Pausenclown. Aber ich bin nicht gekommen, um mich zu amüsieren. Offiziell besteht der Anlass meines Besuches bei Ihnen darin, unsere besten Genesungswünsche zu überbringen. Inoffiziell genieße ich jede Minute, die Sie nicht unser Geldinstitut durch Ihre Anwesenheit kontaminieren. Kurzum: Ich will Sie loswerden."

Schnack. Schnack. Er öffnete einen außerordentlich hässlichen Aktenkoffer mit beigefarbenem Kunstlederüberzug und nahm eine Akte heraus. Dann eröffnete er mir: „Folgendes Angebot werden wir Ihnen nur ein einziges Mal unterbreiten, Scarface. Danach werden wir Sie kalt entsorgen, wie man heutzutage in der Personalbranche sagt. Aber ganz ehrlich: Das würde mir persönlich zu lange dauern. Wollen wir doch einmal sehen, inwieweit ich Sie für eine schnellere Lösung begeistern kann."

„Vergessen Sie es!", stieß ich hervor.

„Man kann Menschen auf verschiedene Arten manipulieren. Die einfachste ist, ihre Gier zu befriedigen. Oder auch ihre Eitelkeit zu bedienen, in der sie sich auf Statussymbole stürzen. Das alles setzt natürlich eine gewisse Konditionierung der Person voraus, die man beeinflussen möchte."

„Hochinteressant", sagte ich. „Dauert es länger? Dann lasse ich uns Kaffee bringen."

„Am besten funktioniert jedoch eine ganz andere Sache. Man gibt den Menschen Hoffnung. Dann hat man jeden in der Hand", verkündete Baum und sah mich an, als ob er auf meinen Applaus wartete.

Kurz überlegte ich, ob ich ihm eine meiner Krücken über den Schädel ziehen sollte, aber stattdessen sagte ich: „Lässt Sie ihre Gattin nur am Monatsanfang ran, wenn es Geld gibt, ja? Müssen Sie mal Druck abbauen? Ich kann Ihnen einen Termin bei meinem Urologen im Hochhaus besorgen. Der hat sogar Humor, und das ist immer noch besser als gar kein Sex."

Er sah mich hasserfüllt an. Ich vermutete, dass ich zumindest teilweise ins Schwarze getroffen hatte.

„Klartext, also. Klartext. Gut. Sehen wir mal nach", sagte Baum und las aus der Akte ab. „Privatkonto Michael Grundberg mit der Endziffer 604: Soll 17.302,24 DM. Ganz schön kostspielig, so eine Reha. Dann Gemeinschaftskonto Michael und Franziska Grundberg mit der Endziffer 345: Soll 21.489,56 DM. Na ja. Ihre Frau hatte die Erholung auch wirklich nötig. Und es ist wirklich wunderschön in der Dominikanischen Republik um diese Zeit. Dann gibt es noch zwei Sparbücher mit einer schwarzen Null, ha, ha. Und ein Sparbuch auf Vanessa Grundmann: Haben 789,- DM glatt. Und hier ist noch Ihr Wertpapierdepot. Aha. Ein Guthaben von 987,45 DM. Schön, schön. Bleibt noch eine Resthypothek auf das wunderschöne Haus von, na ... nicht einmal einer Viertelmillion. Sie könnten nach meiner Meinung etwas Hoffnung gebrauchen. Möchten Sie meinen Vorschlag hören?"

Zufällig fanden meine Finger auf dem Nachtschränkchen eine halbe Aspirin Brausetablette. Während er auf sein Blatt starrte, nahm ich sie in den Mund.

„Mmh", brummte ich.

„Die Stadtsparkasse übernimmt sämtliche Reha-Kosten, die von Ihrer Krankenkasse nicht übernommen werden. Sie erhalten darüber hinaus eine Abfindung von einem Jahresgehalt. Dafür akzeptieren Sie die sofortige einvernehmliche Auflösung des Arbeitsverhältnisses, und Sie händigen, ... äh, gewisse Unterlagen im Gegenzug an uns aus. Sie verpflichten sich, über alle Vorfälle zu schweigen. Reden Sie, werden alle Abmachungen hinfällig."

Ich wartete, bis er fertig war. Dann fing ich an zu stöhnen und ließ langsam und wohldosiert Schaum aus meinem Mund quellen. Der Blick, den Baum mir schenkte, war den fürchterlichen Geschmack des Aspirins wert. Entsetzt stammelte er, völlig seiner Fassade beraubt, etwas von Schwester holen und sprang auf. Ich fing nun an, mit den Armen und Beinen zu zucken. Meine Übungen machten sich bezahlt. An der Tür rief Baum noch: „Ich schicke Ihnen alles zu." Dann knallte er die Tür zu und ich erbrach mich gründlich. Innerlich amüsierte mich das Entsetzen dieses unangenehmen Menschen köstlich.

Ich humpelte ins Bad und spülte mir den Mund aus. Mittlerweile hatte ich mich an mein Spiegelbild gewöhnt. Zumindest kam ich damit besser klar als die Leute, die mich unfreiwillig ansehen mussten.

Aber jetzt ging auch noch meine berufliche Perspektive vor die Hunde. Okay, daran lag mir bei Weitem nicht so viel, als dass ich lange hinterhertrauern wollte. Aber stolz machte es mich auch nicht. Irgendetwas musste man ja tun.

Pleite waren wir auch noch. Und diese finanziellen Probleme erleichterten meine Trennung von Franzi keineswegs.

Ob ich noch einmal mit mir schlafen sollte?

Oder wäre ich diese Woche sowieso noch einmal in der Urologie? Ich musste lachen.

Vielleicht sollte ich einfach das tun, was alle machten, die in ihrem Leben keine Perspektive mehr zu sehen glaubten: Ich sollte ein Buch schreiben. Wie tief ging es wohl noch abwärts?

Plötzlich wurde mir wieder schlecht und ich erbrach mich ein weiteres Mal.

Versprochen ist versprochen

Am 27.07.2001 brach der Ätna auf Sizilien aus, und am Nachmittag besuchten mich Franzi und Vanessa.

„Papa, es tut mir so leid, dass ich beim letzten Mal so durchgedreht bin."

„Schon gut mein Schatz", beruhigte ich sie. „Du hattest eben Angst."

„Du siehst ja auch zum Fürchten aus" bemerkte Franzi trocken.

In diesem Moment beschloss ich, die Idee mit dem großzügigen Sex zum Abschied fallen zu lassen.

Vanessa hatte sich bei mir angekuschelt und saß neben mir auf dem Bett. Ich starrte dabei geradeaus auf die Badezimmertür, hinter der ein Spiegel hing, der jegliche Hoffnung auf ein normales Leben für mich ad absurdum geführt hatte.

Vanessas Nähe genoss ich sehr. Das war ein komisches Gefühl. Einerseits war das Das junge Mädchen mir fremd, andererseits spürte ich eine tiefere Verbundenheit.

Aber stand mir das überhaupt zu? Durfte ich ausnahmsweise einmal etwas unbeschwert genießen? Auf keinen Fall durfte ich mich daran gewöhnen. Schließlich wollte ich mich von Franzi trennen. Ich durfte nicht wegen des Kindes diese Farce fortführen. Sicherlich würde ich mich nur von Franzi trennen, aber verlassen müsste ich auch meine Tochter. Würde ich bleiben, um ihr das zu ersparen, würde ich Vanessa und mich selbst mit einer vorgetäuschten Liebe belügen, so wie meine ganze Existenz eine einzige Selbstaufgabe dessen darstellte, was einmal meine Persönlichkeit war.

Ein anderer Spiegel saß neben Vanessa und mir auf dem Stuhl: Franziska Grundberg, meine Ehefrau.

Und das, was sie mir zeigte, war fast noch schwerer zu ertragen als meine Fratze.

„Ich habe dir die Sachen mitgebracht, die du unterschreiben musst. Das eilt. Du kannst es mir ja dann zuschicken. Ich habe nicht die Zeit, hier ständig hinzukommen. Einer muss sich ja um das Kind kümmern, während du hier herumliegst und dich bedienen lässt. Das Geld wird auch langsam knapp. Bekommst du da jetzt etwas von der Versicherung? Ich sage dir, ich gehe nicht mehr aus dem Haus, wenn ich nur noch in Lumpen herumlaufen kann ..."

Dafür hat sie mich nicht geheiratet, dachte ich.

„Dafür habe ich dich schließlich nicht geheiratet, dass ich ständig zu Vater rennen muss, wenn ich mal etwas brauche."

„Mama! Jetzt lass Papa endlich in Ruhe."

Franzi erstarrte für einen Moment. Dann kehrte wieder diese Milde in ihr zurück, wie schon beim letzten Mal der Fall gewesen war.

„Entschuldige, Vanessa. Und du auch, Michael. Es ist nur alles …, so viel. Ich wollte das nicht."

„Natürlich nicht, Franzi", sagte ich nur.

Ich wollte ihren Arm streicheln, aber sie zuckte zusammen, als ob ich sie mit meiner Berührung verbrennen würde.

Winnie fragte mich einmal, wieso ich so ruhig bleiben könne, wo ich doch nicht wüsste, wer ich wäre. Der Punkt war: Ich wollte gar der Michael Grundberg von heute sein, sondern der Michael Grundberg von 1985.

Deshalb brauchte ich Winnies Geschichten, brauchte meine Erinnerungen an die Vergangenheit. Ich suchte den Punkt, wo ich noch einmal neu ansetzen konnte.

Das war definitiv nicht Franzi.

Die Gegenwart machte mir Angst. Ich fühlte Tantalusqualen, ohne zu wissen, welchen Frevel ich begangen hatte. Konnte man auch mit einer Lebenslüge die Götter erzürnen?

Wurde deshalb alles um mich herum zu Staub? Aber ich musste es tun, und wenn mich dann der Felsen erschlagen sollte, war mir das auch egal. Dann sollte es meine Erlösung sein.

Deshalb sagte ich: „Franzi. Das mit uns geht so nicht mehr weiter. Da ist nichts, was ich für dich empfinde. Und ich glaube, da wird auch nie wieder etwas sein. Ich werde nicht mehr zu Dir zurückkommen."

In diesem Moment wurde Vanessa neben mir zu Stein. Franzi nahm nur ihre hässliche Sonnenbrille ab und lächelte dünn. „Du spinnst doch", sagte sie verächtlich.

„Unsere Konten sind überzogen, aber keine Angst", beschwichtigte ich sie, „die Sparkasse wird meine Reha bezahlen und die Abfindung reicht, um alles auszugleichen. Wir machen eine einvernehmliche Scheidung ohne Anwälte, und diese …"

„Nein! Nein! Nein!", unterbrach mich Vanessa und fiel mir weinend um den Hals. „Du hast versprochen, du lässt mich nie alleine mit Mama. Du hast es versprochen.

Mama schimpft immer. Du hast es versprochen ..."

Sie weinte, während sie mich fest umklammerte. Ihr Weinen wurde heftiger und ich verstand immer nur den Satz Du hast es versprochen ... Aber es waren nicht nur ihre Worte, die mich erstarren ließen. Wieder kam eine Erinnerung zurück, und gleichzeitig wurde mir schwarz vor den Augen.

Vaterglück

Vor vier Tagen hatte der Irak angefangen, Israel mit Raketen zu beschießen. Fast zur gleichen Zeit spitzten sich die Auseinandersetzungen mit Franzi immer mehr zu.

Heute, am 21. Januar 1993, bekundete der Irak, dass man Kriegsgefangene als menschliche Schutzschilde einsetzen würde.

Ich tat im Prinzip etwas Vergleichbares, denn ich flüchtete während eines Streits mit Franzi in das Kinderzimmer zu Vanessa.

„Du hast versprochen, Mama schimpft nicht mehr ...", flüsterte meine Tochter.

„Verzeih mir ...", presste ich hervor. Franzi kam trotzdem in das Kinderzimmer gestürmt. Sie hatte ohne Rücksicht auf die Kleine herumgeschrien. Vom Windstoß der Tür, nachdem meine Frau sie zugeschlagen hatte, bewegte sich das Kindermobile an der Zimmerdecke wie im Sturm. Die bewegten Schatten an den Wänden hatten etwas sehr Bedrohliches.

Am 29. Mai 1993 starb mein Stiefvater. An diesem Tag wurde in Solingen ein Haus von Rechtsradikalen angesteckt. Es starben fünf Menschen, das jüngste Mordopfer war erst vier Jahre alt. Ich dachte an Vanessa, und meine Angst davor, mein Kind jemals zu verlieren, löste eine Welle der Wut in mir aus. Am selben Tag kam es überall in der Stadt zu Ausschreitungen, die im Zuge dieses feigen Mordes entstanden waren. Ich hatte mich ins Auto gesetzt und meiner Wut freien Lauf gelassen, als mich an den Krawallen beteiligte.

Alleine dadurch, dass ich mein eigenes Leben gänzlich an Vanessa festmachte, war ich an Franzi gefesselt.

Vanessa wurde größer und ging irgendwann zur Schule. Natürlich brachte ich es nicht fertig, mich von meiner Frau zu trennen. Natürlich habe ich stattdessen weiter meine Tochter parentisiert, ohne es zu merken. Nur von Vanessa bekam ich ehrliche Zuneigung und Respekt, wie ich es mir von Franzi gewünscht hätte.

Nur bei meiner Tochter hatte ich keine Angst.

Keiner ahnte etwas von unseren Problemen. Die Fassade aus meinem teuren Anzug, Franziskas maßgeschneiderten Kleidern und unserem Mercedes täuschte die restliche Welt. Immer mehr verrannte ich mich darin, ich täte meiner Tochter Vanessa einen Gefallen, wenn ich meine Ehe fortführte.

Je näher ich Vanessa war, desto größer wurde Franzis Aggression mir gegenüber, und ich wiederum klammerte mich noch mehr an unsere Kleine.

Letztlich werden Kinder immer von Amateuren großgezogen.

Schon wieder gleißendes Licht, ich blickte in die Gesichter von Doktor Nemati und Schwester Sabrina. „Was!", rief ich.

„Ruhig", sagte Doktor Nemati, „Sie waren ein paar Minuten bewusstlos. Sie arbeiten zu hart. Die Schwester gibt Ihnen gleich eine Spritze, und dann ist Ruhe angesagt. Puls ist normal. Kein Grund zur Sorge."

Er tätschelte meine Schulter und verließ das Zimmer. Hinter Schwester Sabrina stand Franzi und verzog verächtlich den Mund.

„Wo ist Vanessa?", fragte ich. Bevor sie etwas sagen konnte, hörten wir ein Klirren und einen dumpfen Aufschlag aus dem Badezimmer.

Schwester Sabrina eilte sofort hin und öffnete die Tür mit ihrem Generalschlüssel.

Es bot sich ihr ein Bild des Schreckens.

Vanessa hatte sich mit meiner Rasierklinge die Pulsadern aufgeschnitten und war anschließend bewusstlos geworden. Dabei war sie auf mein Zahnputzglas gefallen. Eine Scherbe steckte tief in ihrem Hals.

Meine Tochter lag in einer Lache aus Blut vor uns, und auch wenn es nicht mehr als ein Liter gewesen war, sah es nach einem Massaker aus. Ich verlor zwar nicht das Bewusstsein, war aber nur halb anwesend, als man sie auf die Intensivstation brachte.

Franzi wurde sofort Blut abgenommen, meine Blutgruppe war ja bekannt. Vanessa brauchte vielleicht eine Transfusion, sie hatte über einen Liter Blut verloren. Das schlanke Mädchen wog vielleicht fünfzig Kilogramm, und ihre gesamte Blutmenge war entsprechen niedriger als bei einem Erwachsenen.

Nach etwa zehn Minuten kam ein Arzt und fragte mich und meine Frau: „Wo ist der Vater des Mädchens zu erreichen?"

Franzi sah ihn entsetzt an, schwieg aber. Ich winkte in seine Richtung und sagte: „Hallo? Hier bin ich. Können Sie mich sehen?"

Der Arzt verzog keine Miene und erklärte uns: „Ihre beiden Blutgruppen stimmen nicht mit der des Kindes überein. Die Kleine hat 0-, das ist sehr selten."

Er zeigte auf Franzi. „Sie haben A+", er zeigte auf mich, „und Sie haben B-. Also. Was ist? Es geht vielleicht um das Leben der Kleinen. Wer ist der Vater?"

Endlich zu Morpheus

Schwester Sabrina war entsetzt. „Sie weiß nicht, wer ihr Vater ist? Aber eine engere Auswahl sollte man auch als promiskuitive Mutter eigentlich nennen können, oder? Aber immerhin geht es Ihrer Tochter wieder besser. Vom Petrus-Krankenhaus kamen genug Blutkonserven, und nun ist Vanessa über den Berg. Von den Schnitten an den Handgelenken werden kaum sichtbare Narben zurückbleiben. Nur das Glas in ihrem Hals wird wohl schon seine Spuren hinterlassen. Dadurch hat sie das meiste Blut verloren. Sonst wäre es alles halb so schlimm gewesen."

Wie bei Pelops die Schulter aus Elfenbein ..., dachte ich. „Bei ihr ist es eine Narbe am Hals." Ich antwortete: „Es war einfach entsetzlich. Ich habe das Mädchen echt lieb."

„Die ist ja auch süß", meinte Schwester Sabrina.

„Vanessa ist ein schwieriges Kind. Aber es ist ja kein Wunder bei der Vergangenheit. Trotzdem habe ich immer gedacht, sie wäre meine Tochter. Das habe ich nie in Frage gestellt."

Schwester Sabrina verharrte in der Vorbereitung der Infusion und sah mich verdutzt an. „Heißt das, Sie erinnern sich?"

„Nicht an alles. Aber einzelne Teile kommen ab und an zurück."

„Aber das ist doch großartig. Weiß es Doktor Nemati schon?"

„Es ist jetzt unser Geheimnis. Soll es auch noch bleiben, ja? Würden Sie denn heute Abend mit mir essen? Um mich ein wenig zu trösten?"

Die Schwester lächelte und drückte mich sanft zurück auf mein Kopfkissen. Dann gab sie mir unbarmherzig das elende Beruhigungsmittel. „Erstmal wird geschlafen."

„Meine holde Gattin findet, ich wäre besser gestorben, als plötzlich wieder aufzuwachen. Dann hätte die Versicherung gezahlt."

„Was haben Sie nur getan, dass sie so gemein zu ihnen ist?" Sie sah mich an, und ich hätte in ihren Augen ertrinken können. Ich nuschelte noch: „Ich war mal ein Punk ...", dann fielen mir meine Augen zu.

Folklore

Als ich meine Augen irgendwann wieder öffnete, saß neben meinem Bett ein erwachsener Mann mit einem Cowboyhut und war dabei, mein Abendbrot zu verspeisen. Sein grobes Jeanshemd verriet mir, dass es rote Beete gegeben haben musste. Als er mich sah, legte er meine Gabel auf mein Tablett mit meinem Essen und hielt mir seine Hand hin. In seinem voluminösen Schnauzbart entdeckte ich Teile von meinem Kartoffelsalat.

„Guten Abend, Sheriff …", sagte ich. „Hey, so ein verdammter Pferdedieb hat mir mein Abendbrot geklaut. Auf geht´s und hinterher!"

Ich war genauso neugierig wie genervt. Wer war jetzt dieser Freak?

„Deinen Humor hast du offenbar nicht verloren, Micha. Du kennst mich also nicht mehr?", meinte der Cowboy.

„Sollte ich?"

„Erinnerst du dich an die Electric Cowboys?"

„Nein."

„Da steht noch dein Marshall-Verstärker. Die Proberaum-Miete erlassen sie dir. Schöne Grüße von der Band, aber sie konnten nicht riskieren, die Auftritte zu gefährden, deshalb spielt jetzt ein anderer bei denen Gitarre. Tut mir echt leid, aber was soll ich lange drum herum reden. In der Country-Szene wird es auch immer härter. Selbst Tom Astor macht weniger Jobs. So sieht es aus. Also: Wenn es dir besser geht, hol deine Sachen ab, ja? Hier ist meine Karte. Ruf mich an, wenn du was brauchst. Ich schicke dir noch was von dem Fraß. Ich fahre heute Nacht noch Maschinenteile nach Istanbul, bin erst mal zehn Tage auf dem Bock."

Er stand auf und legte eine Visitenkarte und einen DIN A 5 Umschlag neben die Reste meines Essens.

„Tschüss, äh …", ich sah auf seine Visitenkarte, „Johannes Jonny Goldmann?"

„Mach es gut. War eine schöne Zeit mit dir. Aber wir sehen uns ja noch."

Nach dieser Drohung knallte die Tür zu, was mich in keiner Weise überraschte. Ansonsten begriff ich gar nichts. Nachdem ich im Bad gewesen war, sah ich mir den braunen Umschlag genauer an. Er enthielt über zwanzig Fotos, die mit drei Broschüren des Kaminofenherstellers KAGO eingeschlagen waren. Auf der ersten stand mit goldenem Edding geschrieben: Truck Grand Prix 1999. Die insgesamt elf Bilder zeigten eine große Bühne, auf der sich Cowboys mit Musikinstrumenten tummelten. Ein Foto zeigte mich selbst, ganz in schwarz mit einem Hut, wie sie ihn während des amerikanischen Unabhängigkeitskrieges in den Nordstaaten getragen hatten. Peinlich. Aber dort stand ich, spielte eine schwarze Les Paul und lächelte.

Wenn ich mir überlegte, wer mich bisher so besucht hatte, von Vanessa einmal abgesehen, kam ich doch ins Grübeln. Fast immer waren es vollkommene Idioten und Langweiler gewesen. War das mein Leben?

Es gab eine KAGO-Ofenbroschüre mit dem Vermerk Geiselwind 1998 und eine mit der Aufschrift Vorgruppe Tom Astor 2000. Da es überall Bilder von mir, meiner Paula und dem blöden Hut gab, musste ich der Wahrheit ins Gesicht sehen: Ich hatte bis zu meinem Koma in einer Country-Band Gitarre gespielt. Und gesungen. Das machte es nicht besser. Die CDs auf meiner Fensterbank von Bands wie Tool, Social Distortion, AC/DC, Gluecifer und Led Zeppelin schienen mich auszulachen.

Sah ich nun in das Gesicht des echten Michael Grundmann? Bin ich wirklich dem Koma entkommen, indem ich in mein früheres Ich geschlüpft war? Stand dafür die Musik als Symbol?

Die größte Demütigung empfand ich aber durch das Blatt Papier, das ich am Schluss in dem Umschlag fand. Es war ein Teil der Papierunterlage eines großen Burgerrestaurants. Auf dessen Rückseite stand ebenfalls mit goldenem Edding geschrieben: Keep it Country!

Offenbar hatte man, beschlossen, mich mit ein paar Fotos als Abfindung zu dispensieren.

Etwas später, nachdem ich nach Vanessa gesehen hatte, fühlte ich mich ein wenig besser. Das Mädchen war ansprechbar und über den Berg. Franzi hatte sofort das Zimmer verlassen, als ich reinkam. Es fiel mir zwar schwer, sie zu ignorieren, aber ich schaffte es. Offenbar hatte ich das spezielle Muster meiner Rolle als Ehemann dieser Frau schnell wieder erlernt.

Auf Anraten der Ärzte machte ich regelmäßig ausgedehnte Spaziergänge auf dem Klinikgelände. Ich rauchte Zigaretten, weniger auf Anraten als aus eigener Unvernunft, und sprach mit Leuten, die ich kannte, und das waren inzwischen einige.

Meine neue Mobilität gab mir den Anschluss an die anderen Langzeitpatienten, die man draußen beim Rauchen, in der Kantine, am Kiosk oder auch in den Anwendungsbereichen und auf den Gängen traf. Es würde sich nur noch um Tage handeln, bis die Abschlussuntersuchung bestätigen sollte, dass ich mich wieder am Leben, draußen in der Welt der Gesunden, beteiligen müsste. Das machte mir Angst. Ich war so lange schon in diesem Klinikum, vielleicht war ich selbst zu einem Teil davon geworden. Wollte ich eigentlich hier weg? Wohin? In die Ungewissheit? Zu meiner verkorksten Tochter, meiner zerrütteten Ehe und dem Arbeitslosendasein als entstellter Krüppel? Tolle Aussichten. Genauso gut könnte ich mein Leben in den Schrank stellen. Es gab zwei Menschen mit dem Namen Michael Grundberg. Dem einen passte das, was er mal gelebt hatte, nicht mehr. Wie ein Anzug, der zu eng, nicht mehr en vogue und schmutzig geworden war. Ein Anzug ohne Würde, aus Selbstbetrug geschneidert. Der andere war Tantalos, in dessen Nähe alles zerfiel, verfaulte und verschwand, was seinen Hunger und Durst stillen könnte. Verflucht zu ewigen Qualen. Unfähig, überhaupt ein Leben zu führen.

Am Kiosk vor der chirurgischen Ambulanz machte ich eine Pause. An einem Stuhl lehnte ich meine Krücken an und humpelte ohne meine Gehhilfe zum Verkaufstresen.

„Hallo, Sibylle. Einen Kaffee bitte."

„Gerne. Wie geht es denn? Ich habe das mit deiner Tochter gehört."

Meine Welt war klein hier drinnen. Ich sah auf die Zeitungsüberschriften. Draußen in der großen Welt hatten sich heute der russische Präsident Vladimir Putin und Kim Jong Il, Nordkoreas Diktator, zu Gesprächen getroffen. Am Datum erkannte ich, dass heute mein Geburtstag war, der dritte August 2001. Vielleicht sollte ich mir eine schöne neue CD gönnen zum Geburtstag? Dann nahm ich doch eine ganz bestimmte Scheibe aus dem Verkaufsregal.

„Ist das hier dieser Country-Typ, Tom Astor?"

„Ja klar, der mit diesem Hit beim Fall der Mauer. Hallo, guten Morgen Deutschland. Seit wann hörst du so etwas?"

„Toll, Sybille."

„Scheiße, sorry, Micha. Ich vergesse immer, weshalb du hier bist." Neugierig, wie ich war, kaufte ich zwei CDs von dem schwarz gefärbten Country-Barden. Es machte ihn schon mal sympathisch, dass er mit seiner Motorradlederjacke auch bei Black Sabbath hineingepasst hätte.

„Irgendwo am Horizont, der Zeit voraus", dudelte es aus dem neuen CD-Player, „fängt die Zukunft an ..."

„Was für ein Quatsch!", sagte ich zu mir selbst und sah mir die andere CD des deutschen Countrysängers an. Ich bin wie Ich bin hieß das Werk, und es war von 1994. Die Namen der Bandmitglieder halfen mir auch nicht dabei, mich an etwas zu erinnern. Er bedankte sich sogar bei seinem Soundmann Thomas „Frosch" Fuhrmann. Frosch? Ich stellte mir kurz einen Frosch mit Cowboyhut an einem Mischpult vor. Dann verdrängte ich das Bild schnell wieder. Vielleicht war diese Aktion hier genauso absurd. Trotzdem sagte mir mein Bauchgefühl, dass sich hier ein weiteres Puzzlestück meiner Vergangenheit befand. „Sei auf der Hut, sonst spielt man dich aus ...", empfahl Tom Astor aus dem CD-Radio.

Da öffnete Winnie plötzlich die Tür pünktlich zum Refrain: „Flieg, junger Adler, hinaus in die Freiheit ...", sang er und breitete dabei die Arme aus wie ein Kind, das Flugzeugspielte. Dabei bewegte er sich im Takt der stampfenden Musik.

Und noch einmal kam mir die Erinnerung plötzlich zurück. Wieder fühlte es sich an, als ob sich warmes Wasser über mein Gehirn ergösse, oder viel zutreffender wäre hier Jack Daniels. Mit Cola...

In der Ostwestfalenhalle in Kaunitz standen mindestens zweihundert Fans auf den Biertischen und machten, genau wie Winnie, den Jungen Adler zum gleichnamigen Hit von Tom Astor. Manche waren als Cowboys verkleidet, manche in Zivil, wie man es in der Country-Szene nannte. Manche trugen Kleider im Stil der Epoche der Prohibition. Gemessen an ihrem Alkoholkonsum waren sie allesamt auf der Seite der Schwarzbrenner und Schmuggler.

Mein Auftritt mit meiner Band, den Electric Cowboys, war schon vorbei und ich war entsprechend betrunken. Nüchtern hatte ich es noch nie ertragen, mir diese Freakshow zu geben. Ein unsympathischer Mann in einem ärmellosen T-Shirt mit Aufdruck der deutschen Reichskriegsfahne rempelte mich an. Irgendwo wurde mit Platzpatronen in die Luft geschossen. Karierte Hemden, Südstaatenfahnen, Deutschlandfahnen, Stars and Stripes, Trucker, Cowboys und sehr viel Jack Daniels.

Der Mob tobte. Ich quetschte mich durch die Leute hindurch und kam hinten im Backstage-Bereich an, gerade als Tom Astor von der Bühne ging. Draußen johlten und applaudierten die Fans.

„War ein schöner Gig, Tom", sagte ich höflich.

„Ihr wart aber auch nicht schlecht. Lass uns mal wieder zusammen spielen. Seid ihr in Geiselwind?"

„Nein. Aber auf dem Nürburgring, beim Truck Grand Prix."

„Schön." Tom klopfte mir auf die Schulter und ging. Ein sehr netter Mann war das. Er war mir viel sympathischer als die Typen von Truck Stop. War es seine beeindruckende Gelassenheit, die daraus resultieren mochte, dass er im Gegensatz zu den Cowboys von der Waterkant seine Gage nicht mit fünf Mitmusikern teilen musste? Ich sah mir die fünfhundert Mark an, die ich wie immer lose in meine Hosentasche gesteckt hatte. Das war meine Gage. Tom bekam mindestens vierhundert Mal so viel. Trotzdem ein netter Mann.

Plötzlich packte mich unser Bandleader Hugo am Arm.

„Los, komm mit", haspelte er. „Gleich kommt Gunter! Mach voran." Bei diesen Worten drückte er mir zwei Flaschen Bier in die Hand. „Ich muss noch fahren. Mir reichen zwei." Die trug er in seiner Linken.

Wir eilten zur Bühne und stellten uns unsichtbar für das Publikum zum Mischpultplatz, von dem aus der Bühnensound für die Monitorboxen gesteuert wurde. Das Intro verhallte, und die Ikone der Fernfahrer begrüßte die tobende Menge.

„Leute, ich möchte mich erst mal bedanken, bevor der nächste Song kommt. Zuerst bedanke ich mich bei meinem netten Immobilienmakler, der mich um zwei Millionen beschissen hat ..." Die Menge klatschte Beifall. „Moment, Moment, Moment! Und dann bei der Bildzeitung, die mir ein Kind andrehte und damit den Beweis lieferte, dass mein Schwanz über 367 Kilometer lang ist!" Wieder rastete die besoffene Menge aus. „Und zum Schluss ... Ja, Ja, beruhigt euch. Also. Vielen Dank an meinen Manager, der mich hier den Müll von Tom wegräumen lässt!" Verhaltener Applaus. „Und dazu gibt es jetzt einen Song für die Trucker, die verdammt noch mal um einiges härter arbeiten müssen als ich hier. Er heißt: Freiheit auf vierzig Tonnen!"

Der Schlagzeuger zählte an. Klick, klick, klick, klick. Die Band setzte ein, Bierbecher flogen auf die Bühne. Mit dem ersten Lied hatte er die Meute im Griff. Ich musste weg. Franzi würde schimpfen, wenn ich zu spät käme. Es waren noch gute drei Stunden Autofahrt.

Ich stellte die zweite Bierflasche ungeöffnet auf den Fußboden. „Ich muss los, Hugo. Wir sehen uns nächste Woche bei Zoran." „Mach es gut, Micha. Danke."

In der ersten Reihe hielt jemand Gunter eine Dose Bier hin. „Nee lass mal, mein Freund. Nachher hast du da noch reingepisst." Allgemeines Gelächter setzte ein, auch hinter der Bühne. Jonny, unser Aufbauhelfer, der auch unsere Anlage in seinem Transit transportierte, kam zu uns rüber und lachte auch. Man sah es ihm nur nicht an, was mich anfangs immer verwirrt hatte. Jonny sah immer ernst aus. Es schien, als hätte sich sein ganzes Gesicht an die Linienführung seines bedrohlich großen Schnauzbartes angepasst. Ein finsteres Gesicht unter einem Corral Black Stetson. Ich stellte mir immer vor, wie ihm dieser Hut bei seiner Beerdigung zum letzten Gruß von Clint Eastwood ins Grab geworfen wurde. Dann spuckte Clint einen dünnen braunen Strahl Kautabak aus und grummelte: „Good bye, Pale Rider..."

„Ihr lacht darüber", fuhr Gunter fort, nachdem der Applaus im Zelt abgeebbt war, „aber das ist mir echt mal passiert. Ich trinke einen Schluck aus der Bierdose von diesem Typen und denke nur: Mann, den Geschmack kenne ich doch?"

Das war genug. Ich klopfte Hugo auf die Schulter und sagte: „Tschüss. Bin durch die Tür." Draußen vor dem Zelt, konnte ich gerade noch einem Cowboy ausweichen, der sich neben dem Backstage-Eingang heftig übergab, dann endlich saß ich in meinem Volvo. Ich startete den Motor. In den Nachrichten sprach man von Massenhinrichtungen der Zivilbevölkerung und zahllosen Vergewaltigungen in Srebrenica, wo bosnische Serben gerade eine UN-Schutzzone eingenommen hatten. Ich drückte die Kassette ins Radio, und sofort sang Morrissey voller Inbrunst The More You Ignore Me, The Closer I Get. Wie immer nahm ich den längsten Weg nach Hause.

Hals- und Beinbruch

Plötzlich wurde ich von Scheinwerfern geblendet. Ich versuchte zu bremsen, aber da war kein Pedal. Es gab auch kein Lenkrad, mit dem ich ausweichen konnte. Dann plötzlich realisierte ich, dass ich im Krankenhaus in meinem Bett lag. Ich bemerkte die dunkle Gestalt neben mir, und schockiert stellte ich fest, dass sie mit der einen Hand eine Taschenlampe auf mich richtete und in der anderen Hand ein bedrohlich großes Messer hielt. „Hey!", rief ich.

Ohne Vorwarnung stach der unheimliche Besucher zu. Ich drehte mich gerade noch weg in Richtung Fensterbank, doch er erwischte mich an der linken Schulter. Ein stechender Schmerz durchfuhr mich,

Plötzlich wurde mein Körper von Adrenalin durchflutet. Das hier war ernst, und ich bekam Todesangst. Als der Angreifer erneut zustechen wollte, schlug ich ihm panisch um mich, traf die große Taschenlampe, die ihm aus der Hand fiel. Die Lampe kullerte unter das Bett, wo sie ein paar CD-Stapel umwarf. Augenblicklich versuchte ich zu flüchten und ließ mich aus dem Bett fallen, wodurch mich die dritte Messerattacke verfehlte.

Hart landete ich vor ihm auf dem Fußboden und schnappte mir die schwere Taschenlampe. Es war ein Modell, wie es die Polizei verwendete. Mit voller Wucht schlug ich damit gegen seine Messerhand und traf so gut, dass ihm die Waffe entglitt. Wie eine Krabbe drehte ich mich und kickte das Messer unfreiwillig unter das Bett, hinein in das Chaos meiner CD-Hüllen. Der Messerstecher trat nach mir und erwischte mich am Bein, so hart, dass ich meinte, meine Knochen knacken zu hören. Ich ergriff panisch die Flucht, indem ich auf dem Hintern sitzend rückwärts rutschte, bis das unbenutzte zweite Bett meine Flucht stoppte. Mist. Sackgasse. Ich saß in der Falle.

Dann richtete ich die Taschenlampe auf meinen Angreifer, und im Gegensatz zu den bisherigen Personen, die mich besucht hatten, kannte ich den Mann.

Doch es blieb keine Zeit, diese Erkenntnis zu verarbeiten. Geblendet und rasend vor Wut, wollte sich der Angreifer auf mich stürzen. In diesem Moment rutschte er auf einer am Boden liegenden CD-Hülle aus, und als er der Länge nach hinschlug, brach er sich am Geländer des unbenutzten Bettes mit einem fürchterlichen Geräusch sein Genick.

Mit der Taschenlampe leuchtete ich in die leblosen Augen meines Nachbarn. Es war vorbei.

Als die diensthabende Nachtschwester zusammen mit einem Arzt, den ich nicht kannte, mein Zimmer betrat, hatte ich mich gerade wieder so weit im Griff, nicht noch mal in Tränen auszubrechen. Das Neonlicht durchflutete den Raum. Ich saß immer noch neben dem Bett, und vor mir lag der Tote. Blut lief mir aus der Schulter und tropfte mir von den Fingern. Verschmierte Blutspuren auf dem Linoleum zeugten von dem Kampf, den ich so knapp gewonnen hatte. Als ich mit dem bisher unbenutzten Bett, das meinen Nachbarn das Leben gekostet hatte, weggebracht wurde, zitterte ich am ganzen Leib.

Ein paar Stunden später war meine Wunde genäht. Mein Bein war nicht gebrochen, sondern nur durch eine starke Prellung beeinträchtigt. Man hatte mir ein neues Zimmer gegeben, und zwei Polizeibeamte, Winnie und sogar Franzi waren gekommen. Draußen wurde es langsam hell, als schließlich auch noch Doktor Nemati hereintrat.

„Guten Morgen, die Dame", er drehte sich einmal von links nach rechts, „und die Herren. Hallo Herr Grundberg. Ich bin entsetzt, was hier in dieser Nacht vorgefallen ist, und ich bin sehr froh, dass Ihnen nicht mehr passiert ist."

Winnie räusperte sich und murmelte: „Wäre wohl auch ein Unding, wenn Sie sich gefreut hätten."

Nemati ließ sich nicht beirren, gönnte ihm einen mitleidigen Blick und fuhr fort: „Der Attentäter hatte weniger Glück, das mag Gott verantworten. Erfreulich erscheint mir die Tatsache, dass langsam Ihre Erinnerungen zurückkehren, wie Sie erwähnten. Ich hatte das schon lange vermutet, bin nun aber davon überzeugt, dass sich mittelfristig mit wachsendem Tempo alle Erinnerungen wieder einstellen werden. Es steht außer Frage, dass Sie uns bald verlassen können. Bitte entschuldigen Sie mich nun, denn ich habe die Morgenvisite noch vor mir."

Doktor Nemati ging hinaus. Nach einem Moment des peinlichen Schweigens begann der ältere Polizeibeamte: „Herr Grundberg, mein Name ist Kommissar Stüben, das ist mein Kollege Jakobi. Offenbar stellt sich die Sache folgendermaßen dar: Da Herr von Hochstedter ...", dabei drehte er sich um zu Winnie, und ich erschrak ein wenig vor dem Blick, den mein Freund dem Beamten entgegnete. Doch Stüben fuhr ungerührt fort: „Da er den Attentäter genau wie Sie als den Mann identifiziert hat, der Sie vor einiger Zeit besucht und sich als Ihr Nachbar ausgegeben hat, konnte Ihre Frau…", er nickte dabei in Franzis Richtung, „darüber hinaus sogar bezeugen, dass es sich bei ihm um den Einbrecher handelt, der Sie am 14. Februar überfallen hatte. Was ihn dazu trieb, hier aufzutauchen, wissen wir noch nicht. Mit dem Namen Karsten Przybilla, den er Ihnen damals nannte, konnten wir auch nichts anfangen. Wir werden versuchen, schnellstmöglich die wahre Identität des Toten zu ermitteln, um vielleicht mehr darüber zu erfahren, warum er zweimal versucht hatte, Sie zu töten. Es sieht so aus, als ob es sich bei ihm um einen Albaner oder Jugoslawen handelte. Aber diese Vermutung basiert nur auf seine äußere Erscheinung."

Winnie sah ihn verächtlich an: „Sind Sie Rassist, Herr Kommissar?" Doch Hauptkommissar Stüben lächelte nur und fuhr fort: „Vielleicht hatte der Attentäter Angst, dass Sie sich an jene Nacht vom 14. Februar wieder erinnern? Dann bliebe die Frage, woran Sie sich hätten erinnern können. Wir gehen davon aus, dass der Täter aus Ihrem Bekanntenkreis stammt. Wir fanden keine Spuren eines Einbruchs. Offenbar hat ihre Frau die Mörder hereingelassen."

Plötzlich rastete Winnie aus:

„Müssen Sie meinen Freund hier noch weiter quälen? Können Sie nicht im Präsidium Ihre Vermutungen anstellen? Offenbar hat Michael den Penner ins Jenseits befördert, der ihn ins Koma getreten hat. Damit sind sie quitt, oder? Jetzt gönnen Sie ihm endlich seine Ruhe! Meinen Sie nicht, die hat er verdient?"

„Halten Sie jetzt erst einmal die Luft an, bis Sie ihre Aussage auf dem Revier machen dürfen, ja?"

Stüben war nun außer sich vor Zorn und hatte einen knallroten Kopf. Die beiden warfen sich nun Blicke zu, die einen gegenseitigen unverhohlenen Hass zum Ausdruck brachten.

„Wir gehen zwar von Notwehr aus, aber zunächst gibt es hier nur einen unnatürlichen Todesfall, der hier noch nicht endgültig…"

„Oh, tut mir leid, Columbo. Dann möchte ich der Polizeiarbeit nicht im Wege stehen. Wenn Micha wieder ins Koma geschubst wird, haben wir bald einen Doppelmord, Stüben! Dann…"

„Winfried!", unterbrach Franzi den eskalierenden Disput. „Hör sofort auf!"

Dann, zu den Polizisten gewandt, fuhr sie fort: „Wir sind alle ziemlich mit den Nerven runter, Kommissar, bitte entschuldigen Sie. Aber vielleicht hat er nicht ganz Unrecht, und wir sollten meinen Mann jetzt schlafen lassen. Selbstverständlich werde ich heute am Nachmittag noch meine Aussage im Präsidium zu Protokoll geben, und Herr von Hochstedter bestimmt auch."

Jakobi, der andere Polizist, schaltete sich ein: „Glauben sie mir. Hauptkommissar Stüben und ich hatten auch ohne diesen Vorfall hier eine schlimme Nacht. Ich stimme ihnen zu. Wir brauchen alle etwas Ruhe."

Winnie nickte. Das schien die Beamten etwas zu besänftigen, und sie verabschiedeten sich kurz darauf. Franzi verabschiedete sich auf ihre Art.

„Tja, dann wollen wir doch froh sein, dass Michael dem Tod zum zweiten Mal von der Schippe gesprungen ist", sagte sie und streichelte meine Bettdecke.

Plötzlich aber stützte sie sich mit ihrem ganzen Gewicht auf mich und beugte sich zu mir herunter.

Sie gab mir zum ersten Mal einen Kuss auf die Wange, aber dann hauchte sie mir ins Ohr: „Warum konntest du dich nicht einfach abstechen lassen? Dann hätte die Versicherung gezahlt und du wärst nicht schuld daran, dass deine Familie in den Ruin getrieben wird, du elender Versager."

Dann sagte sie wieder so laut, dass auch Winnie es hören konnte: „So, tschüss dann."

Sie ging hinaus, und ich war mal wieder mit meinem besten Freund alleine.

„Tschüss, Franzi …", rief ich hinterher. Diese Frau empfand ich langsam als gruselig.

„Sorry, Micha. Mit Bullen kam ich noch nie klar. Alter, und dieser Stüben. Ekelhafter Typ. Mann, ich bin so froh, dass dir nichts passiert ist. Hättest ruhig etwas übrig lassen können von dem Schwein."

Wir lachten beide etwas verhalten.

„Schön, dass du dich langsam wieder an alles erinnerst. Klingelt schon was wegen der Nacht des Überfalls, jetzt, wo der Typ noch mal aufgetaucht ist?"

„Nein, leider nicht. So viel ist mir eh nicht eingefallen, bis jetzt. Ich glaube, Doktor Nemati ist hier ein wenig zu enthusiastisch."

Winnie sah mich an. „Sorry, mein Freund, aber Franzi? Diese Frau tut dir nicht gut. Hat sie noch nie. Nachdem wir uns zerstritten hatten, hat sie dich zerstört."

Ich musste an das denken, was sie mir gerade ins Ohr geflüstert hatte. Aber ich fragte nur: „Wir beide hatten Streit? Weswegen?"

„Geld, was sonst?"

„Geld?"

„Kohle, Asche, Zaster. Du hattest mir mal ein paar Kröten geliehen. Bei mir lief es nicht so gut, und du hast mir noch mal was geliehen. Dann hingen dir deine Frau und dieser Cowboy Jonny immer in den Ohren, was ich für ein Arschloch wäre, und bald hatten sie es geschafft, dass wir uns aus dem Weg gingen. Aber darüber will ich nicht mehr reden. Vorbei. Du hast die Kohle von mir wiederbekommen, und ich war hier, als du mich brauchtest. Das ist doch das Wichtigste, oder, mein Freund? Wann kommst du hier raus?"

„Ich weiß es nicht.", sagte ich zerknirscht.

„Was macht Vanessa?"

„Vanessa geht es wieder gut. Sie ist über den Berg und wurde schon entlassen. Wenn ich es richtig verstanden habe, ist sie gestern mit ihren Großeltern zur Erholung nach Österreich gefahren. Nach Linz. Franzi will morgen auch dahin. Schwiegervater zahlt ja alles."

„Wie schön. Dann hast du ja jetzt sturmfreie Bude."

„Na toll. Du bringst das Bier mit, oder was?"

Endlich konnte ich wieder lächeln.

Etwas später verabschiedete sich Winnie und ließ mich allein mit meinen Gedanken. Die Ereignisse der letzten Tage verwirrten mich.

Weshalb wurde Franzi immer aggressiver? Nachdem ich das Thema Scheidung angesprochen hatte, kam bei ihr kein vernünftiges Wort zustande. Wenn sie mich doch so sehr hasste, warum willigte sie dann nicht einfach in die Scheidung ein? Zugegeben, ich hatte die Frau auch so unsympathisch in Erinnerung.

Welche Rolle spielte Jonny, der Cowboy für mich? Hier fehlte mir ein riesiges Puzzlestück. Dann musste ich den Polizisten zustimmen, wenn sie davon ausgingen, dass der Attentäter, der mich schon einmal überfallen hatte, aus meinem Bekanntenkreis stammen musste. Nur die Angst davor, durch das Zurückkehren meiner Erinnerung entlarvt zu werden, rechtfertigte für ihn das Risiko, mich im Krankenhaus abzustechen. Wünschte Franzi sich wirklich, dass ich starb? Warum nur? Ich bekam doch diese

Abfindung der Sparkasse. Wozu brauchte sie dann noch das Geld aus meiner Lebensversicherung? Nur Winnie war für mich im Moment der Tempel der Geborgenheit im Sturm der Ereignisse. Vielleicht mein ältester Freund, und bestimmt im Moment mein einziger.

Und dann war da noch Schwester Sabrina ...

Von Morpheus zu Eros

Es war mitten in der Nacht, und ich hatte schon fest geschlafen. Die Medikamente brauchte ich dazu längst nicht mehr. Etwas, das nicht zu der monotonen Geräuschkulisse meiner Umgebung passte, ließ mich aufschrecken. Tatsächlich war ich nicht allein. Gestern war Vollmond gewesen, und entsprechend hell schien der Erdtrabant auch in dieser Nacht durch mein Fenster. Ins kühle Mondlicht getaucht, war Schwester Sabrina gerade damit beschäftigt, sich ihr Höschen auszuziehen. Als sie bemerkte, dass ich wach wahr, legte sie ihren Zeigefinger über ihre sinnlichen Lippen und öffnete ihre Strickjacke, um sie anschließend auf den Fußboden zu werfen.

„Sag jetzt bitte nichts", hauchte sie. Dann riss sie meine Bettdecke herunter und stieg, nur mit einem tief ausgeschnittenen Seidenhemd am Leib, zu mir ins Bett. Die monatelange Enthaltsamkeit meinerseits vermischte sich mit der Sehnsucht nach dieser Frau zu einer hochexplosiven Mixtur. Ich kam schon, bevor sie mir die Hose heruntergezogen hatte.

Es war mir allerdings egal.

Wir küssten uns und ich erforschte ihren perfekten Körper mit meinen Händen, liebkoste und packte sie abwechselnd zur Partitur unseres gemeinsamen Verlangens. Als sie mich eine Weile geritten hatte, kamen wir zusammen, aber ich löste mich nicht von ihr. Erschöpft beugte sie sich zu mir herunter. In diesem Moment rutschte ihre Kette aus ihrem Ausschnitt, und ein teurer Ehering baumelte hämisch vor meiner Nasenspitze.

„Du bist also verheiratet?"

„Du doch auch."

Da packte ich ihr Hinterteil mit beiden Händen und wir trieben es noch einmal.

Am nächsten Tag verließ ich das Krankenhaus auf eigene Verantwortung und eigenes Risiko, wie es so schön heißt. Es war der fünfte August 2001.

Morgens machte ich noch eine große Runde im Klinikum, um mich von allen zu verabschieden. Und das waren eine Menge netter Menschen. Sämtliche Ärzte, Schwestern und sogar die Leute aus der Küche wünschten mir alles Gute.

Ich war nah am Wasser gebaut, als ich merkte, wie sehr alle mich in ihr Herz geschlossen hatten. In gewisser Weise war ich hier geboren, war ihr Kind. In der Neurologie hatten sie sogar spontan für mich gesammelt. Ich bekam von den Red Hot Chili Peppers das neueste Album Californication geschenkt. Natürlich hatte ich das meinem Zivi zu verdanken.

Es war letzten Endes auch Jörg, der dann in Tränen ausbrach.

„Mann, du kannst doch nicht einfach abhauen, bevor du gesund bist, Michael." Dikke Tränen liefen ihm über die Wangen.

„Mensch, Jörg. du wirst schon jemand anderen finden, den du schröpfen kannst. Es wachen doch ständig Leute aus dem Koma auf." Selbstverständlich wollte ich ihn trösten.

„Du Arsch!", rief er. Doch wir fielen uns in die Arme.

„Ich mag dich auch, Alter", sagte ich ihm, während ich auf seinen Rücken klopfte, da mir diese Herzlichkeit doch etwas unangenehm war.

Doktor Nemati war etwas sauer auf mich, ansonsten fehlte nur Schwester Sabrina, als ich dann ging.

Aber das war mir nur Recht.

Erste Schritte

Etwa eine halbe Stunde später saß ich in der Fußgängerzone in einem kleinen Café und betrachtete meine neue Errungenschaft.

Das NOKIA 3310. Mein neues Handy.

Es gab keinen relevanten Grund für mich, ein Mobiltelefon zu kaufen, vielmehr hatte ich beim Anblick des Telekomladens aus einem Sinnlosimpuls heraus gehandelt.

Ich kam direkt aus dem Krankenhaus und war fast geblendet von den Eindrücken dieser neuartigen Welt, die sich mir plötzlich erschloss.

Zuerst rief ich Winnie an, konnte ihn jedoch nicht erreichen. Weder auf dem Festnetz, noch auf seinem Mobiltelefon ging jemand ran. Immer wieder, zuletzt in Intervallen von knapp fünf Minuten, ließ ich es auf beiden Nummern klingeln, bis eine Stimme vom Band mir erklärte, dass der Teilnehmer nicht zu erreichen war. Wie frustrierend. Das wurde mir umso deutlicher, als ich erkannte, dass es keine Telefonnummer gab, die ich darüber hinaus hätte anrufen können. Oder doch?

Mechanisch holte ich aus meiner Brieftasche die Visitenkarte von Jonny hervor. Besser als nichts. Ich musste jetzt verdammt noch mal das Handy ausprobieren, und er hatte ja gesagt, ich könne anrufen.

Das Freizeichen ertönte. Er ging sofort ran.

„Goldmann!"

„Hey, Jonny, altes Raubein. Micha hier. Bin seit heute raus aus dem Klinikum."

„Micha. Schön. Ich bin auch gerade zurück von der Tour. Was gibt es? Brauchst du Hilfe?", fragte er freundlich.

Eigentlich wusste ich gar nicht, warum ich ihn angerufen hatte, aber spontan kam mir eine Idee.

„Sag mal, Jonny, weißt du, wo ich wohne? Ich bin mir da nämlich nicht ganz so sicher."

„Ja klar."

„Kannst du mich am Werth beim Extrablatt abholen und nach Hause bringen?"

„Na sicher. In fünfzehn Minuten. Bis gleich." Er legte sofort auf, ohne meine Erwiderung abzuwarten. Ich bestellte mir noch einen Cappuccino und speicherte Jonnys Nummer in meinem neuen Handy.

78

Exakt eine Viertelstunde später hörte ich ihn schon, bevor ich ihn sah.

Er kam mit einem Ford F350 Pick-up einfach in die Fußgängerzone gefahren und hupte zum Gruß. Der Sechs-Liter-Motor konnte von der Fanfare nur knapp übertönt werden. Gottseidank hatte ich schon gezahlt, deshalb eilte ich zu ihm und stieg in sein monströses Vehikel. Dieses Mal trug er einen beigefarbenen Cowboyhut, und fast hätte man meinen können, seine Mundwinkel hätten sich bei meinem Anblick ganz leicht nach oben bewegt. Es konnte aber auch Einbildung gewesen sein.

„Micha. Nicht viel Gepäck, was? Und wie geht's?"

„Danke. Fast nur CDs. Selbst?"

„Muss."

Viel mehr sprachen wir nicht, bis wir in der Nüller Straße in Wuppertal Katernberg ankamen, wo wir ganz am Ende in einem Wendehammer drehten und vor dem letzten Haus anhielten.

„Hier ist es?" fragte ich.

„Na sicher."

Wir stiegen aus. Als wir vor der Tür standen, klingelte ich in der Hoffnung, Franzi wäre zu Hause. Gleichzeitig betete ich aber auch, dass sie nicht öffnen würde. Nach fünf Minuten schien es sicher zu sein, dass mein Gebet erhört wurde.

„Scheiße", sagte ich. Jonny ging wortlos um die Ecke des zweistöckigen Hauses und bückte sich neben der Garage. Dann kam er mit einer Schlüsselbox zurück und drückte sie mir in die Hand.

Wir standen vor der massiv wirkenden hölzernen Tür. Eine einsame Drossel sang ein Begrüßungslied irgendwo in meinem Garten. Ich zog einen Packen Werbeblätter aus dem überfüllten Briefkastenschlitz, als eine dicke Fliege die Gelegenheit zur Flucht aus demselben nutzte.

Sofort setzte sich ein süßlicher Geruch in unsere Nasen. Jonny trat unwillkürlich einen Schritt zurück.

Aus dem Haus, in dem keiner geöffnet hatte, ertönte das dumpfe Wummern von Musik durch die geschlossene Tür.

Mich ergriff ein seltsam beklemmendes Gefühl. Auch die Drossel schwieg, als ich den Schlüssel in das Schloss steckte.

Ich öffnete. Beim ersten Schritt in meine Diele waren wir sofort umgeben von Hunderten von Fliegen. Wir schlugen beide mit den Armen um uns, versuchten, die Insekten zu verscheuchen. Jonny schob mich hinaus vor die Tür. Das Summen und Brummen nahm kein Ende, der Gestank war jedoch das wirklich Widerliche. Es raubte mir die Sinne, Jonny erbrach sich in meinen Buchsbaum am Eingang.

Im Wohnzimmer lief der Fernsehapparat. Irgendein Musiksender spielte gerade Ms Jackson von Outkast.

Franzi war doch zu Hause. Die Türe öffnen konnte sie nicht, weil sie in der Diele von der Decke baumelte.

„Micha, das musst du nicht sehen." Jonny war ernsthaft besorgt um mich.

„Ich wohne hier, verdammt!", rief ich und betrat erneut das Haus. Ich atmete durch den Mund, fast so, als wollte ich hecheln. Meine Zeit als Zivi in der Pathologie erwies sich in dieser Situation das erste Mal als hilfreich.

Für Ungeübte ist der Geruch von Leichen kaum zu ertragen. Es ist kein wirklicher Gestank im reinen Sinne, denn es hat auch eine süßliche Note. Aber der Teil, der von der Verwesung her rührt, überwiegt stark, und hinzu kamen auch noch der Gestank von Fäkalien und Körpersäften, die am Ende austreten.

Der Anblick war entsprechend grauenerregend. Jonny trat neben mich. „Ist das wirklich Franzi?", fragte ich ihn, nicht weil ich es nicht wusste. Ich wollte einfach irgendetwas sagen. Ich brauchte irgendeine Antwort.

„Fürchte ja", antwortete Jonny und ging sofort wieder nach draußen. Ich hörte, wie er sich nochmals erbrach. Ich gab mir einen Ruck und betrachtete meine Frau. Ihre Zunge hing ihr aus dem Mund, und das vormals puppenhafte Gesicht war zu einer Fratze entstellt. Exkremente klebten an ihren Beinen. Ich fühlte mich seltsam leicht im Kopf. Der Gestank war fürchterlich. Die sichtbare Haut war teilweise grün-braun verfärbt. Die Verwesung hatte schon eingesetzt. Der Hals war an der Stelle, wo das Seil ihr die Luft abschnürte, nur noch wenige Zentimeter dick. Einen Schuh hatte sie an, der andere lag vor dem umgestürzten Stuhl, den sie wohl für diese Aktion zu Hilfe genommen hatte. Jonny kam wieder rein und fragte mich: „Wie kannst du nur so cool bleiben, Micha?"

„Hast du eine Ahnung, wie viele Leichen ich schon gesehen habe?"

„Ja, aber das ist Franzi. Und es ist keine Oma, die friedlich eingeschlafen ist! Das hier ist ..., eine verdammte Sauerei!"

Jonny schien außer sich, weniger vor Zorn auf mich, als vor Hilflosigkeit. Ich versuchte es mit Sarkasmus.

„Eigentlich kannte ich Franzi gar nicht. Dennoch finde ich es schrecklich. Ich hatte eher an eine Scheidung gedacht."

Jonny setzte seinen Hut ab. Dabei blitzte er mich wütend an.

„Da hättest du lange warten können."

Sorry Miss Jackson ..., dudelte es aus dem Wohnzimmer.

„Mach bitte die Scheiße aus, ja?"

Jonny kam zurück, nachdem die Musik verstummt war, und ein paar Minuten standen wir schweigend vor der Leiche. Dabei hielten wir unsere Ärmel vor den Mund, um uns vor dem Gestank zu schützen. Das Seil, eine einfache 5mm dicke Nylonschnur aus dem Baumarkt, war oben an der Decke an einem stabilen Haken durchgezogen. Dort hatte wohl mal ein schwerer Leuchter oder etwas Ähnliches gehangen. Nun hing da meine Frau. Am Treppengeländer gegenüber war das Seil festgemacht worden. Der zweite tote Mensch in einer Woche. Was war los mit mir? War ich wirklich verflucht? Musste alles um mich herum dahingehen?

„Weißt du, was komisch ist, Micha?" fragte Jonny.

„Hier ist gar nichts komisch!" ranzte ich ihn an.

„Doch. Einiges. Hier ist keine Leiter. Mit dem Stuhl wäre sie nicht an den Haken gekommen, um das Seil durchzuziehen. Sie war zu klein. Und die Leiter wegzustellen wäre Schwachsinn, wenn man sich eh umbringen will. Und weißt du was?"

„Nein."

„Sie war sogar zu klein, um ihren Kopf durch die Schlinge zu stecken. Alleine. Sieh dir an, wie hoch der Stuhl ist, und wo sie hängt. Und ..." Er steckte sich mit der einen Hand die filterlose Zigarette in seinem Mundwinkel an, während er mit der anderen hektisch Fliegen verscheuchte, dann zeigte er auf den Fußboden auf eine Stelle, wo der Läufer verrutscht war. „Die Schleifspuren da, wetten, das entspricht dem Sohlenmaterial von ihren Schuhen? Das war Mord. Die hat einer hochgezogen, Alter, ich schwöre es dir."

Jonny musste schon wieder würgen. Ich legte meinen Arm auf seine Schulter und führte ihn raus vor die Tür. Der große Mann war weiß wie eine Wand.

„Bevor die Bullen kommen, muss ich hier noch etwas erledigen. Weißt du, ob ich hier ein Arbeitszimmer oder so etwas habe? Zeige es mir", sagte ich zu ihm, als er wieder etwas Farbe bekommen hatte.

Alles, was ich an Dokumenten wie Versicherungspolicen und Wertanlagen fand, packte ich in einen Aktenkoffer. Ebenso nahm ich aktuelle Kontoauszüge und einen ganzen Aktenordner mit der Aufschrift WICHTIG an mich. Dann packte ich einen Koffer mit frischer Kleidung und Schuhen. Das alles verstaute Jonny im Ford. Danach fand er mich in unserem Schlafzimmer, wo ich mir die Fotos auf der Kommode ansah.

„Hier soll es passiert sein. Jonny. Der Überfall und alles." Er nickte und fragte: „Bereit für die Bullen?"

So kam es, dass ich abermals Polizeioberkommissar Stüben und seinem Kollegen Polizeikommissar Jakobi gegenüberstand.

Inzwischen hatte sich fast die gesamte Nachbarschaft vor unserem Haus versammelt. Die Polizei hatte alles abgesperrt, und unzählige Beamtinnen und Beamte hatten im Sinne von Spuren- und Beweissicherung und forensischen Untersuchungen mit ihrer Arbeit begonnen.

„Bitte seien Sie jederzeit erreichbar, falls wir Fragen haben", bat mich POK Stüben.

„Sie wissen, Sie finden mich bei vorerst bei Herrn Goldmann. Bitte rufen Sie mich an, wenn es etwas Neues gibt."

Die Polizei versiegelte das Haus, und wir saßen keine drei Stunden später wieder im Ford und fuhren zu Jonny.

„Lebst du alleine?", fragte ich nach einer Weile.

Er sah mich an. „Ständig vergesse ich, dass du dein Gedächtnis verloren hast", erwiderte er. „Nein. Ich lebe seit fünfzehn Jahren mit meiner Freundin Rita zusammen. Sie wird dieses Jahr vierzig und ist von Beruf Kindergärtnerin. Sie kann dich gut leiden."

„Oh, toll."

„Eine Sache noch ...", setzte Jonny nach. „Erzähl niemandem, dass du bei mir wohnst. Niemandem, klar? Wer auch immer Franzi getötet hat, wird auch noch mal versuchen, dich zu töten. Das bringt Rita in Gefahr, also Maul halten."

„Da hast du wohl Recht. Keine Sorge. Was ist mit Winnie?"

Jonny ging in die Bremse und hielt am Straßenrand an. Hupend überholte uns der Wagen, der hinter uns gefahren war. Wir standen halb auf der rechten Spur.

Der Cowboy drehte sich zu mir um. „Micha, du stehst gerade vor zwei Türen", sagte er bedrohlich leise. „Gehst du durch die erste Tür mit Winfried von Hochstedter an deiner Seite, gebe ich dir höchstens noch achtundvierzig Stunden, bis ich dich neben Franzi begraben kann. Hier ist irgendetwas faul, mein Lieber. Gehst du durch die zweite Tür, verspreche ich dir, dass wir zusammen Franzis Mörder finden, und ich werde dabei auf dich aufpassen. Entscheide dich jetzt. Pro Winnie? Raus aus meiner Karre. Oder wir fahren weiter, und du bleibst ein paar Tage unsichtbar. Auch für Winnie. Gerade für den. Ich brauche jetzt etwas Zeit, um über ein paar Kontakte vielleicht etwas herauszufinden, was uns weiter hilft."

Plötzlich hatte ich einen Kloß im Hals. Ich schwieg, wusste auch nicht so Recht, was ich sagen sollte.

Nach einer gefühlten Ewigkeit wandte er seinen durchdringenden Blick von mir ab. „Sei mal bitte ehrlich", sagte er. „Wen kennst du sonst noch in der Stadt?"

Wir fuhren zum Ehrenberg in Wuppertal, woraus ich schloss, dass Jonny sehr ländlich lebte. Innerlich kochte ich vor Wut auf den verschrobenen Cowboy. Die Art und Weise, wie er über Winnie redete, gefiel mir nicht, zumal aus meiner Sicht Winnie der einzige Mensch war, dem ich vertraute und der sich bisher wirklich für mich eingesetzt hatte. Schließlich kühlte ich meinen Zorn ab, indem ich mir klarmachte, dass es etwas Persönliches zwischen den beiden sein musste, was letzten Endes mit mir nichts zu tun hatte. Fakt war, ich wusste im Moment nicht, wohin ich sollte. Angesichts der Sache mit Franzi bekam ich es auch wirklich langsam mit der Angst zu tun.

Vor einem alten Fachwerkhaus am Waldrand hielten wir endlich. Eine etwas pummelige, aber nicht unattraktive Frau um die Vierzig begrüßte uns, kaum dass der Motor verstummt war. Wahrscheinlich hatte sie den Pick Up auch schon von weitem hören können.

„Hallo, Michael. Geht es dir gut? Du musst Hunger haben. Kommt rein, ich habe uns etwas gekocht. Jonny, zieh die Stiefel aus."

Sie ging voran, und kurz darauf saßen wir in der kleinen, aber sehr gemütlichen Küche am Esstisch und genossen eine deftige Portion Kartoffelsuppe. Es schmeckte fantastisch und Rita, Jonnys Freundin, war mir sehr sympathisch. Eine nette und herzliche Person, direkt, aber nicht penetrant. Man konnte Jonny leicht ansehen, wie sehr er sie vergötterte. In dessen Haut wollte ich nicht stecken, der Rita zu schaden versuchte.

Jonny schien genau wie ich nicht scharf darauf, von unserem grausigen Fund zu erzählen. Das hier war Idyll, hier war die Welt noch in Ordnung. Doch Rita war nicht blöd und merkte schnell, dass eine dunkle Wolke über unseren Köpfen hing. Sie bohrte nach, und schließlich rückten wir mit der Sprache raus.

Als wir ihr erzählten, was mit Franzi geschehen war, wurde sie sehr schweigsam. Sie war genauso geschockt wie wir.

Wir saßen noch eine Zeit mehr oder weniger schweigend zusammen, da entschuldigte Rita sich und ich war mit dem Cowboy alleine.

Als es dämmerte, saß ich mit Jonny draußen auf einer Bank mit Blick auf den großen Garten hinter dem Haus. Wir tranken Bier, und irgendwann fragte ich ihn: „Sag mal, wieso kannst du Winnie nicht leiden? Was hat er dir getan? Er war fast jeden Tag bei mir im Klinikum. Warum soll ich ihm nicht trauen? Warum soll ich dir überhaupt trauen?"

Jonny trank sein Bier aus. „Du musst gar nichts. Du brauchst mich mehr als ich dich. Und Winfried ist ein Arschloch. Du hast ihm damals fünfzig Riesen geliehen, die hat er verzockt. Das Geld hast du bis heute nicht bekommen. Ein toller Freund ist das."

„Du kannst mir ja viel erzählen. Aber denk daran, jetzt geht es um Mord."

Jonny ignorierte mein Statement. „Wegen der Kohle hatte ich mich ganz fürchterlich mit Winfried gestritten. Du warst am Boden zerstört, und Franzi wollte sich schon scheiden lassen. Hätte sie mal besser. Vielleicht wäre sie dann noch am Leben."

„Jonny, ich..."

Er winkte ab und unterbrach mich schroff: „Und noch etwas. Du bist jetzt alleinerziehender Vater, und ich denke, du hast wichtigere Dinge zu tun, als dir Gedanken um den Penner zu machen. Wir nehmen morgen Kontakt zu deinem Schwiegervater auf. Ich erzähle ihm, du hättest einen Nervenzusammenbruch und bräuchtest ein paar Tage Ruhe."

„Und was soll das bringen? Weshalb sollte Karl dir das glauben? Wozu das Ganze?", ich wurde etwas mürrisch.

„Micha, dein Schwiegervater steht irgendwie auf mich. Keine Ahnung, wieso. Wenn du mit dem Kopf in der Hand vor ihm stündest, würde er es dir erst glauben, wenn ich es bestätige. Wirklich. In der Zeit, wo du außen vor bist, finden wir heraus, was passiert ist. Ich glaube, das gehört alles zusammen. Der Überfall damals, der Tote im Krankenhaus, der Selbstmordversuch von Vanessa und Franzi. Morgenhabe ich frei, da werden wir zwei einmal so richtig tief im Dreck wühlen."

„Ist das nicht der Job der Polizei?", fragte ich, etwas erstaunt über Jonnys Eifer.

„Die Bullen? Pah!" Er holte noch ein Bier aus dem kleinen Kühlschrank direkt neben der Bank.

„Ich mache mir Sorgen um Winnie", sagte ich kleinlaut. „Er ist nicht zu erreichen."

„Du tust gut daran, ihn nicht zu sprechen. Glaub es mir. Denk an unsere Abmachung.", sagte Jonny und sah mich ernst an.

„Weißt du was? Lass das mit dem Nervenzusammenbruch weg, ja? Sag ihm, ich brauche einfach etwas Zeit für mich. Muss das erst mal verpacken. Vanessa sei bei ihm jetzt besser aufgehoben und die Bullen hätten auch noch Fragen und so. Ja? Sag ihm das."

Zwei Stunden später begab ich mich in dem kleinen Gästezimmer zur Ruhe. Der wohlige Rausch des Alkohols ließ mich bald einschlafen, sodass jegliche trübe Gedanken zumindest in dieser Nacht fern blieben.

Nichts als die Wahrheit

Jonny hieß eigentlich Johannes Goldmann. Zu der Zeit, als er noch geboxt hatte, nannte man ihn Jonny, das Gold aus dem Ruhrpott. Der Jonny blieb, als mit Ende Dreißig das Gold verschwand. So wurde Johannes Fernfahrer. Sein Training hatte er jedoch nie ganz aufgegeben, und durch gelegentliche Jobs als Türsteher und Security bei Großveranstaltungen kannte er sich gut aus im Tal, wie er seine Heimatstadt immer nannte. Das Rotlichtmilieu und die lichtscheuen Viertel und ihre Repräsentanten waren ihm genauso vertraut wie viele der Prominenten, von denen er schon einige hatte beschützen dürfen.

Rita Jürgens, seine langjährige Freundin und treue Lebensgefährtin, spiegelte alles, was ich an meiner Mutter vermisste: Achtsamkeit, Empathie und Vertrauen.

Was Jonny betraf, war mein Misstrauen stündlich gewachsen. Sicherlich tat es mir gut, ihn an meiner Seite zu haben. Er hatte sich mit meinem geschätzten Schwiegervater in Verbindung gesetzt, der sich persönlich um Franzis Beerdigung kümmern wollte.

Dank Jonny war ich da erst einmal außen vor. Zwar hatte ich ein schlechtes Gewissen wegen Vanessa, aber ich fühlte mich nicht imstande, dem Mädchen Franzis Tod beizubringen.

Die Polizei ließ mich auch bis jetzt in Ruhe. Mein Alibi war ja auch nicht zuletzt durch meinen Klinikaufenthalt wasserdicht, und ich war über das Mobiltelefon für sie erreichbar.

Mein Haus war allerdings immer noch versiegelt, sodass ich doppelt dankbar sein musste, dass Jonny und Rita mich bei sich aufnahmen.

Trotzdem. Was wusste ich schon von dem Cowboy? Er war zu mir ans Krankenbettgekommen, hatte mein Essen gefressen und mir die unmögliche Kündigung dieser Band übergeben, er redete schlecht über meinen besten Freund, spielte sich auf wie mein großer Retter und versprach mir, die Wahrheit herauszufinden.

Zugegebenermaßen war er sofort da gewesen, als ich ihn um Hilfe gebeten hatte. Aber es fehlten mir konkrete Erinnerungen an ihn. Ich hatte Jonny nur als Bühnenhelfer bei den Electric Cowboys abgespeichert. Nicht mehr und nicht weniger. Überhaupt blieben in letzter Zeit Erinnerungen an früher aus. Vielleicht hatte mich die Gegenwart zu sehr im Griff, aber vermutlich war es auch Angst vor dem, was mal mein Leben gewesen war.

Mit jeder Stunde, die ich seit dem Koma wach war, ging mehr von meiner Existenz vor die Hunde. Im Prinzip hätte ich mich direkt neben Franzi hängen können. Wozu sollte ich weiterleben? Für Vanessa, die nicht mein leibliches Kind war, und deren wahrer Erzeuger nun, nach Franzis Tod, für immer in der Anonymität bleiben würde?

Sie hätte es bei ihren Großeltern wahrscheinlich besser. Das Kind hatte durch mich und meine verkorkste Ehe schon genug gelitten.

Allerdings gab es eine Sache, für die es sich vielleicht lohnte, jetzt nicht aufzugeben: die Wahrheit herauszufinden.

Es gab immerhin unzweifelhaft die Möglichkeit, dass Jonny Recht hatte. Die letzten Ereignisse waren zu obskur gewesen, um reiner Zufall zu sein.

Ich beschloss, Jonny eine Chance zu geben, wenn auch mit der Faust in der Tasche. Konkret hieß dies, alle Informationen, die ich hatte, zu sichten. Also begann ich, während Jonny den ganzen Morgen in seinem Fitnesskeller trainierte, die Akten aus meinem Haus zu prüfen.

Die Durchsicht der Kontoauszüge bestätigte die Aussagen meines Chefs, dem ich bei dieser Gelegenheit die Unterlagen für meinen Abschied unterschrieb und eintütete.

„Ich bin pleite!", sagte ich zu Jonny, als er mit einem signalroten Mickey Mouse-Handtuch in der Hand hereinkam.

„Ich kann dir einen Hunderter leihen. Bin mal eben unter der Dusche."

„Danke, Jonny."

Selbst die Lebensversicherung meiner Frau, wenn sie denn zahlte, ging allein zu Vanessas Gunsten. Dafür hatte Schwiegerpapa gesorgt. Franzi hatte im letzten Jahr enorm viel Geld in bar abgeholt und offensichtlich zum Fenster hinausgeworfen.

Dann stutzte ich. „Was zum Teufel?", entfuhr es mir, während Jonny unter der Dusche Über sieben Brücken musst du gehen sang.

Das Wertpapierdepot gab mir nicht nur Rätsel auf, es machte mir Angst. Der aktuellste Kontoauszug war vom ersten August. Der Gesamtwert betrug dort nur noch knapp 700,- DM. Das Depot bestand aus reinen Kaufoptionen mit Ausübung am dritten August. Mein Geburtstag. Na, herzlichen Glückwunsch, dachte ich, während mir ein Schauer über den Rücken lief. Die Anzahl der Kaufoptionen betrug 24.233 Stück. Das war gar nicht gut.

Mehr als beunruhigt ging ich auf die Terrasse. Nachdem ich drei Zigaretten am Stück geraucht hatte, kam endlich Jonny frisch geduscht und gut gelaunt nach draußen. Er trug einen türkisfarbenen Jogginganzug und hatte einen Groschenroman und eine Tasse Tee in der Hand.

„Jonny, die Franzi hat mit Wertpapieren gezockt. Und das nicht zu knapp."

„Also, viel Geld kann ich dir nicht leihen, Micha."

„Du verstehst nicht. Ich rede von Optionsscheinen. Böse. Ganz böse. Und das ist vor allen Dingen nicht Franzis Handschrift. Und meine auch nicht. Aber das ist leider mein Depot. Was habe ich getan? Ich war das nicht. Ich lag doch im Koma. Ich bin doch kein verdammter Couponschneider?"

Ich war stinksauer.

„Micha, komm mal runter und erkläre mir bitte zuerst, was diese Optionsscheine sind. Ich verstehe nur Bahnhof. Hier, trink einen Schluck."

Jonny reichte mir ein Glas Wasser. Ich trank, dann erklärte ich ihm: „Das ist das, vor dem dich jeder seriöse Banker warnen würde."

„Aha. So etwas gibt es? Seriöse Banker?" Er blätterte in seinem Romanheftchen. Das machte mich wütend.

„Klappe, du Viehdieb. Das ist ernst. Wenn ich Pech habe, und das hatte ich bisher immer, kann ich von der Abfindung noch nicht einmal die Zinsen für die nächste Woche bezahlen. Abgesehen davon würde keiner mir ein paar Millionen leihen!"

„Okay, Micha. Ich bin ganz Ohr."

Jonny legte seinen Lassiter-Roman auf den Tisch.

„Gehen wir mal davon aus, ich war es selbst, was nicht sein kann, da ich im Koma lag. Dann hätte ich mit diesen Call Options gegen eine Prämie dem Käufer der Option das Recht eingeräumt, an meinem Geburtstag Aktien, die sich gar nicht in meinem Besitz befinden, zu einem vorher festgemachten Preis zu verkaufen. Der Käufer spekuliert auf steigende Kurse, der Stillhalter, sprich Verkäufer, auf sinkende Kurse. Entsprechend verhalten sich die Prämien der Optionen. Da meine im Durchschnitt nur noch zwei Pfennig wert sind, erscheint es als sicher, dass die Kurse um das Vielfache des festgesetzten Preises explodiert sind. Sie sind so etwas von im Geld. Ich bin nun verpflichtet, die Aktien zu beschaffen und zu dem vorher festgesetzten Kurs zu verkaufen. Ich bin schlicht und ergreifend im Arsch."

„Das ist nicht gut."

Es stand Jonny ins Gesicht geschrieben, dass er nichts verstanden hatte, außer, dass die Sache mehr als bedrohlich für mich war. Aber das reichte mir.

„Nein, gar nicht gut."

„Soll ich dir ein Bier aus der Küche mitbringen?"

„Ok. Guter Plan."

Krisenmanagement

In seiner rustikalen Kellerbar hatte Jonny ein Telefon mit Freisprecheinrichtung. Er ließ sich mit dem Personaldirektor und Prokuristen der Sparkasse verbinden, und schon blökte es aus dem Lautsprecher: „Baum! Mit wem habe ich die Ehre?"

„Goldmann. Hallo, Herr Baum. Ich rufe in der Angelegenheit und als Bevollmächtigter des Herrn Michael Grundberg an."

„Grundberg? Im Ernst?"

„Allerdings. Mein voller Ernst. Herr Grundberg hatte einen schweren ...", setzte Jonny an, wurde aber jäh abgewürgt.

„Ich habe keine schriftliche Vollmacht hier liegen!"

Ich schaltete mich ein: „Ich höre mit, Herr Baum. Das geht in Ordnung!"

Folgte ein zurückhaltendes kurzes Lachen.

„Was für einen Jokus treiben Sie da? Grundberg, sie sind fertig. Erledigt. Am Boden. Ihr Wertpapierdepot ist ihnen um die Ohren geflogen, Sie haben spekuliert wie George Sorus persönlich und es gründlich vergeigt. Geschätzter Schaden ... Moment. Sie wissen hoffentlich, dass ich Ihnen gar nichts sagen müsste. Aber wissen Sie was? Es macht mir Spaß!"

Das bedrohliche Geklacker einer Computertastatur erfüllte den Raum. Dann fuhr er fort: „Prämien hinfällig durch Ausübung am dritten August, Erlös kann nicht gezogen werden. Die Papiere von NetCom sind am Markt nicht zu bekommen. Eine Wahnsinnsfusion mit einer Vodafone-Tochter. Vodafone übernimmt gerade Mannesmann. Tja, da hat das Kartellamt geschlafen. Futschikato perdutto! Pech für Sie, Herr Grundberg. Der Schaden beträgt exakt 1.242.036,45 DM plus Verzinsung."

„Was kann ich als sein Bevollmächtigter ...", versuchte Jonny es noch mal.

„Halten Sie die Luft an, wer auch immer Sie sind. Bevollmächtigter? Glauben Sie ernsthaft, wir verschlafen hier unser Tagesgeschäft? Grundberg ist voll geschäftsfähig und - ich müsste lügen, wenn ich sagte, es täte mir leid - er ist völlig am Ende. Wenn ich Ihnen einen Rat geben darf: Grundberg sollte das Hasenpanier ergreifen. Er ist erledigt. Und bitte erinnern Sie ihn an die Zusendung der Papiere. Die Abfindung wird dann sofort angewiesen. Der Tropfen auf dem heißen Stein sozusagen. Auf Wiederhören!"

Wir sahen uns an. Jonny schüttete uns einen Scotch ein.

„Hasenpanier …", sagte er nachdenklich. „Hör mal, wer hat sich eigentlich um alles gekümmert, als du weggetreten warst?"

„Franzi natürlich. Es gab sogar eine Vorsorgevollmacht. Die hatte ich neulich noch in den Fingern."

Jonny stellte die Flasche etwas zu hart auf dem gekachelten Tisch ab. „Dieser ganze Mist mit dem Wertpapierkram sagt mir nichts, aber wenn man viel Geld verlieren kann, dann kann man auch viel Geld gewinnen, oder? Wenn du die Papiere nicht gekauft hast, dann kann das in deinem Namen nur Franzi getan haben. Ist das richtig?"

Fast verschluckte ich mich an dem Scotch. „Wie meinst du das?"

Ich wollte es nicht glauben, worauf Jonny anspielte.

„Meinst du, Franzi hat ihrerseits eine Vollmacht ausgestellt?"

„Ich meine gar nichts. Aber ich glaube, wir sollten doch mal mit Winnie reden. Und zwar schnellstens."

Winnie war nach wie vor nicht zu erreichen. Fast war ich froh, einen Anruf von der Polizei zu erhalten, die mich zu einem Gespräch in das Hauptpräsidium bat. Wir machten uns mit Jonnys Motorrad, einer alten Ducati, sofort auf den Weg. Eine knappe Stunde später saßen wir bei Kommissar Stüben im Büro.

Hässliche Wände mit weiß getünchter Raufaser. Metallregale mit eingerahmten Fotos von Kollegen, Familie und Terrier. Irgendwelche Urkunden, die davon ablenkten, dass man als Polizist völlig unterbezahlt sein Leben riskierte. Stickige Luft, die zur Stimmung passte.

„Wenn Sie sich alles durchgelesen haben, unterschreiben Sie bitte beide Ihre Aussage. Dann hätte ich nur noch ein paar Fragen."

„Ja gerne, dazu sind wir ja hier", antwortete ich. Stüben nahm die unterschriebenen Blätter an sich und sah uns mit zerfurchter Stirn an.

„Unsere Leute von der Spurensicherung sind zwar noch nicht ganz fertig, aber es steht wohl fest, dass Ihre Frau ermordet wurde", erklärte er dann.

Jonny blickte zu mir herüber, aber seine Mimik war ausdruckslos wie gewohnt. Ich entdeckte weder eine Spur des Triumphes, dass sich seine Vermutung offenbar bestätigt hatte, noch Fassungslosigkeit über diesen grausamen Mord. Dennoch glaubte ich, in der Sekunde, während er mich ansah, so etwas wie Wut zu spüren.

„Wir fanden so gut wie keine Hinweise in Ihrem Haus. Keine Spuren eines gewaltsamen Eindringens, einfach nichts. Sie hat ihren Mörder oder ihre Mörder gekannt und hat ihm oder ihnen die Tür geöffnet. Zuerst der Anschlag auf Sie, Herr Grundberg, dann der Mordversuch im Krankenhaus, möglicherweise beides vom selben Täter durchgeführt. Und nun musste Ihre Frau sterben, und der Täter war auf jeden Fall ein anderer – der Todeszeitpunkt Ihrer Frau liegt jedenfalls später als der Überfall auf Sie im Krankenhaus. Also. Was verschweigen Sie, und wo steckt dieser Winfried von Hochstedter?"

Diesmal war ich es, der zu Jonny hinüber blickte. „Winnie? Wieso?", stammelte ich.

„Weil der werte Herr von Hochstedter weder nach dem Mordversuch an Ihnen bei uns im Präsidium erschienen ist, um seine Aussage zu machen, noch können wir ihn seither erreichen. Er ist vom Erdboden verschwunden. Vielleicht hat er sich abgesetzt? Warum nur?", blökte Stüben.

Sicherlich hatte die letzte Begegnung mit dem Kommissar bei Winnie keine Sympathie ausgelöst, aber trotzdem musste ich zugeben, dass Winnies Verschwinden auch mir Anlass zur Besorgnis gab. Eine Erklärung hatte ich auch nicht.

„Bestimmt mit irgendeinem Flittchen unterwegs, der Gute", bemerkte Jonny trocken. „Können wir gehen?"

Eine Minute schwiegen wir, dann sagte Stüben: „Sie sind freie Männer, aber passen Sie auf sich auf. Polizeischutz bekomme ich nicht für Sie. Schließlich ist der Mann, der Sie überfallen hat, ja tot. Tja. Bürokratie." Er roch kurz an meinem Atem und meinte: „Haben Sie eigentlich getrunken? Ich hoffe, Sie sind nicht mit dem Auto gekommen."

„Sind wir nicht. Keine Sorge. Auf Wiedersehen, Herr Kommissar", sagte Jonny.

Wir fuhren mit dem Motorrad zurück. Bei Jonny angekommen stellte ich fest, dass mein Schwiegervater versucht hatte, mich auf dem Mobiltelefon zu erreichen. Also rief ich ihn zurück, während ich mit einem kühlen Bier in der Hand auf der Terrasse stand. Er ging sofort ran.

„Westkötter!"

„Hallo Karl", sagte ich. „Du hattest versucht, mich zu erreichen. Ich war bei der Polizei."

„Pass auf. Deine Tochter will dich sehen. Dann können wir bei der Gelegenheit auch noch ein paar wichtige Sachen klären. Du musst nach Linz kommen. Schick mir deine Adresse per SMS. Morgen früh um sechs Uhr holt dich ein Wagen ab."

Er legte einfach auf, ohne meine Antwort, geschweige denn meine Zustimmung abzuwarten. Als Jonny mit zwei Flaschen Bier auf die Terrasse kam, erzählte ich ihm von dem Anruf. „Trifft sich ganz gut", erklärte er mir. „Solange du weg bist, werde ich versuchen, etwas über Winnie herauszubekommen. Das dauert bestimmt ein paar Tage. Ich habe da so meine Vermutungen. Ich betreibe mal ein wenig Krisenmanagement, und du kümmerst dich um Vanessa, denn sie braucht dich jetzt wirklich mehr als ich. Trink aus, und dann geh packen."

Familienangelegenheiten

Am 7. August 2001 kam ich am späten Nachmittag in Linz an. Die Sonne ging gerade unter, und es bot sich ein herrliches Panorama. Auf der Fahrt hatte ich einiges an Bier konsumiert, und genau betrachtet war ich schon fast betrunken, als mich Rainer, der Fahrer, am Austria Classic Hotel mitten in der Stadt absetzte.

Rainer war klein und schmächtig, hatte dunkle Haare und war eher der schweigsame Typ. Tapfer hatte er meinen proportional zum Bierkonsum immer stärker werdenden Rededrang auf unserer Reise überstanden.

„Arbeitest du schon lange für Karl?", fragte ich ihn einmal unterwegs, kurz nachdem wir die Grenze nach Österreich hinter uns gelassen hatten. Mir fiel da schon lange nichts Originelles mehr ein.

„Seit fast vier Jahren, Herr Grundberg."

„Und wie ist er so als Chef?"

„Ich bin sehr zufrieden, Herr Grundberg."

„Ah, Rainer. Das ist das, was du sagen musst, aber nicht das, was ich hören möchte. Mal ehrlich. Bleibt auch unter uns. Geht Karl auch schon mal in den Puff? Nimmt er Koks? Hat er eine Geliebte, falls ja, ist sie zwanzig Jahre jünger oder mehr? So etwas interessiert mich."

„Herr Grundberg, ich bitte Sie. So ein Gespräch möchte ich nicht führen."

„Rainer. Sei kein Waschlappen. Karl ist von der CDU. Da ist so etwas doch vorprogrammiert. Die machen das doch alle. Wasser predigen und Wein trinken. Die müssen doch die ganze Zeit die bieder-christlich-konservative Fassade aufrechterhalten. Ist doch klar, dass die da ausbrechen müssen. Dann und wann. Ist doch OK! Die sind doch auch nicht aus Holz. Die meisten großen Geschäfte werden im Puff besiegelt. Darum geht es doch."

„Herr Grundberg, Sie sind betrunken."

„Ja klar. Und? Sollen wir zwei in den Puff? Ich kann mich gar nicht erinnern, wann ich das letzte Mal da war."

Im Nachhinein tat mir der Gute fast leid.

Nun stand ich vor dem alten imposanten Gebäude, nahm mühsam mein Gepäck auf und ging die Treppe hoch zur Rezeption.

„Grundberg", stieß ich hervor, völlig außer Atem von dem Gewicht meines Koffers. Fast jeder außer mir hatte Rollen an seinem Koffer, wie ich voller Neid erkannte, als ich mich umsah.

Der Mann an der Rezeption wusste sofort Bescheid.

„Augenblick, Herr Grundberg. Ihr Schwiegervater kommt sofort. Er möchte Sie selbst zu Ihrem Zimmer begleiten. Um das Gepäck kümmern wir uns. Eine Tasse Kaffee vielleicht?"

Kurz dachte ich an Karl Westkötter und was er wohl zu meinem Alkoholpegel sagen würde. Karl war groß, muskulös, alles in allem eine imposante Erscheinung. Mittlerweile war er in der Landes-CDU als Führungspersönlichkeit gesetzt, was seinen hohen Prinzipien und seiner energischen Durchsetzungskraft zu verdanken war.

„Schwarz bitte. Und schnell", antwortete ich dem Mann an der Rezeption.

Eine halbe Stunde später saßen Karl und ich in meinem Zimmer. Ich war dann bei Kaffee geblieben, Karl trank ein Glas Rotwein und war den Tränen nah, als er erzählte, was er an Details zu dem Mord an Franzi erfahren hatte. Karl hatte durch sein Amt beste Verbindungen zur Polizei, die mir aus ermittlungstechnischen Gründen einiges verschwiegen hatte.

Wofür ich sehr dankbar war.

„Man hat sie zuerst gefoltert. Dann hat man sie noch vergewaltigt und schließlich lebendig aufgeknüpft. Michael, wenn du irgendetwas weißt, ich zahle jede Summe, um die Mörder meiner Tochter zu finden."

Mir wurde schlecht. Franzi war nicht gerade der sympathischste Mensch gewesen, den ich gekannt hatte, aber das alles hatte sie nicht verdient. Dazu war sie die Mutter des Kindes, das ich als meine eigene Tochter aufgezogen hatte. „Schweine ...", murmelte ich und bereute es, dass ich so betrunken war. Aus Karls Perspektive hatte ich noch nicht einmal den Anstand, nüchtern zu erscheinen. Vor ihm, der gerade seine einzige Tochter auf bestialische Weise verloren hatte. So interpretierte ich seinen mitleidigen Blick.

„Wo ist Vanessa?", fragte ich, um Diesen peinlichen Moment aufzulösen.

„Sie wird dich morgen treffen. Ich dachte mir schon, dass du betrunken sein würdest, wenn du hier ankommst."

„Karl, ich ..."

„Das mit den Schulden bei der Bank habe ich geregelt. Dein Haus ist allerdings weg. Deine Sachen lasse ich einlagern, sofern sie sich nicht zu Geld machen lassen."

„Aber, Karl, ich ..."

„Franzi hatte eine Lebensversicherung, die hatte ich bei ihrer Geburt abgeschlossen. Das machen wir schon. Vanessa kommt in ein Internat, du darfst sie regelmäßig sehen. Mehr nicht."

„Verdammt, Karl! Ich ..."

„Und suche dir eine anständige Wohnung. Und Arbeit."

Ich hatte keine Kraft mehr. Irgendwann, als wir schweigend da saßen, nahm ich die Rotweinflasche und goss mir einen Schluck in meine leere Kaffeetasse. Mein Schwiegervater blickte angewidert weg.

„Karl, wieso hat sie das getan mit den Optionsscheinen?"

„Ich weiß es nicht. Vielleicht hatte sie Schulden?

„Der Einbruch, dann der Mordversuch im Krankenhaus ... Wie hängt das zusammen? Winnie ist auch verschwunden, Karl."

Karl sprang auf, setzte sich aber sofort wieder hin.

„Winfried. Pah! Franzi hatte viel zu viel Kontakt zu ihm. Ich habe längst einen Privatdetektiv auf ihn angesetzt. Irgendwann finden wir ihn. Schlaf dich aus. Um 8 Uhr wirst du mit Vanessa frühstücken. Rasiere dich. Guten Abend "

Karl Westkötter stand endgültig auf und verließ mein Zimmer. Dabei nahm er alles mit, was von meiner Würde noch übrig gewesen war. Ich trank den restlichen Rotwein direkt aus der Flasche und dachte nach.

Er nahm mir also Vanessa weg. „Arschloch!", brüllte ich und trat den kleinen runden Tisch um. Sollte ich dankbar sein, dass das Kind in einem behüteten Umfeld aufwachsen würde? Eigentlich schon. Bei mir konnte sie nicht bleiben, bei mir, einem entstellten, arbeitslosen und verarmten Obdachlosen. Bei mir, der für den Mord an ihrer Mutter irgendwie einen Teil der Schuld trug.

Aus dem Fenster blickte ich hinunter auf den Hauptplatz mit der Dreifaltigkeitssäule, auf dessen Sockel die Statuen der Pestheiligen das Wappen der Stadt anglotzten. Die Dreifaltigkeitsgruppe wurde von der Statue einer sehr übergewichtigen Frau gekrönt. Bis zum Jahr 1717 hatte sich dort ein Pranger befunden.

Der Pranger passte gefühlt besser zu mir als das Wahrzeichen aus Salzburger Marmor.

Beim Frühstück am nächsten Morgen saß ich mit Vanessa auf der Terrasse. Es war relativ warm an diesem Morgen und die ersten Sonnenstrahlen versprachen einen heiteren Tag. Meine Tochter hatte mich herzlich empfangen, mich mit Umarmungen und Küssen beschenkt, und nun genossen wir gekochte Eier und Croissants.

„Ach Vati, ich hatte so eine Angst. Aber jetzt bist du da."

Nur nicht für lange, mein Kind, dachte ich, Schon bald verliere ich auch dich, wenn du jemals zu mir gehört hast. Wer ist nur dein Vater und wieso ließ er dich nur alleine?

Trotzdem antwortete ich: „Ja, mein Hase. Jetzt bin ich da."

„Ich vermisse Mama so sehr. Auch wenn sie immer böse zu dir war."

„Ja, ich vermisse sie auch. Aber es geht ihr gut, da wo sie ist."

„Woher weißt du das, Vati? Warst du auch da, als du im Koma lagst?"

„Ganz genau, Schatz. Ganz genau."

„Warum bist du denn zurückgekommen, wenn es da schön ist?"

Diese Frage, aus dem Munde einer Dreizehnjährigen abgefeuert wie ein tödliches Geschoss, brachte mich aus der Fassung, und tollpatschig schmiss ich den kleinen Tisch zwischen uns um, als ich Vanessa in die Arme nahm. Hektisch mit den Flügeln schlagend verließen ein paar Tauben die Postkartenkulisse. Leute sahen zu uns herüber. Zitternd und schluchzend drückte ich Vanessa an mich. Mein Kind klammerte sich an mich. Erinnerungen kehrten zurück, die ich lieber tief vergraben gelassen hätte. Vanessa hatte schon viel zu viel durchgemacht.

„Im Krankenhaus, da wollte ich auch dahin, wo du warst. Da wo Mami jetzt ist. Aber ich lass das jetzt. Für immer. Das war dumm."

Plötzlich stand Karl da und löste Vanessa behutsam aus meiner Umarmung. Ich wehrte mich nicht.

„Es ist gut. Es ist gut ...", flüsterte er, während er das Kind festhielt. Dann raunte er mir zu: "Ich melde mich bei dir. Wir versuchen es später noch einmal. Vanessa hat nachher noch eine Sitzung bei der Therapeutin nachher."

Er ging einfach weg mit meinem Kind. In meiner Brust brannte es wie Feuer.

Den ganzen restlichen Tag über schwieg mein Telefon. Am Abend war ich wieder betrunken, und das Frühstück am nächsten Tag verbrachte ich nur in der Gesellschaft lästiger Tauben auf der Hotelterrasse.

Später am Tag sah ich mir ein wenig die Stadt an. Ein Passant, der mir entgegen kam, blickte angewidert in mein entstelltes Gesicht, dann auf meine Bierdose.

„Was ist? Willst du ein Passbild? Guck weg, Penner."

Bei jeder Gelegenheit verlor ich die Beherrschung, seit Karl mich mit dieser soziologischen Einzelhaft bestrafte. Die alte Pfarrkirche langweilte mich genauso wie das Linzer Schlossmuseum. Ich ging zurück zum Hotel und schlief eine gute Stunde meinen Rausch aus. Am Nachmittag endlich klingelte mein Mobiltelefon.

„Hallo, Vati. Treffen wir uns um vier Uhr unten an dem Denkmal?"

Vanessa saß direkt unter dem heiligen Sebastian auf dem Sockel des kitschigen Denkmals, und als ich mich ihr näherte, fing sie sofort an zu lächeln. „Vati. Endlich."

Ich nahm sie in den Arm und sie sah mir direkt in die Augen und strich mit dem Zeigefinger in meinem Gesicht die Linien meiner Narben entlang.

„Was möchtest du tun, mein Schatz?", fragte ich.

„Wie wäre es mit Eis essen?", gab sie zur Antwort.

Ich lachte. „Ja gerne, und weißt du auch, wo?"

„Nein. Lass uns einfach in die Stadt gehen. Wir finden bestimmt eine Eisdiele."

Sie nahm meine Hand, und ich hätte vor Glück heulen können. Wir fuhren mit der Straßenbahn zum Pöstlinger Berg. Dort gingen wir spazieren und fanden bald eine Eisdiele, wo wir einkehrten. Vanessa schien auch zufrieden zu sein. Es war ein bisschen merkwürdig, diese normalen Dinge zu tun, wo sie doch gerade ihre Mutter verloren hatte, aber offenbar ließ sich ein Ausnahmezustand nicht ewig aufrechterhalten, und vielleicht tat es ihr gut, ein wenig Normalität einkehren zu lassen.

Dann fragte Vanessa: „Stimmt das, was du zu Mama gesagt hast? Das mit dem Wegziehen und so. Opa sagt auch, du würdest bald gehen und dich um dein eigenes Leben kümmern."

„Opa meinte das bestimmt anders. Ich werde immer für dich da sein, wenn du mich brauchst. Er hat aber Recht, wenn er sagt, dass ich einiges in meinem Leben in Ordnung bringen muss, bevor ich wieder genug Zeit habe, mich richtig um dich zu kümmern. Hat dein Opa noch mehr gesagt?"

Wieder vertrieb die Wut auf Karl jegliche anderen Emotionen.

„Nein. Aber Mama hat oft geweint wegen dir. Irgendwas mit den Versicherungen. Da war sie auch wütend. Oft kam Onkel Winnie. Da haben sie sich manchmal auch laut angeschrien, aber danach hatten sie beide wieder gute Laune."

Schon wieder Winnie.

Da dachte ich an Franzis Fratze, wie sie mich im Krankenhaus angebrüllt hatte. Winnie hatte wohl besser mit ihrer Hysterie umgehen können als ich.

„Haben sich Mama und Winnie oft gezankt?"

„Ja. Manchmal ...", gab Vanessa zu, „aber sie haben sich immer vertragen hinterher."

Ich merkte, dass ich den Tränen näher kam, deshalb beschloss ich, das Thema zu wechseln.

„Sag mal, mein Hase, wie sieht es eigentlich mit der Schule aus bei dir?"

Vanessa verzog das Gesicht und streckte mir als Antwort die Zunge heraus. Wir lachten kurz.

Doch dann wurde sie schlagartig ernst. Ihr Blick war geradeheraus, aber bestimmend. Ich hielt ihm stand, als sie fragte: „Opa hat gesagt, du verkaufst unser Haus, weil du ganz viel Geld brauchst."

„Stimmt. Leider.", sagte ich zu Vanessa.

„Dann ist es auch wahr, dass ich auf ein Internat soll?"

Sie bekam dabei feuchte Augen, sah mich jedoch unverändert an. Das war einer dieser Momente, wo ich lieber mit einem Gorilla gekämpft hätte, als dieses Gespräch fortzusetzen.

Ich ging vor ihr in die Hocke und blickte zu meiner Tochter auf.

„Vanessa ...", sagte ich, doch sie fiel mir ins Wort.

„Also ist es wahr!", rief sie. „Warum kann ich nicht einfach bei dir bleiben?"

Sie sah mich immer noch direkt an, aber nun erkannte ich, dass ihre Wut nur Fassade war. Darunter saß die nackte Angst. Ich konnte es förmlich spüren.

„Vanessa, ich verspreche dir, dass es nur vorläufig sein wird. Sobald ich meine Probleme gelöst habe, werde ich dich zurückholen. Keiner wird mich davon abhalten. Das schwöre ich."

Sie sprang mir förmlich in die Arme und fing an zu weinen. Ich hielt sie fest, während sie zitterte und schluchzte.

„Es tut mir so leid ...", flüsterte ich immer wieder.

Gute zwei Stunden später brachte ich Vanessa zurück zu Karl Westkötter, der genetisch betrachtet im Gegensatz zu mir mit ihr verwandt war. Aber hatte er deshalb das Recht, sie mir wegzunehmen?

Als ich in seinem Lesezimmer mit einem Glas Scotch auf ihn wartete, nutzte ich die Zeit und rollte das Szenario vor meinem geistigen Auge aus, welches durch Vanessas Worte in meinem Kopf entstanden war.

Winnie hatte für mich bei meiner Familie die Stellung gehalten, während ich im Koma gelegen hatte. Wie konnte ich nur an meinem Freund zweifeln? Es ging mir nicht um Franzi. Die Liebe kehrte nicht so nachhaltig zurück, wie es die Erinnerungen an die schreckliche Ehe taten.

Aber Winnie war zweifellos Franzi und Vanessa eine Stütze gewesen. Genauso hatte er für mich alles getan, um mir in der Klinik zu helfen. Nun war es an mir, meinen besten Freund zu finden und ihm aus der Patsche zu helfen, statt mir von Jonny Zweifel an seiner Integrität einreden zu lassen.

Enttäuschung und Wut rührten abwechselnd in einem Gefäß voller Verlustängste, die nur weniger wurden, weil ich bald nichts mehr besaß, das ich verlieren konnte.

Winnie, wo steckst du nur ...,dachte ich und zündete mir eine Zigarette an

Zwei Tage später, am 11. August 2001, genossen Vanessa und ich die Aussicht auf die Donau in der Nähe der pittoresken Nibelungenbrücke.

Vanessa hatte Spaß daran, von der Brücke ins Wasser zu spucken. In der Hoffnung auf Nahrung kam jedes Mal eine Schar Enten angeschwommen.

Nach dem letzten Treffen genoss ich es, Vanessa das erste Mal so unbeschwert zu erleben. Auch wenn es für einen Teenager nicht gerade altersgerecht war, Enten mit Speichel zu füttern.

„War Winnie oft bei dir und Mama?", fragte ich sie nach einer Weile.

„Ja, so zwei- bis dreimal in der Woche."

„Das ist ja schön, da warst du nicht so alleine mit Mama."

„Ja. Manchmal brachte er mir auch Geschenke mit. Was macht Winnie? Er ist bestimmt auch traurig wegen Mama."

„Bestimmt, Hase. Aber ich kann Winnie nicht erreichen. Weißt du, wo er sein könnte?"

„Hoffentlich haben ihm diese miesen Typen nichts getan. Er hatte ja solche Angst vor denen. Ich aber auch. Die waren echt gruselig."

Wie ein Blitz durchzuckte mich ein Schreck.

„Was für miese Typen?", hakte ich sofort nach. Zuerst dachte ich, meine Reaktion hätte Vanessa verängstigt, aber sie antwortete nach einer kleinen Pause: „Weiß nicht. Manchmal hat Winnie die mit zu uns nach Hause gebracht. Dann hat Mama immer Tee gekocht. Die haben mich immer so blöd angeguckt."

Ein kalter Schauer überkam mich.

„Wie viele Männer waren es?", fragte ich.

„Ach, immer zwei oder drei. Einer hat sogar mal Mama ins Gesicht gehauen. Der kam immer mit. Einer hatte eine Pistole, der kam manchmal. Einer hatte nur ein Ohr, der kam auch immer. Aber Winnie hat die wegen Mama ganz schön zur Sau gemacht. Weil der eine Typ ihr wehgetan hatte. Danach sind die nicht mehr gekommen, aber Winnie hat mal zu Mama gesagt, er hätte Angst, dass die ihm an den Arsch gehen."

„Bitte?"

Vanessa spuckte einer Ente direkt auf den Kopf. „Er nannte sie immer die Albaner. "

Zuerst stutzte ich, dann fragte ich sie: "Waren es denn auch Albaner?"

„Kann schon sein. Weiß man es?"

Vanessa kicherte und spuckte nun auch ihr Kaugummi in die Donau.

„Ich glaube schon, dass es welche waren. Sie waren dunkel und hatten schwarze Haare. Und fiese dunkle Augen. Sie redeten fast nur mit Winnie. Frauen mochten die glaub ich gar nicht. Aber über dich haben sie nie geredet, Vati."

Ich nahm ihre Hand und wir gingen ein Stück weiter.

In meinem Kopf herrschte Chaos. Tief in mir spürte ich, dass Vanessa die Umstände für Winnies Verschwinden enträtseln konnte. Vielleicht kannte sie sogar Franzis Mörder.

„Hast du das alles auch Opa erzählt?"

„Nein. Ich hätte Lust auf ein Eis."

„Dann los", rief ich fröhlich, doch innerlich zerriss es mich, wenn ich an Winnie dachte, der vielleicht meine Hilfe brauchte.

Temporarily Not Available

So oft ich es auch versuchte, ich konnte Winnie nicht erreichen. Er ging nicht an sein Telefon. Auch Jonny war nicht zu kriegen. Zwischendurch rief ich sogar Kommissar Stüben an, um nachzuhören, wie es um die Ermittlungen stand. Es gab jedoch keine Neuigkeiten. Winnie war auch nicht aufgetaucht.

Auf der einen Seite genoss ich die Zeit sehr die ich mit Vanessa verbrachte. Es war nun schon eine ganze Woche. Andererseits konnte ich von hier schlecht nach Winnie suchen. Dazu kam noch, dass ich inzwischen keine Nacht mehr schlafen konnte, wenn ich nicht mindestens eine Flasche Merlot oder eine entsprechende Menge Scotch getrunken hatte. Das war nicht gut. Kritisch betrachtete ich mich vor dem Spiegel.

Ob man mir schon ansah, dass ich dem Alkohol verfiel? Wohl kaum. Keine rote Nase, keine geplatzten Adern und auch kein unsteter Blick, soweit ich das selbst beurteilen konnte. Demnach schien es noch nicht zu spät zu sein, mit dem Raubbau am eigenen Körper aufzuhören. Meine Fratze war das eine, aber ich musste wieder fit werden.

Es war der 14. August 2001, und ich sah mir im Fernsehen gerade einen Bericht über die gestrige Einweihung der Arena auf Schalke an. Zwar hätte ich eher eine Feier zum Gedenken an den vierzigsten Jahrestag des Mauerbaus erwartet, aber das Stadion war auch nicht übel. Für 360 Millionen. Soviel hat der Bau gekostet. Jonny wollte als Security auf dieser Veranstaltung arbeiten, fiel mir ein. Wieder fragte ich mich, welche Position Jonny in diesem Ereignisgefüge wohl spielte.

Dann klingelte plötzlich mein Mobiltelefon. Karl Westkötter stand im Display, und irgendwie war mir da schon klar, dass meine Rastlosigkeit bald ein Ende haben sollte. Wenn Karl so spät noch anrief, zitierte er mich meistens im Anschluss auch zu sich, was für mich bestimmt nichts Gutes versprach. In Gedanken packte ich schon meinen Koffer. Das Klingeln hörte plötzlich auf. Starr blickte ich auf das beleuchtete Display. Ich wartete weiter ab, bis eine Kurzmitteilung mich dazu aufforderte, bitte meine Mailbox abzuhören. „Kann dich gerade nicht erreichen. Komm um 22 Uhr ins Reichsbräustüberl hinten zu unserem Tisch."

Das war alles. Karl brachte die Dinge immer auf den einfachsten Nenner.

Es gab leckeres Essen bestehend aus Tafelspitz mit Röstkartoffeln, Gemüsestrudel und zum Nachtisch Marillenknödel.

Zumindest in der Zeit, während wir die Speisen zu uns nahmen, fühlte ich mich sicher.

In der Nähe von Karl Westkötter erging es mir wie einer großen Kerze, die von einem Kind mit einer Lupe im Sonnenlicht bearbeitet wurde: Rinnsal für Rinnsal lief die Substanz meiner Außenhaut an mir herunter und offenbarte jede einzelne Schicht meiner innersten Persönlichkeit. Natürlich zerfielen zuerst immer meine guten Vorsätze. Wie zum Beispiel in Bezug auf Alkohol.

„Ich dachte, du trinkst nicht mehr, Michael?", fragte Karl. Hastig setzte ich mein Whiskeyglas auf dem Tisch ab. Etwas zu hart, was mich innerlich ärgerte, da es Schwäche kundtat. Als würde es nicht reichen, dass ich fortan in seiner Schuld stand, ja ihm sogar dafür zu danken hatte, dass er mich obdachlos gemacht hatte.

„Ach, Karl, das ist nur ein kleiner Zerhacker nach dem leckeren Essen. Danke noch mal", gab ich zurück. Der große Mann setzte sich näher zu mir an den Tisch.

„Karl, ich brauche eine Kanone!" stieß ich hervor und sah ihm direkt in die Augen.

Verständlicherweise entstand eine längere Pause in unserer Kommunikation. Keiner von uns senkte dabei den Blick. Wir waren die einzigen Gäste im Reichsbräustüberl, einem rustikalen Speisesaal des Hotels. Ich wusste selber nicht, welcher Teufel mich geritten hatte, ihn mit dem Wunsch nach einem tödlichen Werkzeug zu brüskieren.

Genauso fremd waren mir alle Rollen und Verhaltensmuster, mit denen ich ihm vielleicht früher begegnet war. Daran erinnerte ich mich nämlich nicht.

Vielleicht musste ich die Beklemmungen loswerden, die seine Überheblichkeit bei mir verursachte. Der, der es im Leben geschafft hatte. Und ich. Das Gegenteil. Tantalos.

Die tiefe Verachtung, die mir kurz aus seiner Mine entgegen sprang, schien einer schier fassungslosen Neugierde zu weichen.

„Bist du von allen guten Geistern verlassen?", zischte er. „Ich bin Landtagspolitiker! Du fragst mich nach einer Waffe, du Narr?"

„Na, ja. Fragen kostet nichts, und ist auch nicht verboten."

„Was willst du damit?", fragte

„Überleg doch mal selbst. Was habe ich zu verlieren? Ganz offensichtlich will mich jemand kaltmachen. Jemand, der es bei mir schon zweimal versucht und es leider bei

Franzi geschafft hat. Natürlich rede ich von den Drahtziehern, dem Boss, dem Ober-macker, was weiß ich. Was, lieber Karl, wäre daran falsch, mein Leben zu verteidigen und dabei vielleicht dem Mörder deiner Tochter eine Kugel zu verpassen?"

Zuerst senkte er den Blick.

„Ich hole mir das verdammte Schießeisen gerne auch irgendwo in Wuppertal ab", bot ich verärgert an und fügte hinzu: „Und bitte tu nicht so, als ob ich etwas Unmögliches von dir verlange. Du hast die Beziehungen. Dir gehört sogar die Securityfirma, die dein Grundstück bewacht."

„Geh jetzt bitte. Mein Fahrer bringt dich morgen Mittag nach Wien. Dein Flug geht morgen Nachmittag. Rainer gibt dir einen Aktenkoffer. Darin findest du etwas Bar-geld, alle Papiere und eine EC-Karte. Ich habe eine kleine Rente für dich eingerichtet, bis du dein Leben im Griff hast. Wegen allem anderen rufe ich dich an. Vanessa geht auf ein Internat in London. Aber das regeln wir dann schon. Gute Nacht, Michael."

Er hatte feuchte Augen und erschien mir zum ersten Mal hilflos. Ich würde die Waffe bekommen, das war für mich klar. Karl würde seine Sehnsucht nach Vergeltung aus sei-nem engen Mantel der öffentlichen Verantwortung heraus auf mich projizieren. Wenn ich draufginge, könnte er sogar zum ersten Mal mit Stolz auf mich zurückblicken.

Ich hingegen könnte schon jetzt auf ihn pissen, ohne meine derzeitige Situation spürbar zu verschlechtern.

Aber ich tat es nicht.

Wohin?

Am 17. August, 2001 regnete es in Strömen, was mich jedoch nicht besonders störte. Ich war seit zwei Tagen zurück in Wuppertal. Das Wetter passte zum Anlass. Mit ungefähr fünfzig Verwandten und Freunden standen wir ausnahmslos in schwarz gekleidet auf dem katholischen Friedhof in Barmen, unweit von dem Klinikum, wo ich vor ein paar Wochen aus dem Koma erwacht war.

Wir hielten schwarze Regenschirme in der Hand, und der Pfarrer sprach gerade die letzten Worte für Franzi, die sich vor uns in einem weißen Eichensarg befand. Ich fühlte mich, als ob ich den Röntgenblick hätte. Verhaltenes Gemurmel um mich herum bildete den Klangteppich für fürchterliche Bilder, die Franzi in ihrem Sarg so zeigten, wie ich sie zuletzt gefunden hatte. Der Horror holte mich spät ein, aber nun war er da.

Wegen des Regens war es schwer zu erkennen, ob jemand weinte, aber Karl, der mir zur Begrüßung einen Briefumschlag zugesteckt hatte, war sichtlich am Ende. Immer wieder suchte er den Blickkontakt mit mir, sah dann wieder zu dem Sarg hinüber. Es war kaum noch zu ertragen für mich, und ich wünschte mir, dass es schnell vorüber gehen möge. Vanessa war in Österreich geblieben. Der Therapeut befand, sie sei noch nicht stark genug, um das hier zu überstehen. Zum ersten Mal in meinem Leben war ich einem Psychofritzen dankbar für sein Wirken.

Dann sah ich am Ende des Weges eine Gestalt in Motorradkluft. Statt eines Helmes trug sie jedoch einen schwarzen Cowboyhut, von dem das Regenwasser in langen Fäden hinuntertropfte. Es war Jonny. Da ich die letzten Nächte seit meiner Rückkunft aus Österreich im Hotel verbracht hatte, um meinen Kopf freizubekommen, hatten der Cowboy und ich auch noch keinen Kontakt gehabt. Ich wusste einfach nicht wohin, und nun, da ich Jonny sah, hatte ich ein schlechtes Gewissen, weil ich mich nicht gemeldet hatte. Letzten Endes hatte ich keine Alternative, außer vorerst Jonny und seine Freundin Rita um Asyl zu bitten.

Innerlich fluchte ich, fragte mich sogar, ob es überhaupt noch eine Spur von Würde in mir gab. Alle Menschen schienen mir fremd. Sogar meine Frau, die ich gerade unter die Erde brachte, erzeugte mehr Mitleid als Trauer in mir. Nur bei Winnie fühlte ich Geborgenheit und so etwas wie Vertrauen. Doch Winnie war verschwunden. In meinem Sakko spürte ich den Umschlag, den Karl mir gegeben hatte. Ich sah mich um, blickte zu Karl hinüber und nickte ihm kurz zu. Manche der Trauergäste starrten mit unverhohlener Verachtung in mein vernarbtes Gesicht.

Ich spürte ihre empörten Blicke in meinem Rücken, als ich zu Jonny hinüber ging.

Jonny legte seinen mächtigen Arm um mich und führte mich weg. Wohin auch immer. Es war mir egal. Ich drehte mich noch einmal um, musste mitansehen, wie meine Mutter hinter mir herlief und in eine Pfütze trat, wobei sie fast hinfiel.

Kopfschütteln und Empörung.

Karl hielt statt seines Regenschirmes nun seine Frau im Arm. Der Pfaffe zog sein Ding durch und sprach die Worte, die ihm seine Lehre vorgab. Unbeirrt und gnadenlos wie der kühle Regen, der diesen Heuchlerpfuhl offenbar zu ertränken versuchte.

Weg, ich musste von hier fort. So fasste ich Jonnys Arm und flüsterte: „Danke, Mann ...“ Während ich auf den Boden blickte, zog mich Jonny an verwahrlosten Gräbern vorbei. Armselig flackernde Grablichter, verwitterte Inschriften auf Grabsteinen und der Geruch von feuchter Erde weckten eine seltsame Sehnsucht in mir.

Ruhe in Frieden, Franziska ..., dachte ich. Dann drückte Jonny mir einen Motorradhelm in die Hand. Wir standen vor seiner alten Ducati. Vielleicht war es nicht das optimale Gefährt im Angesicht des Wetters, aber es würde mich von hier fortbringen. Und der Regen kaschierte auch meine eigenen Tränen.

Beziehungen

Als ich vor Jonnys Haus meinen Helm abnahm, hatte der Regen schon aufgehört, als wäre er wirklich ein Teil der düsteren Friedhofskulisse gewesen. Mir fiel plötzlich ein kleiner Aufkleber auf dem schwarzen Nolan-Helm auf. Dort stand eine Telefonnummer, die nicht mehr lesbar war, und eine Blutgruppe war darunter vermerkt: 0 negativ. Scheiße selten, dachte ich, legte den Helm weg und ging ins Haus. Die Aussicht auf eine warme Dusche beherrschte meine Gedanken.

Nach dem Mittagessen ging ich mit Karls Koffer hinunter zu Jonny in den Partykeller. Dort stand auch seine gesamte Trainingsausrüstung, und er war gerade damit beschäftigt, seinen Boxsack zu bearbeiten. Er nickte mir kurz zu, als er mich sah. Regelmäßig klatschte es, wenn er auf den Sack einschlug, und mit dieser Geräuschkulisse öffnete ich den Koffer, nahm den Umschlag heraus. Ich riss ihn auf. Zuerst fiel ein Schlüssel auf den Tresen, vermutlich von einem Schließfach. Dann zog ich ein Blatt Papier und eine Visitenkarte aus dem Umschlag. Auf dem Papier stand:

Hier verliert sich Winfrieds Spur. Die Polizei macht einen Bogen um das Geschäft. Offiziell ist denen nichts nachzuweisen. Sei also vorsichtig. Im Schließfach 156 am Döppersberg findest du, was du wolltest. Pass auf dich auf. Ich will trotz allem nicht auch noch meinen Schwiegersohn verlieren. K.W.

Beschämt sah ich mir die Visitenkarte an. Sie war von einem Balkan-Restaurant in Varresbeck. Das Balgowlah. Es gab sicherlich bessere Gegenden in Wuppertal, um ein Restaurant zu eröffnen.

Jonny war hinter den Tresen getreten und goss sich einen Orangensaft ein.

„Woher wusstest du von der Beerdigung?", fragte ich.

„Hab es in der Zeitung gelesen. In der von heute Morgen. Deshalb bin ich mit dem Bike gekommen. Mit dem Auto hätte ich es nicht mehr geschafft. Berufsverkehr. Ich wusste, dass du da sein würdest. Was hast du da?" Er zeigte auf Karls Notiz, die mit dem Füller verfasst war und aussah wie eine Einladung zum Wiener Opernball. Langsam drehte ich das Papier, auf dem der Schlüssel und die Visitenkarte lagen, und schob es zu ihm rüber. Er überflog den Brief.

„Gib mir eine Stunde, dann fahren wir zum Bahnhof", sagte er dann. „Wir nehmen den Pickup. Könnte noch mehr Regen geben." Jonny trank seinen Saft auf einen

Zug aus und verließ den Keller ohne ein weiteres Wort. Missmutig starrte ich auf die Tür, durch die er verschwunden war. Warum nur konnte ich ihm nicht vertrauen?

Eine Stunde später fuhren wir mit dem bulligen Ford in die Stadt. Der Motor dröhnte dumpf und Jonny erklärte mir: „Wir fahren zuerst zu einem alten Bekannten aus meiner aktiven Zeit als Boxer. Ein Psychologe. Ich hatte ihn damals Winnie empfohlen. Winnie ist nämlich stark depressiv veranlagt und neigt dazu, jähzornig zu werden. Wusstest du das? Oder besser: Fiel es dir inzwischen wieder ein?"

Statt zu antworten, schwieg ich mit Mühe. Dabei merkte ich, wie Zorn in mir aufstieg und sich auf Jonny übertrug.

Ich warf meine Coladose, aus der ich nur einen Schluck getrunken hatte, einfach während der Fahrt aus dem Fenster.

Nur knapp verfehlte ich ein parkendes Auto.

„Tickst du noch sauber?", fragte mich Jonny.

„Ich hasse warme Cola. Was dagegen?"

Etwas später saßen wir im völlig heruntergekommenen und muffigen Sprechzimmer eines Psychotherapeuten mit dem vielversprechenden Namen Gerd Angsthammer. Der Mann schien Ende Fünfzig zu sein, und verschroben war für ihn noch geschmeichelt, wenn man den ersten Eindruck zu bewerten hatte. Die wenigen grauen Haare, die ihm an den Seiten seines viel zu groß wirkenden Kopfes noch geblieben waren, sollten im Idealfall seine Glatze bedecken, wurden aber durch den Luftzug am offenen Fenster hinter seinem Schreibtisch stetig in sein Gesicht getrieben. Dazu hatte er eine knallrote, riesige Knollennase und funkelnde blaue Augen hinter einer Hornbrille, wie sie vor dreißig Jahren in Mode gewesen war, was ihm eine irre Attitüde verlieh.

Es lagen ungefähr zwei Dutzend verschiedene Kugelschreiber auf dem alten Schreibtisch, die er abwechselnd in die Hand nahm und woanders ablegte, ohne jedoch etwas damit zu schreiben. Sofort fragte ich mich insgeheim, bei wem er wohl in Behandlung war. Angsthammer blickte mich direkt an.

„Gut. Winfried von Hochstätter. Ja. Depression mit regressivem Schockzustand durch ein posttraumatisches Syndrom mit Übertragung, ja? Alles verstanden?"

„Äh, nein?", sagte ich verdutzt. Für mich stand fest, diesen Mann niemals zu konsultieren.

„Wann war er zuletzt hier und warum? Was hat ihn traumatisiert?", fragte ich ihn konkret.

Angsthammer klemmte sich einen Kugelschreiber hinter das linke Ohr, nahm sich noch einen vom Tisch und zeigte damit auf mich. „Das Trauma entstand durch den Überfall auf Sie. Verlust einer starken Bindung. Übertragung. Trauer. Verlust von Sicherheit. Hinzu kamen berufliche Probleme. Geldsorgen. Immer wieder Geld, ja, ja..."

„Weiter", unterbrach ich und kam mir fast vor wie Kommissar Stüben. „Wann war er zuletzt hier?"

„Ende Juli, Anfang August. Er litt da auch noch unter Verfolgungswahn. Er wollte Medikamente. Die konnte ich ihm aber nicht geben, da ist er wütend gegangen. Das war das letzte Mal, dass ich ihn sah."

„Warum konnten Sie ihm keine Medikamente verschreiben?", fragte ich verwirrt.

„Weil ich kein Psychiater bin", lautete die schlichte Antwort.

„Was heißt das?", fragte nun Jonny.

„Ich bin Therapeut, kein Mediziner. Ich habe keine fachliche Ausbildung, um Medikamente zu verschreiben, ha, ha, ha. Übrigens, Herr Grundberg ... Sie sind das Thema Nummer Eins in unseren Kreisen. Letzte Woche habe ich noch mit Doktor Nemati über Sie gesprochen."

„Toll", meinte ich trocken.

„Ja gewiss, Herr Grundberg. Ich bin übrigens der Überzeugung, dass Ihrer Amnesie eine psychische Blockade zu Grunde liegt. Rein medizinisch ist alles in Ordnung. Bestimmt würde eine intensiv erlebte Katharsis Ihre gesamten Erinnerungen auf einen Schlag zurückbringen."

„Glauben sie mir, was bis jetzt zurückkam, hätte gerne wegbleiben können. Aber es geht hier um Winfried. Wir wissen nicht, wo er steckt. Hat er irgendetwas darüber erwähnt, wo er hin wollte?"

Während ich das sagte, fiel dem Therapeuten einer seiner Kugelschreiber herunter. Er bückte sich sofort danach, sodass er meinen Ausführungen am Schluss von unten lauschen musste.

Sein Kopf schoss hoch: „Nein. Keine Ahnung."

„Hat er Namen erwähnt?", fragte Jonny. „Gab es wichtige Personen? Frauen, Nutten, was weiß ich. Es ist ernst, Doc."

„Nein. Ich fürchte, ich kann da nicht helfen. Kommen Sie doch noch mal vorbei, Herr Grundberg. Ich würde mich gerne mal mit Ihnen beschäftigen."

„Bestimmt, irgendwann, aber wir müssen jetzt los."

Jonny stand auf. „Danke, Doc."

„Kein Problem, Champ. Ich schicke dir die Rechnung nach Hause."

Kurz darauf saßen wir im Wirtschaftswunder, einer Blues-Kneipe in der Wiesenstraße, und tranken Cappuccino. „Verfolgungswahn", bemerkte ich, als das Schweigen für mich unerträglich wurde. „Schwachsinn. Katharsis. Der spinnt doch selber, der Typ. Winnie hat sich dort Beruhigungsmittel ohne Rezept besorgt. Antidepressiva und so etwas, vermute ich. Aber bestimmt nicht für sich selbst. Er schien mir völlig normal zu sein, als er mich im Krankenhaus besucht hat." Ich knallte meine Tasse auf den Tisch. Jonny sagte nichts. Fast trotzig, aber mit deutlich ironischem Unterton ergänzte ich: „Für manche Dinge ist es bestimmt praktisch, so einen Seelenklempner zu kennen."

„Beziehungen sind sehr wichtig", erwiderte Jonny. „Wenn einer mal eine Software entwickelt, womit man seine Connections im Internet pflegen kann, der könnte steinreich werden. Was Winnie betrifft, dazu möchte ich jetzt noch nichts sagen. Es würde dich nur wieder verletzen. Lass uns jetzt das elende Schließfach suchen."

Der Hauptbahnhof in Wuppertal Elberfeld glich dem in jeder anderen Großstadt, nur die Kulisse der Schwebebahn, die unterhalb entlang der Wupper an ihrem Schienenkonstrukt hing, machte den Unterschied aus.

Ansonsten war es die gleiche Mischung aus gescheiterten Kreaturen, eben jenen armen Teufeln, die durch die Spalten der sozialen Fundamente der Jahrtausendwende gefallen waren, und der Gruppe rastloser Karrieretypen und Erfolgsmenschen. Bettler, Junkies und Yuppies, allesamt genervt von reisenden Rentnern, unbedachten Backpakkern und anderen Fremdkörpern, die den Fluss der alltäglichen Prozesse durch ihre Trägheit störten.

„Geh mal schneller, Opa, oder lass mich durch."

Fast automatisch rammte ich dem unhöflichen Punk meinen Ellenbogen in die Seite. Was heißt Punk. Zu meiner Zeit hätten wir so einen Pseudovertreter ausgelacht. Uns gab es damals nicht im Katalog. Selbst der Stummel-Irokese auf seinem Kopf wirkte gestylt und völlig fehl am Platz. Er zeigte mir wütend den Stinkefinger und fing an, herumzupöbeln.

„Osterpunk. Halt bloß dein Maul!", giftete ich noch in die Richtung meines beleidigten Opfers.

„Da vorne", sagte Jonny. „Wie war die Nummer?"

Das Schließfach enthielt einen neutralen Karton. Wir saßen gerade erst wieder im Auto, als ich den Karton öffnete. Darin befanden sich eine SIG Sauer P225 mit vier Schachteln Munition. Diese Waffe wurde auch von der Polizei benutzt. In das Magazin passten acht Kugeln vom Kaliber 9mm. Eine weitere befand sich im Lauf.

Jonny schüttelte angewidert den Kopf und startete den Motor. „Weg hier erst mal, Micha. Mach den Karton wieder zu. Das ist zu riskant."

Ich gehorchte und schloss den Karton.

„Ich brauche noch eine Mütze Schlaf. Wird eine lange Nacht. Wir werden uns heute das Restaurant vornehmen. Fest steht, dass nach meinen Informationen die albanische Mafia dort abkassiert. Überleg dir das mit der Kanone bitte noch mal."

„Was denn?"

„Na, ob du das wirklich willst mit der Waffe. Willst du echt jemanden abknallen?", fragte der Cowboy mürrisch.

„Nö. Nur, wenn ich muss. Egal, wer für die ganze Misere verantwortlich ist, hier werden keine Gefangenen gemacht. Verstehst du? Ich zwinge dich nicht, mir zu helfen, aber komm mir bitte nicht in die Quere. Was glaubst du? Was wollte Winnie mit den Pillen?"

Die Waffe schien mich zu verändern. Sie machte mich aggressiv.

Eine Zeitlang sagte keiner etwas, dann begann Jonny: „Na gut. Du willst die Wahrheit. Da sind wir schon zu zweit. Ich kann dir nur sagen, was ich vermute. Alles, was ich weiß, habe ich dir schon gesagt. Ich vermute, die Pillen waren für Franzi. Ich vermute, Franzi ist durch Winnies Schuld in ein mieses Geschäft verwickelt worden. Von daher liegt es nahe, dass sie dringend Geld auftreiben wollte, selbst über deine Leiche, mein Freund. Winnie brauchte das Geld wahrscheinlich schnell, weil er von den Albanern unter Druck gesetzt wurde. Das Restaurant in Varresbeck steht nicht einfach nur auf einer Schutzgeldliste. Dort befindet sich eine der Residenzen. Vielleicht - auch nur eine Vermutung - hat er Franzi geopfert..."

„Halt dein Maul!", rief ich, packte die Pistole und richtete sie auf Jonnys Schläfe. Ohne langsamer zu fahren, fast ohne hinzusehen, griff er mein Handgelenk und verdrehte es, sodass ich unter fürchterlichen Schmerzen die SIG in den Fußraum fallen ließ.

„Idiot ...", grunzte Jonny verächtlich. Sofort schämte ich mich fürchterlich für meine Aktion, weshalb ich erst einmal schwieg, bis wir bei Jonny eintrafen. Dort verzog ich mich sofort in das Gästezimmer, und erst als ich hörte, dass Jonny schlafen ging, nahm ich meine Zigaretten und wollte hinaus auf die Terrasse. Auf der üblichen Suche nach Streichhölzern traf ich Jonnys Lebensgefährtin Rita in der Küche.

„Hallo, Micha. Kannst nicht schlafen? Jonny sagt, ihr wollt noch mal los? Soll ich dir etwas zu essen machen? Ich habe noch Frikadellen. Ich kann sie dir warm machen, mh?"

Sie war wirklich die Güte in Person. Es gibt Menschen, die einfach grundanständig sind, und das strahlen sie auch aus. Rita war so ein Mensch, was mein schlechtes Gewissen gegenüber Jonny drastisch verstärkte. Mit der intakten Hälfte meines Gesichtes versuchte ich freundlich zu lächeln, aber wie in einem Spiegel konnte ich in Ritas Mine erkennen, dass meine Fassade nicht funktionierte.

Rita verzog ihren Mund, wobei sie ihre Stirn in Falten legte. Dann befahl sie: „Setz dich und sag mir bitte, was los ist."

Schon stellte sie mir eine Tasse Kaffee auf den Küchentisch und nahm selber Platz. Also steckte ich die Zigaretten ein und setzte mich. Sie fixierte mich, bis ich schließlich anfing, zu erzählen.

„Es ist wegen Winnie. Jonny mag ihn nicht, aber Winnie ist mein Freund. Jonny will uns auseinander bringen, glaube ich. Aber Winnie ist wahrscheinlich entführt worden. Oder ermordet. Ich muss ihn finden, sonst ..."

„Stopp, Michael! Seid ihr eigentlich noch zwölf, oder so? Können Männer nicht über ihre Schwierigkeiten reden? Wie lange kennen wir uns jetzt?"

„Äh, ganz ehrlich, Rita?", ächzte ich. Natürlich konnte ich ihr nicht übel nehmen, dass sie meine Amnesie vergessen hatte. Für mich war es umgekehrt ja auch schwer, zu akzeptieren, dass die meisten Menschen in meinem Umfeld mehr über mich wussten als ich selbst.

„Ach ja, entschuldige. Ich vergaß, dass du ..., na ja, wie auch immer. Winfried, ja? Hast du eine Ahnung, wie oft Jonny deinem Herrn von Hochstedter aus der Scheiße geholfen hat? Ist klar, kannst du ja auch nicht wissen. Oft, mein Lieber, sehr oft hat er das. Jonny ist auf deiner Seite. Schließlich hast du ihm mal sein Leben gerettet ...“

„Rita!“ Jonny stand plötzlich in einer klassischen Feinrippunterhose und einem T-Shirt der Countryband Truck Stop im Türrahmen und funkelte uns zornig an. „Komm nach draußen, Micha. Und bring Bier mit. Ich hab Feuer.“

Draußen nuckelten wir an unserem Bier. Schwiegen. Jonny gab mir ein Zippo-Feuerzeug, und ich steckte mir eine Zigarette an. Das alte Feuerzeug hatte die Prägung der New Yorker Skyline und bestand aus blankem Edelstahl. Der Benzingeruch wirkte beruhigend auf mich. Tief inhalierte ich den Tabakqualm und fand endlich den Mut, zu fragen: „Was meinte Rita vorhin? Ich hätte dir das Leben gerettet?“

Jonny nahm sein Zippo zurück.

„Eigentlich spielt es für dich keine Rolle“, antwortete er ruhig. „Wenn du es nicht mehr weißt, finde ich das gut. Es spielt nur für mich eine Rolle, klar? Ja, ich verdanke dir mein Leben. Fertig. Aus. Ende. Mehr musst du nicht wissen, und das ist schon zu viel. Ich wünsche mir, dass du mir auch ohne diese Sache vertraust. Ich möchte nicht einfach nur einer sein, der in deiner Schuld steht. Kann mit so was nicht umgehen.“

„Du schuldest mir nichts, Jonny. Und wenn, sind wir längst quitt.“ Er pfefferte seine Flasche auf die Wiese, dass sie bis zur Wand seines Gartenhäuschens kullerte. Pong!

„Das ist hier kein Geschäft, du Trottel! Wir waren echte Freunde. Allein dafür, dass uns das genommen wurde, durch dieses Arschloch, das dich in Koma getreten hat, allein dafür möchte ich ihn eigenhändig erwürgen.“

Er vergrub seinen Kopf in seinen Händen, die Ellenbogen stützte er auf seine Knie. So viele Emotionen hatte ich in der gesamten Zeit, seit Jonny nach meinem Erwachen meinen Weg gekreuzt hatte, nicht zu Gesicht bekommen. Tränen tropften von seinem enormen Schnauzbart. Ich legte meinen Arm um ihn und sagte: „Jonny. Weißt du was? Wir bleiben heute hier und besaufen uns, ja? Aber bitte zieh dir eine Hose an.“

Das Herz eines Boxers

Jonny hatte nicht viel geredet, aber dafür umso mehr getrunken. Ich hatte beschlossen, den Mann nicht noch mehr zu strapazieren, da seine Absichten mir gegenüber ehrenhaft zu sein schienen. Ritas Worte hatten mir klar gemacht, dass mein Misstrauen fehl am Platze war. Für ein vollständiges Bild fehlten mir immer noch zu viele Puzzlestücke. Erinnerungen kehrten auch keine mehr zurück. Ich dachte an die Worte dieses Psychologen. Katharsis. Wie? Längst saßen wir in der Kellerbar, hörten Musik von den Black Crowes, und ich schüttete uns gerade ein weiteres Glas Whiskey ein, als Jonny plötzlich meine Schulter packte.

„Micha ...", lallte er, „Ich habe es mir anders überlegt. Du sollst die Geschichte erfahren."

Er machte die Musik aus. Seine Gesichtszüge waren wieder ausdruckslos, als er zu erzählen begann.

„Kurz vor meinem vierzigsten Geburtstag hatte ich meinen letzten Boxkampf in Hamburg. Aus der Liga war ich faktisch längst raus. Bin damals schon öfter Truck gefahren. Kurz nach dem Kampf hattest du auch bei den Electric Cowboys angefangen. Das damals war so ein privat organisierter Kampf in der RITZE, direkt an der Reeperbahn. Übelstes Publikum. Hatte den Kampf gewonnen, aber da es zu weit nach Hause war, musste ich in Hamburg übernachten." Seine stahlblauen Augen wirkten fremd in seinem sonst so versteinerten Gesicht. Sie blickten voller Verzweiflung in meine Richtung, während er mir von seiner schwärzesten Stunde berichtete.

„Ich war schon im Hotel, hatte geduscht und alles. Aber ich hatte Hunger und bin noch mal rausgegangen." Bis zu diesem Punkt hatte ich keine Idee, wie ich da als großer Lebensretter ins Spiel kommen könnte. Schon gar nicht in der Hansestadt. Inzwischen hatte der Alkohol die Kontrolle über mich übernommen, und ich hatte Mühe, ihm zu folgen. Gespannt und angestrengt hing ich an seinen Lippen.

„Ich war im Hotel Monopol und bin einfach rechts die Reeperbahn langgelaufen, bis ich mich an der Ecke Lincolnstraße für ein Lokal entschied, wo man noch draußen im Biergarten sitzen konnte. Keine Ahnung, was ich gegessen habe, aber es waren auf jeden Fall ein paar Bier am Start, mit denen ich das Essen hinunterspülte."

„Aha ...", warf ich ein, mehr, um mich selbst zum Zuhören zu motivieren.

„Klar. Also zahlte ich irgendwann, und dann standen draußen zwei Typen, die mir den Weg versperrten. „Hey, aus dem Weg, ihr Penner", hatte ich denen noch gesagt, oder so in der Art."

„Na dann haben sie doch bestimmt sofort Platz gemacht, wie?"

Die Bemerkung tat mir sofort leid, aber Jonny war selbst so angetrunken, dass er gar nicht darauf einging.

„Der erste hielt mir ein Messer an den Hals, so wie du mit der Wumme im Auto heute, die du mir an die Schläfe gehalten hast. Ich mag das nicht. Ich brach ihm die Finger, da war der erst mal beschäftigt. Der andere ..."

„Hör mal Jonny, das mit der Pistole..."

„Schnauze, Micha! Der andere faselte etwas von getürktem Boxkampf und zog mir einen Totschläger durch das Gesicht. Ich hatte keine Wahl, verstehst du?"

Er machte eine Pause, also stimmte ich zu: „Ja nee, ist klar, Jonny."

„Ich erwischte ihn so unglücklich, dass sein Nackenwirbel brach. Der Mann starb erst letztes Jahr, war bis dahin vom Hals abwärts gelähmt."

„Oha." Da war ich doch etwas verblüfft.

„Ab da gewann ich keinen Kampf mehr. Es ging nicht mehr. Ich flog aus dem Verein. Kinder lachten mich aus, beschmierten alte Plakate. Die Presse griff es auf. Boxer schlägt Unschuldigen zum Krüppel ... Ein halbes Jahr auf Bewährung. Ich war ruiniert und am Ende. Dann hatten wir den ersten Gig mit dir an der Gitarre bei den Electric Cowboys. Ich hatte die Backline am Proberaum ausgeladen, und ..."

Es traf mich wie ein Blitz aus heiterem Himmel. Das Licht erlosch und ich fühlte mich, als würde ich mich in kaltes Wasser verwandeln, zerfließen und in der Schwärze um mich herum versickern ...

Plötzlich stieg ich aus meinem Volvo und ging hinüber zu dem großen Tor, vor dem ich geparkt hatte. Zuerst öffnete ich die beiden alten Torflügel, dann sah ich, dass Jonnys Transporter noch vor der Laderampe stand, die zu unserem Proberaum führte.

Es handelte sich um einen alten Lagerraum eines ehemaligen Getränkegroßhandels. Ich hatte nach unserem letzten Konzert vergessen, meine Gitarre in den Volvo zu packen, und Jonny, der sich um die Anlage und Instrumente kümmerte, hatte sie mit dem anderen Equipment eingepackt. Die Ladezone war recht düster, da das

Gelände rings von Bäumen umstanden war und Jonnys Transporter das restliche Tageslicht, welches durch das Tor fiel, fast gänzlich abschirmte.

Vorsichtig ging ich außen die schmale Treppe zur Laderampe hinauf. Durch einen schmalen Spalt in der Tür fiel Licht. „Jonny?", rief ich und drückte die quietschende Tür auf.

Unser Proberaum hatte an der Decke in über drei Metern Höhe einige Stützbalken, und von so einem Balken baumelte Jonny an einem Strick, während er fürchterliche Erstickungslaute von sich gab. Dabei zappelte er hektisch mit seinen Beinen. Auf dem Boden lag eine Anlegeleiter, die er wohl für seinen Selbstmordversuch missbraucht hatte.

„Jonny!", schrie ich. Entsetzen packte mich. Als Antwort gab er nur diese fürchterlichen Geräusche von sich. Panik stieg in mir auf. Ich schmiss irgendeinen Verstärker um, als ich in den Raum hineinstürmte.

In der Ecke stand die große Transportkiste für die schwere Schlagzeughardware, der Sarg. Geistesgegenwärtig schnappte ich mir das Teppichmesser von dem Tisch, wo wir die Folien für unsere Bühnenscheinwerfer geschnitten hatten, stellte mit einem Ruck die etwa 120 cm lange Kiste senkrecht neben Jonny, kletterte hinauf und schnitt den Mann ab.

Jonny krachte hart auf den Boden. Hastig entfernte ich das Seil von seinem Hals. Zu diesem Zeitpunkt machte er absolut keine Geräusche mehr. Lag regungslos da.

„Jonny! Mensch, was soll das?" Ich schüttelte ihn. „Jonny, wach auf!" Ängstlich legte ich meine Hand auf seine Brust. Da fühlte ich sein Herz schlagen. Das Herz eines Boxers.

Ein Blitz. Mein Schädel wollte platzen. Ich wurde geschüttelt, riss meine Augen auf, und da war Jonny plötzlich über mir. Alles war genau wie in meinem Traum. Nur die Rollen waren vertauscht.

Da sah ich plötzlich die Narbe an Jonnys Hals und wusste, es war kein Traum gewesen, sondern eine Erinnerung. Kalt und heiß zugleich wurde mir, als sich endlich die Vertrautheit beim Anblick dieses Mannes einstellte, die ich vermisst hatte, ohne es zu wissen.

„Jonny", ächzte ich, „ich weiß wieder alles. Mir ist alles eingefallen."

„Junge, du bist sturzbetrunken. Bist einfach vom Hocker gestürzt. Wirst eine Beule am Hinterkopf haben. Lass uns pennen gehen. Alles OK." Er tätschelte meine Wange, dann half er mir hoch.

Schlafen konnte ich noch lange nicht. Während ich die Decke anstarrte, kamen zahlreiche Erinnerungen zurück. Gemeinsame Erlebnisse mit Jonny, mit der Band. Sogar ein Urlaub mit Winnie und Jonny. Ich erinnerte mich auch an den Tag, als der Streit wegen des Geldes ausbrach, das ich Winnie geliehen hatte. Mir fiel ein, dass die alte Ducati ursprünglich Winnie gehört hatte. Er hatte sie an Jonny verkaufen müssen, und von Jonny bekam ich dann das Geld für das Motorrad. Ich hatte es plötzlich genau vor Augen, als wäre es ein Foto:

Jonny stand da mit einem schwarzen NOLAN-Motorradhelm, der ihm zu klein war, weil er Winnie gehört hatte. Damals war der kleine Aufkleber noch gut leserlich gewesen, und da wurde mir klar: Es war also nicht nur mein alter Freund, den ich finden musste. Winnie war zugleich auch Vanessas Vater. Scheiße selten, dieses Null negativ.

Franzi und Winnie. Seit wann? Seit mindestens dreizehn Jahren. Wie oft? Eigentlich spielte es keine Rolle mehr. Franzi war tot, und es fühlte sich so an, als hätte ich sie nie geliebt.

Plötzlich merkte ich, dass ich die Pistole in meiner Hand hielt. Mich packte die Wut beim Gedanken daran, wie ich Jonny die Waffe an den Kopf gehalten hatte. Sollte ich Winnie jetzt hassen? Sollte ich ihn seinem Schicksal überlassen? Oder war ich es nicht Vanessa schuldig, ihren Vater zu finden, zu retten und der Verantwortung für sein Kind zu überstellen? Darüber hinaus vermisste ich den Scheißkerl trotzdem.

Pech im Spiel - zu tot für die Liebe

Die folgenden drei Tage war Jonny mit seinem LKW unterwegs. Irgendeine Tour nach Spanien und zurück. Demnach kamen wir nicht dazu, dem dubiosen Restaurant Balgowlah einen Besuch abzustatten. Ich kümmerte mich um andere wichtige Dinge. Eine eigene Wohnung musste her.

Also las ich ein paar Wohnungsannoncen, rief ein paar Vermieter an, besichtigte auch ein paar Wohnungen. Dann klärte ich alles mit der Sparkasse, dank Karl hatte ich immerhin eine kleine Rente vorzuweisen, und während meiner Unternehmungen dachte ich zum ersten Mal nicht mehr permanent an Winnie und Vanessa.

Im Prinzip hatte mich das Leben wieder eingeholt. Ich fand sogar eine kleine erschwingliche Wohnung in Wuppertal Barmen.

Am 25. August 2001 fuhr ich in die Stadt. Dort befand sich das Lagerhaus, in welches Karl die Sachen aus unserem Haus hatte bringen lassen. Meine Immobilie stand schon zum Verkauf, um die Schulden zu tilgen, und war entsprechend geräumt worden. Karl hatte mir die Lagerschlüssel bringen lassen, und nach einer langen Reise mit Bus und Schwebebahn kam ich in Wuppertal-Vohwinkel an. Nach weiteren zehn Minuten Fußweg betrat ich eine ehemalige Fabrik auf dem Westring. Dort standen in der Haupthalle ungefähr zwei Dutzend abschließbare Container. Einer davon war gefüllt mit den Scherben meines Lebens.

Ich hatte noch über eine Stunde Zeit, bevor die Leute von dem Umzugsservice kommen würden, die ich damit beauftragt hatte, die Sachen in meine neue Bleibe zu schaffen. Also fing ich an, die Kisten und Kartons zu begutachten.

Erfreut war ich über die Plattensammlung, die Karl mir gelassen hatte, während fast alles von Wert versteigert worden war. Ein paar kleinere Möbelstücke, sogar ein Kühlschrank und ein kleiner Fernsehapparat gehörten nun auch zu meinem Hausstand. Franzis Sachen waren nicht dabei, aber ich fand für mich Kleidung, Schuhe und Kisten mit persönlichen Dingen von Büromaterial bis hin zu zahlreichen Büchern.

Offenbar hatte es mir Irving sehr angetan. Ich beschloss, alles noch einmal zu lesen. Ich fand drei Gitarren, einen Verstärker und sogar ein paar Demo-Tapes von meiner Zeit als Musiker. Ich bekam eine Gänsehaut. In der letzten Kiste befanden sich zuoberst ein paar Fotoalben. Die meisten Menschen auf den Bildern waren mir schlicht fremd. Ich würde mir alle Bilder noch einmal in Ruhe ansehen.

Pünktlich um elf Uhr fuhr ein Kleintransporter vor. Die zwei Männer begrüßten mich und fingen an, die Sachen zu verladen. Als sie fast fertig waren, brach bei einem Karton der Boden durch, und der Inhalt fiel auf den Boden des Containers. Neben einem Dutzend Büchern kam auch eine Klemmmappe zum Vorschein, in der sich Papiere befanden. Ich hob sie auf und sah mir den Inhalt an, während die beiden Männer den Karton reparierten und die Bücher wieder hineinpackten. Neben handgeschriebenen Listen befanden sich in der Mappe ein paar Zettel im DIN-A-5-Format. Hastig packte ich die Sachen in die Mappe zurück, während mich ein ungutes Gefühl beschlich.

Schließlich war alles verladen, und ich saß mit den beiden Männern vorne im Transporter, als wir uns auf den Weg zu meiner neuen Bleibe machten.

Der größere von beiden, ein glatzköpfiger Mann, der sich als „der Kalle" vorgestellt hatte, fuhr das Auto. In der Mitte hatte „Altin" Platz genommen, der durch seine geringe Körpergröße wesentlich mehr Komfort gefunden hatte, als wenn ich mich dorthin gequetscht hätte.

Nach ein paar Minuten sah ich mir noch einmal den Inhalt der Mappe an. Die Tabelle enthielt vier Spalten. Über der ersten stand als Überschrift „WVH", daneben „FG", daneben „Betrag/Datum" und als letzte Überschrift „Anteil/Zinsen". Zwischen den Zeilen konnte ich keinen mathematischen Zusammenhang feststellen, das Datum war jeweils fortlaufend ohne Regelmäßigkeit, sodass ich mir sicher war, die Tabelle diente als reine Erfassung der Geldsummen, die dort aufgeführt waren.

WVH - Winfried von Hochstedter? FG - Franziska Grundberg?

Ich bekam eine Gänsehaut.

Es gab zwei Arten von Auflistungen. Die meisten sahen so aus: Unter „WVH" stand ein Betrag zwischen 500,-DM und 2000,-DM. In der Spalte „FG" stand dann ein Betrag in Höhe des Prozentanteils, meist zwischen 10 und 20 Prozent aus der vierten Spalte. In der dritten war dann ein Datum vermerkt.

Offenbar wurde hier „WVH" von „FG" Geld geliehen. Meistens war dann der Betrag, oft mit einem anderen Stift, abgehakt.

Die andere Variante sah so aus: Alles wie gehabt, aber in der Spalte „Anteil/Zinsen" stand eine Summe, neben der das Wort „Gewinn" vermerkt war. Dieser Betrag schwankte deutlich, war stellenweise höher als die ausgeliehene Summe. Unklar war, was damit geschehen war. Ich sah mir die kleinen Zettel an, die sich in der Mappe befanden. Dort waren Beträge vermerkt, die ich teilweise in der Tabelle wiederfand.

Oben prangte ein gestempelter Löwe, und unterschrieben waren die Papiere, die ganz offensichtlich Schuldscheine waren, von Winnie. Ich stieß einen Seufzer aus, obwohl es mich insgeheim nicht überraschte.

Die Unterschrift war sehr leserlich. Und dann hatte ich keine Zweifel mehr. „WVH" - Winfried von Hochstedter, „FG"-Franziska Grundberg. Franzi hatte ihm Geld geliehen. Aber wofür?

Plötzlich stupste mich Altin an und deutete auf einen Schuldschein. „Luan?", fragte er, „Du hast Schulden bei Dusán, dem Löwen? Nix gut für dich."

Ich sah ihn verblüfft an. „Nix gut", wiederholte er.

„Halt dein Schandmaul, Altin!" fuhr Kalle ihn an.

„Luan?", fragte ich ihn trotzdem. „Was heißt das? Wer ist dieser Dusán?" Ich gab Kalle per Handzeichen zu verstehen, dass mich Altins Antwort interessierte und fragte noch einmal, während ich ihm eine Zigarette hinhielt: „Also, Altin. Was meinst du? Hast du Feuer?"

Er zündete erst meine, dann seine Zigarette an und erklärte mir: „Dusán Luan. Dusán der Löwe!"

Dabei tippte er auf den Stempel eines Schuldscheines. „Mein Neffe arbeitet für Löwe! Nix gut! Schulden nix gut. Karten spielen scheiße! Besser Arbeit, sonst ..." Er machte eine Geste, als wenn er sich die Kehle durchschneiden würde.

„Aha", sagte ich, zugegebenermaßen leicht verwirrt, „Karten spielen? Wo denn?" Als keine Antwort kam, hatte ich plötzlich einen Einfall.

Ich holte die Visitenkarte des Restaurants hervor, die Karl mir gegeben hatte. „Sag, kennst du das Balgowlah?", fragte ich ihn. Er wurde bleich, zog hastig an seiner Zigarette und hustete. Das einzige, was er noch sagte, war: „Nix gut ...".

Aus Altin war danach keine weitere Information mehr herauszubekommen. Mehr oder weniger schweigend und rauchend brachten die beiden Männer die Ladung aus dem Transporter in meine neue Behausung. Die meisten der kleinen Möbel mussten sowieso nur hingestellt werden, und am Ende war zumindest mein bescheidenes neues Wohnzimmer frei von Kartons und Plunder. In meinem kleinen Schlafzimmer und an einer kompletten Wand in meiner Küche stapelten sich dafür umso mehr Kisten und Kartons. Ich beschloss, sie nach und nach und in Ruhe leer zu machen. Neben der kleinen Zweisitzer-Couch im Wohnzimmer befand sich nur noch meine Matratze.

Hier würde ich erst einmal schlafen, bis alle Kartons leer und alle Möbel an Ort und Stelle waren, und ich mich endgültig eingerichtet hatte. Ich verabschiedete mich von den beiden Männern und gab ihnen ein ordentliches Trinkgeld. Zum ersten Mal bemerkte ich ein Lächeln auf beiden Gesichtern. Als sie durch die Tür waren, stellte ich, einem Richtfest gleich, den kleinen Fernseher auf den Fußboden vor die Couch und schloss ihn an. Immerhin gab es einen Kabelanschluss. Das besorgte Gesicht von Hans Meiser begrüßte mich. Unförmige Freaks sahen aus dem Fernsehstudio durch den Apparat direkt in meine neue Behausung und hefteten ihren Blick auf meine Seele. Ich stand von der Couch auf, schaltete den Fernseher aus, nahm meine Jacke, mein Handy, meinen neuen Wohnungsschlüssel und meine Zigaretten. Ich musste mir nur noch Streichhölzer besorgen. Draußen vor der Tür lief ich Kommissar Stüben praktisch in die Arme.

„Hoppla! Wohin so eilig, Herr Grundberg?", bellte er mich an, um den Lärm der Straße zu übertönen.

„Was zum ...", stieß ich zuerst hervor, doch dann sah ich ein, dass ich nicht abhauen konnte. „Ah. Alles klar, Herr Kommissar?" Ich hielt ihm meine Hand hin.

„Sehr witzig", murmelte er und nahm sie. „Können wir irgendwo reden?" Er deutete auf meine Haustür.

„Da vorne bekommen wir auch Kaffee", sagte ich und setzte mich sofort in Bewegung, um jeden Widerspruch im Keim zu ersticken.

Einen Augenblick später saßen wir uns in dem kleinen Café gegenüber, und Kommissar Stüben kam dann auch direkt zur Sache: „Wo ist Winfried von Hochstedter? Haben Sie irgendetwas gehört von ihm? Oder haben Sie eine Vermutung, wo er sein könnte? Irgendwelche Hinweise?"

Sofort dachte ich an die Mappe mit den Schuldscheinen, die oben in der Wohnung offen neben meiner Couch lag. Da ich überhaupt nicht wollte, dass die Polizei Winnie vor mir fand, dankte ich Gott, dass ich dem Impuls nicht nachgegeben hatte, Stüben in meine Wohnung zu lassen. Dieser verdammte Schnüffler. Ich mochte ihn nicht.

Eine verlebt wirkende Kellnerin knallte uns zwei Milchkaffee auf den Tisch und verschwand wortlos.

„Woher wissen Sie eigentlich, wo ich wohne, Herr Kommissar? Anders gefragt: Seit wann werde ich beschattet, und wieso?" Stüben stutzte nur kurz.

„Ich lasse Sie schon seit ein paar Tagen beschatten", gab er dann zu. „Wir müssen annehmen, dass von Hochstedter mit Ihnen Kontakt aufnehmen wird. Vielleicht sind Sie sogar in Gefahr. Es scheint sehr sicher, dass Ihr feiner Freund Ihre Frau getötet hat. Vielleicht will er auch Sie töten. Alleine schon zu Ihrem Schutz lasse ich Sie beschatten."

„Vielen Dank, Herr Kommissar. Und wer war der Mann, der mich im Krankenhaus töten wollte? Hat Winnie ihn angeheuert? Haben Sie eigentlich irgendwelche Beweise für die gequirlte Scheiße, die Sie ...""

„Halt! Stop!", brüllte Stüben und schlug so fest mit der Faust auf den Tisch, dass beide Tassen überschwappten. Ein braun-weißer Bach bahnte sich seinen Weg in meine Richtung. „Ich stelle hier die verdammten Fragen, Sie Narr!"

„Eigentlich ist das der Tatbestand der Beleidigung, Herr Kommissar. Sie sollten mich doch beschützen und nicht insultieren."

Stüben schien sehr aufgebracht zu sein, ich war verblüfft. Es war mir allerdings auch nicht gänzlich neu, dass Alphamännchen und Betamännchen, die sich für Alphamännchen hielten, mit meiner unverblümten Offenheit nicht klarkamen. Also versuchte ich, ihn zu beruhigen.

„Ach, Herr Kommissar. Sie sollten wissen, dass es nicht gut für Ihr Herz ist, wenn Sie sich so aufregen. Außerdem bin ich nicht taub. Ich hatte nur mein Gedächtnis verloren, mein Gehör hat mich jedoch noch nie verlassen."

Der Kellnerinnen-Zombie war inzwischen mit einer Rolle Küchentücher gekommen und machte die Sauerei weg.

„Grundberg. Ich bitte Sie noch einmal: Verschweigen Sie uns nichts. Ihr Freund hat kein Alibi, ist nicht zur Vernehmung erschienen und seitdem verschwunden. Wir haben seinen Telefonanschluss überprüft, und er hatte offenbar als Letzter Kontakt mit Ihrer Frau. In seiner Wohnung haben wir Hinweise darauf gefunden, dass die Beiden ein Verhältnis hatten. In der Tat wäre es möglich, dass von Hochstedter einen Killer auf Sie angesetzt hat, um die fette Versicherungssumme zu kassieren. Vielleicht haben er und Ihre Frau sich deswegen gestritten, und er brachte sie um. Von Hochstedter ist ein gefährlicher Mann, wenn er zu so etwas in der Lage ist."

„Jetzt habe ich wirklich etwas Angst bekommen, Herr Kommissar."

Urplötzlich stand er auf und packte mich am Kragen. Während ich auf seine Krawatte starrte, die in seiner Kaffeetasse badete, zischte er: „Grundberg, das ist Ihre letzte Chance. Helfen Sie uns, oder ich muss Ihnen Komplizenschaft unterstellen."

„Herr Stüben, ich kenne Winnie doch kaum. Lassen Sie mich bitte los?" Er ließ los. Ich stand auf und ging. Als ich bei der Kellnerin vorbeikam, deutete ich auf Stüben. „Er zahlt."

Ich ging direkt hinüber bis zur Bushaltestelle, drehte mich nicht um, und im Prinzip war es mir egal, ob Stüben oder ein anderer Polizist mir folgte. Ich blieb jedoch nicht an der Haltestelle stehen, sondern lief von meiner Wohnung, die sich in der Gewerbeschulstraße befand, noch gute zehn Minuten, dann ging ich das Fischertal hinunter bis zur Schwebebahnhaltestelle Alter Markt. Dort kehrte ich zunächst in das Burger-Restaurant ein.

Ich setzte mich mit einem Tablett voller Junkfood und Verpackungsmüll ans Fenster. Inzwischen war mein Zorn verraucht und ich war wieder sensibilisiert für etwaige Verfolger.

Es war nicht viel los um diese Zeit, und ich glaubte auch keine verdächtigen Personen zu erkennen. Auf der anderen Seite sagte mir aber mein Verstand, dass dieser cholerische Polizeibeamte jetzt niemals auf eine Observation verzichten würde. Es sei ja auch zu meinem Schutz. Aber ich mochte den Polizeibeamten einfach nicht. Sickerte da etwas von meiner alten Persönlichkeit durch?

Als ich etwas später mit einem Kaffee zu meinem Platz zurückkehrte, entdeckte ich plötzlich einen Streifenwagen auf der anderen Straßenseite. Die beiden Beamten saßen scheinbar untätig im Fahrzeug und blickten in meine Richtung, als ob sie mich durch das Fenster des Restaurants sehen könnten. Sofort holte ich mein Handy heraus und rief Jonny an. Ich hoffte, dass er schon zu Hause war, und glücklicherweise ging er ran, als ich gerade auflegen wollte.

„Was ist? Ich war unter der Dusche!"

„Hi Jonny. Sorry, ich habe ein Problem. Ich werde beschattet. Von den Bullen. Bin am Alten Markt im Mac Doof."

„Wieso? Hast du etwas angestellt?"

„Nein. Ich hatte Hunger. Erkläre ich dir alles später. Ich habe einige Neuigkeiten. Aber du musst mich hier abholen. Wir müssen die irgendwie loswerden. Die werden wohl auch dich beschatten, verstehst du?"

„Scheiße. Meinst du?"

Ich atmete tief durch.

„Jonny, wir müssen heute irgendwo untertauchen. Du musst mir schwarze Klamotten und meine Wumme mitbringen und alles, was du brauchst. Werkzeug, Taschenlampe, Dietrich, was weiß ich. Und wenn es Nacht ist, sehen wir uns dieses Balkan-Restaurant von der Visitenkarte mal genauer an. Auf keinen Fall will ich die Cops auf diese Fährte setzen, OK? Du hilfst mir doch noch, oder?"

„Schwachkopf! Na klar helfe ich dir. Ich tropfe nur und mir ist kalt. Ich nehme das Motorrad. Damit hänge ich die ab. Ich überlege mir etwas, wo wir den Tag verbringen können. Sind die mit einem Auto da?"

„Streifenwagen."

„Gut. Kannst du noch mal rüberlaufen zu dem Café, wo ich dich damals mit dem Pick-up aufgesammelt habe? In exakt 30 Minuten vor dem Eingang in der Fußgängerzone. Aber geh erst so knapp wie möglich los. Denke, du brauchst höchstens sieben Minuten dahin. Hast du eine Uhr?"

„Ja. Nur kein Feuerzeug. Brauche jetzt einen Kippe."

Jonny legte einfach auf.

Je später der Abend, desto unwillkommener die Gäste

Ein paar Minuten später verließ ich das Schnellrestaurant mit einem Milchshake in der Hand.

Ganz entspannt ging ich hinüber zur nächsten Fußgängerampel und gab mir Mühe, den Streifenwagen, der auf der anderen Straßenseite in der ersten Parklücke vor der Ampel stand, nicht zu beachten. Trotzdem glaubte ich, die Blicke der Polizeibeamten wie Nadelstiche auf mir zu spüren.

Gerade hatte ich mir von einem Passanten, der mit mir an der Ampel wartete, Feuer geben lassen, da wurde es grün für die Fußgänger. Wenige Schritte, bevor ich den Streifenwagen erreichte, nahm ich den Milchshake in die rechte Hand und warf die Zigarette weg. Dann blickte ich zuerst direkt in die Gesichter der beiden Polizisten, bevor ich treffsicher den Inhalt des Bechers auf der Windschutzscheibe verteilte. Ein erdbeerfarbener Vorhang brachte mich um den Anblick der verdutzten Gesichter in diesem Auto, aber ich nutzte die Verwirrung und legte die letzten zwanzig Meter zur Fußgängerzone im Laufschritt zurück.

Hinter mir hörte ich laute Jubelschreie von anderen Passanten und offene Freude über meine Aktion. Dann hörte ich das laute Aufheulen eines Motors und ein lautes Rumsen. Offenbar wollten die Beamten meine Verfolgung nicht zu Fuß aufnehmen und hatten ihren Scheibenwischer über- und den Ampelmast unterschätzt.

Da bog ich schon in die Fußgängerzone ein. Ich sah auf die Zeitanzeige meines Handys. Noch drei Minuten bis zur Verabredung mit Jonny. Noch fünfzig Meter bis zum Café „Extrablatt". Ich rannte weiter, da kam von rechts ein Motorrad angebraust.

„Los! Steig auf!", brüllte Jonny und warf mir einen Motorradhelm zu, den ich nur knapp auffing. Kaum saß ich auf dem Sozius, da beschleunigte er die Ducati so heftig, dass wir mit dem Vorderrad abhoben. Entsetzte Passanten sprangen zur Seite, während ich mich an Jonny klammerte, und kurze Zeit später waren wir außer Reichweite der Polizei.

Wir fuhren aus der Stadt hinaus über Land in ein Waldstück am Felderbachtal, wo wir in der Nähe eines Grillplatzes den Motor abstellten.

Außer unserem standen vorne am Waldweg noch zwei weitere Motorräder. Ganz offensichtlich war dies hier eine Art Geheimtipp unter den Bikern, denn den Spuren nach zu urteilen war dieser Ort gut besucht, aber mit einem Auto bestanden hier keine Parkmöglichkeiten und die Stelle lag abseits der Wanderwege.

Wir nahmen auf einem dicken, zur Bank umfunktionierten Baumstamm an der großen Feuerstelle Platz. Es roch leicht nach Marihuana. Offensichtlich peinlich ertappt, begannen die beiden jungen Männer, die uns gegenüber saßen, sofort, ihre Lederkleidung anzuziehen, und einen kurzen Augenblick später verschwanden sie lautstark mit ihren beiden Enduros.

„Los, dann lass mal hören", begann Jonny. „Was hast du für Neuigkeiten?"

Ich erzählte ihm von meinem Umzug, von den Schuldscheinen und der Liste, die offensichtlich von Franzi stammte. Ich beschrieb ihm auch die Reaktion des Albaners Altin auf die Visitenkarte des Balkan-Restaurants und schließlich den Besuch des Polizeioberkommissars Stüben und unser eigenartigen Gespräch. Jonny hörte die ganze Zeit aufmerksam zu, sagte aber nichts. Als ich fertig war, sah er mich an.

„Ich glaube nicht, dass Winnie deine Frau getötet hat, Micha. Es war gut, die Bullen außen vor zu lassen."

„Ja", stimmte ich zu, „aber wieso bist du dir da sicher?"

„Weil die Art und Weise, wie Franzi ermordet wurde, auf mehr als einen Täter schließen lässt. Und da verstehe ich Stüben nicht so ganz. Er hätte es wissen müssen. Einer alleine hätte sie nicht so aufknüpfen können. Winnie hätte auch keinen Grund gehabt, sie zu foltern und zu vergewaltigen. Kein Motiv."

„Wenn du das sagst ...", murmelte ich.

„Weshalb wolltest du keine Bullen? Dir muss klar sein, dass du das nächste Mal nicht mit einem Gratis-Kaffee davonkommst, wenn du Stüben vor die Flinte läufst. Du bist jetzt Komplize für die Polizei. Also? Warum war es das wert?", fragte Jonny.

Verzweifelt blickte ich ihm in die stahlgrauen Augen, die erbarmungslos nur die Wahrheit zuließen, wodurch sämtliche Ausflüchte, die ich mir in eigenem Interesse zurechtgelegt hatte, unwirksam wurden.

„Ich liebe ihn wie einen Bruder, Jonny. Ich liebe ihn und will ihn finden. Ich weiß, dass er in Gefahr ist. Frag mich nicht, warum."

Jonny stöhnte gequält und blickte zu Boden. Ein paar Minuten schwiegen wir. Gerade wollte ich den Mund öffnen, ohne genau zu wissen, was ich sagen wollte, solange es nur meiner Rechtfertigung diente, da erlöste mich Jonny mit der schlichten Feststellung: „Nun, dann gehen wir heute Abend mal zusammen essen!"

Er griff in seine Jacke und warf mir die Pistole zu, die mir Karl besorgt hatte. Ich lud sie durch.

„Hunger hätte ich jetzt schon ein bisschen, Alter..."

Wir blieben noch eine gute Stunde, dann fuhren wir zu einem Freund von Jonny, der sich ACE nannte. Er war ungefähr Anfang sechzig, groß und schlank. Dennoch wirkte er sehr kräftig. Wir saßen in seiner kleinen speckigen Wohnung im Stadtteil Vohwinkel, wo ACE uns Kaffee, Bier und etwas zu essen servierte. Überall hingen Plakate von Country-Stars, zumeist aus Amerika. Auch die amerikanische Fahne und die Südstaatenflagge waren zu sehen. Ansonsten war die Einrichtung eher bescheiden. Um nicht zu sagen: Das meiste war Sperrmüll. Überall standen leere Bierflaschen herum, in der Ecke stapelten sich Pizzakartons wie bei einem Studenten. Alles in dieser Wohnung hatte eine klebrige Patina. Ein saurer und fauliger Geruch gab dem Ganzen eine unappetitliche Signatur.

Im Verlauf des Gespräches stellte sich heraus, dass ACE lange in Albanien gelebt hatte. „Ich war damals auf der Flucht, hatte Scheiße gebaut und musste weg. Zu den Scheiß Kommunisten überzulaufen, war damals ganz einfach."

„Kommunisten?", fragte ich erstaunt. ACE sah mich an und schüttelte den Kopf. Dann fragte er fast schon angewidert: „Weißt du eigentlich irgendetwas über Albanien?"

Es entstand eine Pause. Jonny trank einen großen Schluck Bier und ich sinnierte darüber, wie wohl die Freundschaft zwischen Jonny und diesem verschrobenen Kauz zustande gekommen war. ACE deutete unser Schweigen als klares Nein und begann zu erzählen.

„Manche sagen, Hitler hätte ihn hervorgebracht, andere sind überzeugt, der Teufel persönlich hätte ihn zur Erde geschickt. Ich spreche von Enver Hoxha. Ich spreche vom Beginn einer kommunistischen Diktatur, die über 45 Jahre Albanien überschattete."

Er spuckte auf seinen eigenen Fußboden, was mich gar nicht überraschte. Falls mir hier etwas heruntergefallen wäre, hätte ich mich davon getrennt. ACE nahm sich eine Flasche Bier vom Tisch, öffnete sie mit den ihm verbliebenen Zähnen und trank sie fast in einem Zug leer.

„Tito und sein Jugoslawien waren ein starker Verbündeter für ihn. Da die Alliierten zum einen Tito nicht kontrollieren konnten, und zum anderen Albanien bei der Aufteilung von Churchill und Stalin schlicht vergessen wurde, gelang es Enver Hoxha, die Opposition auszuschalten, bis Jugoslawien als erster Staat die provisorische Regierung in Tirana akzeptierte. Diese Scheiß-Kommunisten in Jugoslawien hatten sich mit den dreckigen Kommunisten in Albanien darauf geeinigt, den Kosovo wieder an Jugoslawien anzuschließen, und so wütete Hoxha über vier Jahrzehnte mit seiner Geheimpolizei, den Sigurimi."

Ich flüsterte Jonny in einem günstigen Moment ins Ohr: „Was hat er früher gemacht?"

„Er war Lehrer", antwortete Jonny.

Es erschien mir bizarr, wie ich in meiner Situation, praktisch nach der Flucht vor der Polizei, in diese Geschichtsstunde gekommen war. Vor allem hoffte ich, dass Jonny einen Grund hatte, ausgerechnet diesen Ort hier auszuwählen. Einen Grund, der uns einen Vorteil für unsere Mission verschaffte. Ich wollte mir das Feuerzeug von ACE nehmen, doch mein Ärmel klebte auf dem Tisch fest.

„Die waren es, die mich damals in den Siebzigern in Empfang nahmen. Die Sigurimi prügelten alles aus mir heraus, was sie wissen wollten, und dann ließen sie mich liegen wie einen Hund. Gewalt war jedoch offiziell verboten in Albanien. Genauso wie das Kanun ..."

„Wieso erzählst du uns das alles, ACE?", wagte ich zu fragen.

„Weil ihr sonst nichts verstehen würdet. Nichts!", schrie er. Wir saßen einen Augenblick schweigend da und tranken Bier. „Entschuldigung", sagte ich irgendwann, und als hätte ACE darauf gewartet, fuhr er mit seinem Vortrag fort: „Im Jahre 1948 wechselte man zu Mütterchen Russland, und aus dem Verbündeten Jugoslawien wurde ein Todfeind. Das Kanun entstand als eine Art Gewohnheitsrecht während der türkischen Invasion. Christen hatten zu dieser Zeit keine Rechte, und auch Teile Albaniens blieben für die Osmanen unregierbar. So hielt man lange am Kanun fest, obwohl fast 30% dem Koran entnommen zu sein schien. Die Blutrache ist ein großer Bestandteil des Kanun. Es entstanden wahre Kettenreaktionen aus Rache und Gewalt. Wenn ein Familienmitglied entehrt oder gedemütigt wurde, musste die Schuld mit Blut vergolten werden."

„Grundsätzlich, ACE? Gibst du mir mal Feuer?", nutzte ich eine kleine Pause in seiner Rede.

„Ja, immer. Liegt auf dem Tisch. Das Kanun wurde während der kommunistischen Diktatur verboten. Das Blut von Frauen war allerdings gar nichts wert. Wer eine Frau statt eines Mannes tötete, war schlicht entehrt, hatte aber sonst nichts an juristischen Konsequenzen zu befürchten. Frauen waren Möbelstücke, Gebärmaschinen, sonst nichts. Frauen kamen jedoch in der Zeit unter Enver Hoxha zu höherem Stellenwert, ja sogar zu Bildung und zu Jobs. Anfang der Sechziger überwarf man sich mit Russland. Hoxha fuhr den harten stalinistischen Kurs, während Chruschtschow um Reformen bat. Schon 1968 brach man mit dem Warschauer Pakt und Mao war angesagt. Ein Volk aus Bauern saß in einer maroden Wirtschaft ohne Fachkräfte mit russischen Maschinen, für die es keine Ersatzteile mehr gab, und Ende der Achtziger konnte das Land sich selbst nicht mehr ernähren. Der Druck auf die Bevölkerung ...."

„Apropos Druck... Wo ist bitte die Toilette?", unterbrach ich ihn.

„Hinten links. Fünf Minuten!", gab ACE grantig zurück. Auf Jonnys sonst sehr ausdrucksloser Mine erschien der Anflug eines Lächelns, als er brummte: „Ich geh mal mit."

Der Flur wurde nur von einer viel zu schwachen Funzel beleuchtet, und das ersparte uns den Anblick der zahlreichen achtbeinigen Mitbewohner, die dort mehr Spinnweben angelegt, als ACE Flaschen in seiner Wohnung gesammelt hatte.

„Was geht denn hier ab? Bekomme ich nachher ein Zeugnis?"

Der Cowboy schien wirklich zu kichern, als er wortlos die Toilette betrat und mir die Tür vor der Nase zuschlug. Ich vernahm ein Strullern, das mich automatisch an ein Erlebnis erinnerte, bei dem ich direkt neben einem Pferd gestanden hatte, dann wurde gespült, die Tür flog auf. Jonny blieb einen Moment stehen und sagte nur: „Ich hatte ihn in Geschichte."

Offenbar galt das ganze Referat nur mir, denn ACE legte sofort los, als ich zurückkam: „Also. Auch als Ramiz Alia, ein Derivat von Hoxhas, die Macht übernahm, litt die Bevölkerung unter Gewalt und Armut. Aber durch Ereignisse wie den Fall der Mauer, Solidarność und die Veränderungen in Ungarn, wuchs eine starke Gegenbewegung heran, sodass 1992 endlich ein Wechsel zur Demokratie stattfand. Die demokratische Partei war 1994 noch keine zwei Jahre alt, und tausende Albaner waren davor schon in die Botschaften der Nachbarländer geflohen, Demonstrationen wurden unter Alia niedergeschlagen. Alles war Scheiße, und so sollte es auch bleiben."

„Scheiße?", fragte ich nach.

„Sei ruhig", bat Jonny.

„Ja, Scheiße." ACE machte sich noch ein Bier auf. „Als wenn das Chaos in der Hauptstadt Tirana nicht gereicht hätte, kam es, wie es kommen musste ..."

„Aha ..."

„Schnauze, Micha", zischte Jonny, der im Gegensatz zu mir echtes Interesse an der Geschichtsstunde hatte.

ACE ließ sich nicht beeindrucken und redete weiter: „Die Flut der Flüchtlinge hatte praktisch nie aufgehört. Dann wurden von der Demokratischen Partei die Wahlen manipuliert, 1996 war das, was in Europa keine Sau interessierte, da es ja den Krieg in Jugoslawien gab. Unruhen im März 1997 führten zu über tausend Todesopfern in einer Art und Weise, die der im Kosovo an Härte und Brutalität in nichts nachstand. Ein Demokratieschock?" ACE sah mich an.

„Weiß nicht", sagte ich.

„Vielleicht. Nach 45 Jahren Scheiß-Kommunismus war der Staat pleite, korrupt und handlungsunfähig. Mehr als 50% waren arbeitslos, fast 20% lebten unter der Armutsgrenze. Solange die Kommunisten an der Macht gewesen waren, hatten sie das Gewaltmonopol innegehabt: Internierungslager, Prügelstrafen. All die unterdrückte Aggression entlud sich nun mit einer unvorstellbaren Stärke. gerade Städte wie Shkodra, auch die Stadt der Morde genannt, legten den Grundstein für die albanische Mafia. Banken, städtische Gebäude, alles wurde geplündert. Vor allem Waffen wurden gestohlen. Die Rate für die Anzahl der Waffen pro Kopf liegt noch heute in Albanien bei 1,8, Freunde. Da hat jeder mindestens eine Wumme. Ihr müsst verstehen: Nur durch illegale Aktivitäten konnte sich das Volk in- und außerhalb Albaniens über Wasser halten. Jeder hätte das so gemacht." Er spuckte wieder auf den Boden. „Jeder!"

Flehend sah ich zu Jonny hinüber. Er erwiderte den Blick und nickte mir zu. Nicht ein Muskel in seinem Gesicht bewegte sich, als er ACE die Hand auf die Schulter legte.

„ACE, sagt dir der Name Dusán, der Löwe etwas?" Der alte Mann sah auf und stellte die halb volle Flasche hart auf den Tisch. Entsetzt krächzte er: „Johannes! Was hast du getan?"

Jonny schwieg. Ich setzte an, etwas zu sagen, aber ACE machte eine ausladende Geste mit den Armen und so blieben wir beide still. ACE nahm seine Flasche, trank einen Schluck redete dann völlig gefasst weiter: „Herrschaften, wir müssen vielleicht noch ein paar Dinge ansprechen, bevor ihr euch ins Unglück stürzt. Und mich lasst ihr da raus, ist das klar?"

Er funkelte in erster Linie mich an, ähnlich einer Echse, die eine Fliege betrachtet, die auf der anderen Seite der Glasscheibe sitzt.

„Mit dem Zusammenbruch der Streitkräfte und Geheimdienste der Ostblockstaaten, auch der GUS, entstanden fast sämtliche Mafia-Gruppierungen in Osteuropa. Während des Krieges in Jugoslawien wechselten die Routen für das Schmuggeln von Drogen, Nutten, Autos und Waffen immer zwischen der Strecke vom Halbmondgebiet über Polen und Tschechien nach Westeuropa und der Route über Nigeria. Fakt ist, dass die Russen fast alles kontrollieren, was es an Verbrechen gibt, sogar den illegalen Handel mit normalen Rohstoffen. Die Jugos waren in erster Linie für den Transport von Drogen über die Balkanroute Vorderer Orient/Türkei - Balkan – Westeuropa zuständig, bis der Krieg ausbrach. Da entdeckte man den Waffenhandel als lukrativen Wirtschaftszweig, und die Expansion der Mafia nach Westeuropa erlebte einen Boom, und erlebt ihn noch. Jugos und Albaner machen oft gemeinsame Sache. Durch die Kosovo-Albaner, die zwar jugoslawischer Herkunft sind, aber auch gleichzeitig ein Bindeglied zu den albanischen Gruppen darstellen, sind sie einander zugehörig. Wie auch die Jugo-Mafia machen die Albaner auf Glücksspiel und Prostitution. Heroin geht nach wie vor über die Balkanroute nach Nordeuropa, Kokain zu den südlichen Ländern über die Niederlande. Aber der Handel obliegt noch immer der Cosa Nostra und der Camorra. Dusán ist einer der jungen Wilden, die sich in kürzester Zeit ein großes Stück vom Kuchen einverleibt haben."

„Wie denn? Kennst du den Löwen persönlich?" Ich machte bei dem Wort „Löwen" eine Geste wie ein Stubenkater, der sich auf ein Wollknäuel stürzte.

„Dusán war damals elf, höchstens zwölf Jahre alt. Er lebte in Shkodra, der Stadt der Morde. Es soll 1962 oder 63 gewesen sein. Albanien war gerade aus dem Warschauer Pakt geflogen und war frisch verliebt in China. Dusán lebte mit seinem Vater und seinen drei jüngeren Schwestern abseits vom Zentrum. Nachdem sein alter Herr sich in den Kupferminen kaputt gearbeitet hatte, lebten die Fünf von Almosen und Gelegenheitsjobs. Leider konnte Dusáns Vater sein großes Mundwerk nicht halten und beleidigte einen Polizisten. Oder der Polizist wollte es so sehen."

ACE schien in Trance zu versinken, als er fortfuhr: „Dusán wurde kurz vor Sonnenaufgang wach. Es kam ein Poltern aus der Küche, das ihm bedrohlich vorkam. Durch das kleine Schlüsselloch sah er nicht nur, wie sein Vater mit eingeschlagenem Schädel auf dem Boden lag. Er musste auch noch mit ansehen, wie man seinen drei Schwestern die Kehle durch schnitt. Das war die Geburtsstunde des Luan. Dusán verschwand durch das kleine Fenster. Er versteckte sich und ließ drei Tage und drei Nächte verstreichen."

„Abergläubisch?"

„Micha!", riefen Jonny und ACE synchron.

„Und dann?", fragte ich scheinheilig.

„Dusán betrat das Polizeipräsidium kurz vor dem Morgengrauen", fuhr ACE fort, „etwa zur selben Tageszeit, als die Bullen in sein Haus gekommen waren. In jeder Hand hatte er eine russische AK 47. Er legte alle siebenundzwanzig Polizisten um. Er wollte sicher sein, die Mörder seiner Schwestern zu erwischen."

Jonny pfiff durch seine Zähne. ACE fuhr fort.

„Plötzlich war er ein Held. Ein Verfechter des Kanun. Man verhalf ihm zur Flucht. Und bis heute hatte er nie die Leute aus seiner Heimat vergessen, die ihn damals unterstützten. Und die sprechen heute noch von ihm wie von einem Rachegott. Also kam Dusán Mitte der Sechziger nach Ost-Berlin. Aus deren Perspektive war er mit 16 Jahren noch ein Kind. In Wirklichkeit hatte er da schon fast fünfzig Menschen umgebracht und strotzte vor krimineller Energie. Er entdeckte den Schmuggel mit West-Gütern, und irgendwann machte er rüber nach Westdeutschland. In den Siebzigern versorgte er schon die RAF mit Waffen und Sprengstoff. Seine Beziehungen reichen bis in den Nahen Osten." Ich schmiss aus Versehen mein Bier um.

ACE schüttelte den Kopf und fuhr fort: „Bei den Albanern gibt es keine Pyramidenstruktur in der Hierarchie. Es handelt sich vielmehr um konzentrische Kreise, um Clans. Und hier ist Dusán der Mittelpunkt des Clans. Versteht ihr? Er ist so etwas wie allmächtig. War schön, euch kennengelernt zu haben."

Er trank aus, stand auf und meinte: „Nebenan ist alles, was du brauchst, Johannes. Ich gehe noch mal raus, in die Kneipe, damit ich ein Alibi habe, falls sie euch abknallen. Viel Glück."

Die Haustür fiel ins Schloss. Jonny stand auf und begann, Kaffee zu machen.

„Mal ehrlich, Jonny", rief ich ihm zu, „was ist mit dem Typ los? Warum musste er abhauen? War er echt dein Lehrer?"

„Ja. Er hat 1978 versucht, Horst Mahler zu töten, weil der die RAF verraten hatte. ACE heißt mit Nachnamen Baader, falls dir das etwas sagt."

„Aha ...", gab ich zurück. „Komischer Kauz ..."

„Definitiv. Aber großer Johnny Cash-Fan. Los komm mit." Die Kaffeemaschine blubberte und wir gingen ins Nebenzimmer. Auf einem kleinen Tisch lagen zwei Nachtsichtgeräte, zwei Pistolen mit Schalldämpfer, ein schwarzes Nylonseil und zwei kugelsichere Westen.

Wusste er, dass wir kommen?", fragte ich den Cowboy.

„Nein. Die Sachen hier sind gerade vom Himmel gefallen."

„Sehr witzig. Du willst mir wahrscheinlich nicht sagen, wovon dein alter Geschichtslehrer jetzt so lebt, oder?"

„Richtig."

Ein paar Stunden später machten wir uns auf den Weg zum Balgowlah. Das Restaurant lag etwas oberhalb einer kleinen kurvigen Straße.

Das Motorrad parkten wir in einiger Entfernung, und ich fühlte mich genauso mulmig wie euphorisch, als wir uns in unseren schwarzen Klamotten, bis an die Zähne bewaffnet, zu Fuß auf den Weg zum völlig dunklen Restaurant machten.

Sogar die Außenbeleuchtung des Balgowlah war schon abgeschaltet. Vermutlich würden wir dort niemanden mehr antreffen. Trotzdem hatte ich dieses Bild vor meinem inneren Auge, wie Winnie misshandelt, gefoltert und gefesselt im Keller dieser Albaner lag. Das Adrenalin kam mir förmlich aus den Ohren heraus. Jonny wirkte dafür umso ruhiger.

„Hast du einen Plan, Jonny?"

„Das hier ist doch dein Kindergeburtstag", gab er mürrisch zurück.

„OK. Lass uns reingehen und den Keller checken."

„Ach, Micha ..."

Nun wirkte Jonny leicht verzweifelt. Wir schlichen zum Hintereingang, wo Jonny geschickt das Schloss öffnete. Die von innen angelegte Kette sprühte er mit CO_2 ein, danach knipste er sie mit einer Zange problemlos durch. Wir waren drin.

„Findest du es nicht komisch, dass die Tür so läppisch gesichert ist?", fragte ich.

Plötzlich drehte sich Jonny zu mir um und zeigte auf einen grauen Kasten an der Wand, bei dem eine rote LED hektisch blinkte.

„Eine Alarmanlage!" stieß ich hervor. Wie konnten wir nur so dumm sein?

In diesem Moment betraten zwei Männer den Flur. Den ersten, einen kräftigen dunkelhaarigen großen Mann, erledigte Jonny mit einem Kinnhaken, der zweite, der klein und schmächtig war, zog eine Pistole und richtete sie auf mich.

„Ganz ruhig. Hände an den Kopf!" schrie er. Sein Kollege lag noch immer benommen auf dem Boden.

„Steh auf!" schrie der Kleine ihn an und stupste ihn mit dem Fuß. Der Große stöhnte und rappelte sich langsam auf. Als er stand, schüttelte er sich kurz wie ein nasser Hund. Dann versuchte er, Jonny ins Gesicht zu schlagen, aber dieser wich einfach aus, ohne seine Hände vom Kopf zu nehmen. „Bekim, wer sind diese Idioten?" rief er wütend und zog auch seine Pistole. Der Kleine, der offenbar Bekim hieß, hatte unsere beiden Pistolen mit dem Schalldämpfer und Jonnys Messer gefunden. Er hantierte einen Augenblick an dem Kasten der Alarmanlage herum. Das Licht hörte auf, zu blinken.

„Mitkommen!", grummelte er und wedelte mit seiner Waffe. Begleitet von Bekims unverständlich gezischten Flüchen wurden wir unsanft durch den engen Flur geschubst, der mit zahlreichen Kartons und unzähligen Getränkekästen vollgestopft war. Dann blieben wir im oberen Stockwerk vor einer Tür am Ende des Flurs stehen.

„Du warte", drohte Bekim. Er hob seinen Arm, als ob er mich schlagen wollte. „Und Schnauze!", zischte er.

Erst dann klopfte er dreimal an die schwere Eichentür.

In der Höhle des Löwen

Von innen wurde die Tür geöffnet, und wir stolperten mehr oder weniger in den großen Raum, der sich genau über dem Gastraum befinden musste. Wütend drehte ich mich zu dem Kleinen um und schrie: „Wenn du mich noch einmal schubst, trete ich dir in die Eier, du Arschloch!"

Bekim schlug mir so heftig mit der Faust in den Magen, dass mir die Luft wegblieb. Während mir schwarz vor Augen wurde, sah ich noch, wie Jonny den kleinen Albaner am Hals packte und wegschleuderte. Bevor das Chaos perfekt werden konnte, kamen jedoch noch zwei dunkelhaarige Männer hinzu, die im Kleidungsstil stark an unsere Kidnapper erinnerten, und als ich wieder zu mir fand, saßen Jonny und ich nebeneinander auf zwei Stühlen, und uns gegenüber saß ein weiterer Mann, der älter schien als die rüpelhaften Gestalten, mit denen wir es bisher zu tun bekommen hatten.

Der Raum war zwar beleuchtet, aber an allen Fenstern waren Rollos heruntergelassen, sodass kein Licht nach außen dringen konnte. Deshalb war uns das Gebäude von außen völlig dunkel erschienen. Wir hatten uns wie Stümper verhalten. Was wir ja letzten Endes auch waren.

Der Mann uns gegenüber war klein und dicklich, und als er seinen Hut abnahm, erschien darunter eine Glatze, die von einem dunkelgrauen Haarkranz gerahmt war. Alles in allem keine furchteinflößende Erscheinung, wenn da nicht dieses lange Messer gewesen wäre, das er in seiner Hand hielt.

„Mein Name ist Dusán Luan. Man nennt mich den Löwen. Und wer seid ihr?"

Dabei deutete er mit dem Messer auf mich. Wohin, dachte ich seltsamerweise in diesem Moment, würde mich das Schicksal noch führen? Vom elenden Zustand der absoluten Hilflosigkeit über die grausame Selbsterkenntnis einer Persönlichkeit, die stets damit beschäftigt war, sich selbst zu verraten, sollte ich nun in den Händen der Mafia mein Ende finden? Hatte ich dafür extra aufwachen müssen?

„Du kannst mich mal kreuzweise, du Clown. Was habt ihr mit Winnie gemacht?"

Die Bewegung war zu schnell, als dass ich sie hätte bemerken können. Mit einem schnarrenden Geräusch zitterte sein riesiges Messer in meinem Stuhl, und zwar genau zwischen meinen Beinen.

Zugegebenermaßen zog ich es ab da erst einmal vor, zu schweigen. Doch dann fiel mir etwas ein. Sie hatten uns zwar die Pistolen und die Schutzwesten unten im Flur abgenommen, aber in einem der etwas zu großen Cowboystiefel, die mir Jonny geschenkt hatte, steckte noch Karls Pistole. Gefesselt hatten sie uns auch nicht. Bis jetzt. Viel Zeit blieb mir nicht, vermutete ich. Wenn sie sich nicht einmal diese Mühe machten, würden sie uns wohl schnell entsorgen.

„Junge, Junge, Junge, Junge ...", jammerte Dusán, während er aufstand. „Du weißt es wohl nicht besser? Weißt gar nicht, mit wem du es hier zu tun hast? Kommst hier in mein Haus ...", predigte er, „... mit einer Waffe, die du auf mich richten wolltest. Auf Dusán, der dir nie etwas tat. Bringst mit deinen Gorilla, auch mit einer Waffe ..." Dusán bückte sich und wollte sein Messer herausziehen. Ohne zu zögern verpasste ich ihm eine Kopfnuss, die zum Glück auch traf. Schnell zog ich meine Pistole. Ich stand auf, nahm den kleinen Mann in den Schwitzkasten und hielt ihm die Waffe an die Schläfe.

„Jonny, aufstehen, nimm die Waffen. Das Messer auch. Und ihr da, Hände hoch, oder ich puste ihm sein Hirn raus. Los!"

Während ich innerlich vor Angst zitterte, tat Jonny noch mehr. Er stand auf, nahm seinen Stuhl und schlug ihn an dem Kleinen kaputt. Der Albaner sackte einfach in den Trümmern des Sitzmöbels zusammen. Dann nahm Jonny sämtliche Waffen, die auf dem Tisch lagen. Der Große stand immer noch zitternd mit erhobenen Händen vor der Tür, bis Jonny sich wortlos darauf zu bewegte. Die anderen beiden hatten jedoch blitzschnell ihre Waffen gezogen.

Der Mafioso mit der Brille zielte auf Jonny, der andere auf mich. Jonny zielte auf Bekim, der die Tür versperrte und der Kleine, der uns geschnappt hatte, war noch bewusstlos.

Einen Augenblick verharrten wir in dieser Patt-Situation.

Plötzlich prustete Dusán los, obwohl er immer noch in meinem Schwitzkasten gefangen war. Während er lachte, sagte er etwas, das ich nicht verstand. Vermutlich war es albanisch.

Plötzlich steckten die beiden Mafiosi ihre Waffen weg, und Bekim machte den Weg zur Tür frei.

Jonny ging sofort weiter in Richtung Ausgang. Er zielte nach wie vor mit der Pistole auf Bekim, bis wir durch die Tür waren.

Mit Dusán im Arm folgte ich Jonny. Unten angekommen, gingen wir durch das dunkle Restaurant bis zum verschlossenen Haupteingang.

„Schau in seinen Hosentaschen nach", verlangte Jonny.

„Ihr macht einen großen Fehler", ächzte Dusán.

Im Treppenhaus hinter uns ertönte Gepolter, als wenn eine Herde Elefanten die Verfolgung aufnähme.

Als ich endlich einen Schlüsselbund fand, bog Bekim schon um die Ecke. Ohne Vorwarnung begann Jonny, auf sämtliche Bilder, Vasen und sonstige Einrichtungsgegenstände zu schießen. Bekim schreckte zurück und versuchte den Schüssen auszuweichen. Jonny warf die Waffe mit dem leeren Magazin weg und schrie: „Schlüssel her, los jetzt!"

Hastig öffnete er den Haupteingang, und wir verließen das Restaurant. Jonny hatte mir den Schlüssel gegeben und sich Dusán einfach über die Schulter geworfen wie einen Kartoffelsack.

„Der Mercedes! Mach schon!" rief er und setzte sich in Bewegung. Tatsächlich ließ sich die schwarze S-Klasse mit Dusáns Autoschlüssel öffnen. Ich stieg mit dem Mafioso hinten ein, und Jonny gab Gas. Der Kies spritzte unter den Rädern. Es wirkte fast lächerlich, wie Bekim und Ygli hinausstürmten.

„Sie werden es nicht wagen, auf meinen Wagen zu schießen. Aber ihr seid so gut wie tot!", meinte Dusán ziemlich unbekümmert.

„Schnauze, du Clown!", gab Jonny zurück.

„Was hast du vorhin zu ihnen gesagt?", verlangte ich von ihm zu wissen.

„Wenn sich das Blatt dann gewendet haben wird, und das, meine Freunde, wird es, dann werdet ihr mir genau zu erklären haben, was ihr unter einem Clown versteht. Auch wenn es das Letzte sein wird, das ihr zu sagen habt", prophezeite Dusán. Dann verriet er uns: „Ich sagte ihnen, sie sollen uns gehen lassen. Ihr würdet mir nichts tun."

Seine Unbekümmertheit gab mir ein mulmiges Gefühl. Wir schwiegen.

Kurz nachdem wir das Balgowlah verlassen hatten, fuhren wir auf die Autobahn in Richtung Düsseldorf. Jonny blieb auf der rechten Spur und fuhr mit einem moderaten Tempo.

„Und nun?", fragte Dusán mit hämischem Grinsen. „Was wollt ihr jetzt machen? Es wird nicht lange dauern, bis meine Leute meinenWagen gefunden haben. Und dann seid ihr ein paar Minuten später genauso tot, wie es dieser elende Penner von Hochstedter wahrscheinlich schon lange ist."

Bei diesen Worten durchfuhr mich die Angst wie ein Blitz. Eine sagenhafte Wut stieg in mir auf, und ich spannte den Abzug der Pistole, die ich immer noch auf Dusán gerichtet hatte.

Offenbar hörte Jonny das Klicken, während die Limousine fast lautlos über den Asphalt rauschte, denn er schrie: „Micha! Nein!"

Jonny drehte sich kurz um und fragte den Albaner knapp: „Wieso wahrscheinlich?"

„Jonny, lass mich das Schwein umlegen!"

„Nein, Micha. Los beantworte meine Frage, Dusán."

„Dann gib mir wenigstens sein Messer, damit ich ihn ein wenig kitzeln kann!", flehte ich.

Plötzlich brach Dusán in schallendes Gelächter aus. Sein gedrungener Körper zitterte und auf seiner Glatze bildeten sich dicke Schweißperlen, während ihm vor Lachen die Tränen kamen. Die Situation war absolut bizarr. Es verblüffte mich, dass dieser Mann absolut keine Angst hatte. Auf einmal konnte ich mir den Jungen vorstellen, der mitangesehen hatte, wie seine Familie massakriert wurde. Ich stellte mir vor, wie er alleine zwei Dutzend Menschen in Stücke schoss. Langsam machte meine Wut einer diffusen Angst Platz, und noch während ich mich fragte, ob ich wirklich vor wenigen Augenblicken einen Menschen hatte töten wollen, beruhigte sich auch Dusán und machte uns einen Vorschlag.

„In Düsseldorf habe ich ein Hotel. Wir könnten in einer halben Stunde dort sein, pünktlich um fünf Uhr, wenn das Personal das Frühstück vorbereitet. Habt ihr nicht auch Lust auf einen starken Kaffee?"

Wir zogen es vor zu schweigen. Jonny blickte nur einmal kurz über die Schulter, blieb aber gewohnt ausdruckslos. Aber der Albaner ließ nicht locker, wobei sein Selbstbewusstsein eher zu wachsen schien.

„Das war gut, das mit der Pistole im Stiefel. Ich sollte Bekim an die Schweine verfüttern. Aber mal im Ernst: Was habt ihr vor?"

Wir fuhren in den Tunnel in Richtung Düsseldorf.

„Die nächste Abfahrt bitte, und am Ende links. Danke", verlangte Dusán. Verdutzt stellte ich fest, dass Jonny den Blinker setzte. „Bitte das Telefon", sagte Dusán und zeigte auf das Autotelefon in der Mittelkonsole.

Während er redete, schob er langsam den Lauf meiner Pistole, der immer noch auf ihn zeigte, von sich weg.

„Tut mir leid, Micha, aber es hat keinen Sinn, er hat Recht", sagte Jonny gequält und bog gehorsam an der besagten Ampel links ab.

Der Mafioso, der trotz seiner gedrungenen Erscheinung eine enorme Autorität versprühte, telefonierte: „Ja, wir kommen in zehn Minuten. Keine Angst, die Männer sind jetzt vernünftig. Behandelt sie wie meine Gäste. Und bitte erschießt Bekim und lasst es Ygli als Warnung dienen, ja? Danke." Er lächelte strahlend und verkündete: „Es gibt frischen Lachs!"

„Na toll", sagte ich und fühlte mich zum Kotzen.

Kurze Zeit später rollten wir auf die Zufahrt des kleinen Hotels im Stil eines Landgasthofes. Vor dem Eingang standen ein Livrierter und ein großer Mann im Anzug, dessen Beule unter der linken Seite seines Sakkos keinen Zweifel über seine Funktion aufkommen ließ.

Als wir anhielten, setzten sich beide Männer in Bewegung, wobei der Anzugträger mit wachsamen Blick an der Seite stehen blieb, während der andere Mann die hintere Tür der Limousine öffnete, sodass Dusán aussteigen konnte. Inzwischen war es schon hell und die Vögel zwitscherten so laut, als wollten sie meiner inneren Verzweiflung Ausdruck verleihen. Der Mafioso begrüßte nur den Sakko-Träger: „Mein Freund Aurel. Schön dich zu sehen. Lass uns frühstücken gehen."

Als Jonny ausstieg und dem Livrierten den Schlüssel in die Hand drückte, kam Aurel in bedrohlicher Haltung auf meinen Freund zu. Jonny blickte ihn nur kurz an, und der vermeintliche Handlanger des Albaners blieb abrupt stehen. Es war für mich unmöglich abzuschätzen, was in dem Cowboy vorging. Seine gewohnte Ausdruckslosigkeit ließ nichts durchblicken, lediglich seine Augen wirkten eine Spur kälter als sonst. Wir hatten unser Spiel aus der Hand gegeben, aber wir lebten noch. Das war das einzige, was mich noch motivierte, abgesehen von einer gewissen Neugier gegenüber Dusán. Hätte der Albaner uns nicht am Leben lassen wollen, hätte man uns sofort erledigen können. Abgesehen von den Vögeln im umliegenden Waldgebiet gab es weit und breit keine Nachbarn. Demnach auch keine Zeugen.

Etwas später saßen wir an einem Tisch im Frühstücksraum des Hotels. Dusán hatte am Kopfende Platz genommen, während ich zu seiner Rechten und Jonny zu seiner Linken saß.

Der Albaner hatte nicht gelogen, als uns mitteilte, er sei hungrig. Ich hingegen bekam kaum etwas hinunter, und auch Jonny war ungewöhnlich zurückhaltend beim Essen. So waren wir längst nur noch mit dem Konsum von Kaffee beschäftigt, als Dusán endlich signalisierte, dass er seine Mahlzeit beendet hatte.

„So", verkündete er. „Nun lasst uns reden."

„Was hast du mit uns vor?", entgegnete ich ihm. Er sah mich überrascht an. Dann lächelte er.

„Die Frage kann nicht sein, was ich mit euch vorhabe, bevor ihr mir nicht gesagt habt, was ihr mit mir vorhattet", sagte er beinahe belustigt. „Verstehst du das, Eindringling? Hätten mich gewisse Menschen hier nicht längst von gewissen ethischen Grundsätzen überzeugen können, seit ich in eurem Land lebe, so seid euch dessen sicher, dass ihr und eure Verwandten im Sinne des Kanun jetzt tot wärt. Also: Was wolltet ihr in meinem Haus? Ich bin sehr neugierig."

Ich kramte aus meiner Hosentasche einen von den ominösen Schuldscheinen, die ich beim Umzug gefunden hatte, und schmückte ziemlich respektlos damit das Schlachtfeld auf Dusáns Teller. Glücklichen Umständen verdankte ich, dass der Stempel mit dem Löwen direkt auf den Albaner gerichtet war. Dieser nahm das Papier, sah es sich kurz an und zerknüllte es.

„Das ist nicht mehr aktuell", sagte er. „Längst nicht mehr. Inzwischen hat das Pech, das stets einhergeht mit dem sogenannten Glücksspiel, sich auf die Seite des Winfried von Hochstedter gestellt und ihm zu Schulden in Höhe von knapp 100.000,-DM verholfen. Von Kosten, die mir bei der Suche nach ihm entstanden sind und den Zinsen, den Zinseszinsen und sämtlichen jiddischen Verwandten irgendwelcher Zinsen, die es geben mag, zu schweigen."

Er trank etwas Kaffee. Dann ergänzte er: „Nun will ich 150.000,-DM von ihm. Und ich werde sie bekommen, und zu diesem Zweck werde ich ihn finden."

Jonny stand auf, legte die schallgedämpfte Pistole, die noch in seinem Hosenbund gesteckt haben musste, auf den Tisch und meinte nur: „Zwickt." Dann setzte er sich wieder hin.

Dusán schüttelte den Kopf. „Ich werde noch mal über mein Personal nachdenken müssen." Dem sofort hergeeilten Aurel gab er mit einer Geste zu verstehen, dass er wieder verschwinden sollte. Jonny warf dem jungen Albaner einen bösen Blick zu. Irgendetwas schien ihn an dem Mann zu stören.

„Dann bist du dieser unglückselige Michael Grundberg, den wir töten sollten für ...", er lächelte, während er mich nachäffte, „... Winnie?"

Jonny sah mich mit offenem Mund an. Schweigend schüttelte ich den Kopf und fischte eine Zigarette aus meiner Tasche.

„Hat jemand Feuer?"

„Du willst rauchen, aber du hast kein Feuerzeug? Du kommst in das Haus eines Mannes, den du nicht kennst, um jemanden zu retten, der dich töten lassen wollte? Wie sagt man bei Euch? Du hast nicht alle beisammen, oder? Du ... Clown?"

Der Albaner lachte schallend, und meine Wut stieg ins Unermessliche.

„Wo ist Winnie?", schrie ich ihn an. „Was hast du mit ihm gemacht?"

Dusán grinste. „Schick einen deiner Leute ins Krankenhaus, hat Winfried gesagt. Dann bekommen Michaels Frau und ich das Geld von der Versicherung, und Dusán der Löwe bekommt die Hunderttausend, hat er gesagt, dein Winnie." Er schlug sich mit beiden Händen auf die Schenkel. „Und dann kommst du und brichst meinem Allaj einfach das Genick, ha, ha, ha ...", rief er fast erheitert aus, und selbst ich musste etwas grinsen.

„Von dir kam also das Arschloch", stellte Jonny fest und machte sich dadurch zum ersten Mal bemerkbar. Dusán und ich starrten ihn beide überrascht an.

„Karsten Przybilla.", half ich ihm auf die Sprünge.

„Sein Name war Allaj Gashi", korrigierte der Mafioso. „Er war Lehrer in Albanien. Auch für die deutsche Sprache. Er schien perfekt für den Job. Eigentlich kam er von Winfried. Er steht auch auf seiner Rechnung, nun da Allaj tot ist und so die Kosten für sein Einschleusen nicht abarbeiten kann. Ihr müsst verstehen. Fitim ist Fitim, sagt man in Albanien. Der Gewinn ist unantastbar, heilig. Da du lebst und er tot ist, muss Winnie zahlen. Wo steckt Winnie? Wenn er nicht zahlen kann, muss ich ihn töten."

Jonny räusperte sich. „So wie ich das hier sehe, weiß keiner von uns, wo von Hochstedter steckt", sagte er. „Das heißt, wir können uns gegenseitig nicht helfen. Wie geht es also weiter?"

„Jonny, spinnst du? Ich kann nicht zulassen, dass der Typ hier irgendwann Winnie alle macht!"

Zum ersten Mal wirkte Dusán überrascht und schwieg. Jonny fuhr mich an: „Hast du nicht zugehört? Winfried hat deinen Tod geplant, wie kannst du ihn immer noch retten wollen?"

„Das war nur, weil er Schulden bei diesem Mafia-Heini hier hat. Da hätte ich auch Angst."

Plötzlich fegte Dusán mit seinem Arm die Hälfte des Geschirrs vom Tisch. Dann schrie er mich an: „Hast du offenbar aber nicht. Solltest du aber, wenn du mich noch einmal Heini nennst." Als ob nichts gewesen wäre, stand er auf und verkündete: „Ich möchte mich jetzt ausruhen. Wir reden später weiter." Dann ließ er uns mit Aurel alleine. Als kurze Zeit später die ersten Gäste in das Restaurant kamen, hatte noch keiner von uns etwas gesagt.

Freunde und Helfer

Freundlicherweise hatte uns Dusán ein Zimmer im Hotel „Zum Waldeck" geben lassen. So originell der Name war, die Zimmer waren jedenfalls gepflegt, und tatsächlich gelang es mir, ein paar Stunden zu schlafen.

Nachdem ich geduscht hatte, überfiel mich das Leben mit dem scharfen Schwert der Erinnerungen, und zum Schluss hatte ich es eilig, wieder hinunter zu gehen, um nach Jonny zu sehen, Fragen zu stellen und vielleicht unser Leben zu retten, wobei ich keine Idee hatte, wie ich das anstellen sollte.

Die Information, dass der Überfall im Krankenhaus auch auf das Konto meines besten Freundes und meiner treulosen Ehefrau ging, war für mich ein großer Schock. Winnie, der Mann, der geduldig fast jeden Tag an meinem Krankenbett gesessen und mir einen Teil meiner Erinnerungen an unsere gemeinsame Jugend zurückgebracht hatte, sollte nun meinen Tod in Auftrag gegeben haben? Dass er mir Hörner aufgesetzt hatte, war schon eine harte Nuss, und nur die fehlende Liebe für Franzi konnte meine Wut auf ein erträgliches Maß reduzieren.

Dass er auch noch Vanessas Erzeuger war, macht es dafür wieder schwerer.

Die Aktion mit dem Wertpapierdesaster ließ sich vielleicht auch noch schönreden, wenn man in Betracht zog, dass die Schulden bei der Mafia Winnie extrem unter Druck gesetzt hatten und er davon ausgehen musste, dass ich nie wieder erwachte.

Aber ein Auftragsmord? Da gab es nichts zu beschönigen, doch wie passte das alles zusammen?

Was wäre denn, wenn Franzi hinter all dem steckte? Ich hatte keine einzige Erinnerung, in der sie mir freundlich und achtsam begegnet wäre, und selbst die wenigen Episoden aus der Zeit meiner Ehe waren höchst schlimme Erinnerungen.

Jedoch stellt sich dann die Frage, warum ich sie überhaupt geheiratet habe. Diese Frage würde ich ohne vollständige Erinnerungen nicht beantworten können.

Die Begegnung mit der lieblosen Megäre an meinem Krankenbett war im Prinzip der krönende Abschluss einer hoffnungslosen Ehe gewesen.

Franzi hatte Buch geführt über Winnie, als wäre er eine Investition. Sie hatte Vanessa traumatisiert und in die Depression getrieben. Warum sollte sie nicht auch Winnie, der spielsüchtig und finanziell abhängig von ihr war, einfach nur benutzt haben?

Das zu klären war ein weiterer Grund, warum ich meinen Freund finden musste. Und er war der Vater des Kindes, das ich wie meine eigene Tochter liebte. Alleine schon für Vanessa musste ich ihn retten.

Ich war überzeugt davon, dass Winnie dasselbe für mich getan hätte.

Plötzlich kam wieder dieses Gefühl, als würde mein Schädel zerfließen. Nach langer Zeit mal wieder kehrten Erinnerungen zurück.

Wieder der freie Fall.

Die starken Gefühle für Winnie schoben mich durch einen Trichter, der mich an einer bestimmten Stelle meiner Vergangenheit wieder ausspuckte.

Plötzlich stand ich mit Winnie zusammen in einem kleinen Garten.

Wir waren beide kaum älter als 30 Jahre, die Sommersonne hatte noch viel Kraft und wärmte uns, während wir mit einer kühlen Flasche Bier dem Durst entgegenwirkten.

„Prost, Micha!" rief Winnie.

„Prost, und danke, dass ich heute hier pennen kann", antwortete ich, und das Ping der beiden Flaschen, die wir aneinanderschlugen, unterstrich meine Dankbarkeit.

Nach einem fürchterlichen Streit mit Franzi hatte ich mich mit Winnie getroffen. Er nahm mich mit zu seinem eigenen Schrebergarten. Dass er so etwas besaß, erschien mir damals grotesk, zumal er das Vereinsleben im Allgemeinen und die Mentalität von Schrebergärtnern im besonderen Maße verabscheute. Er bot mir an, heute nicht bei Franzi zu übernachten, sondern stattdessen in diesem seinem Refugium zu bleiben.

„Das hier ist meine Zufluchtsstätte. Hierhin ziehe ich mich zurück, wenn ich alleine sein will. Und vor allem, wenn ich meine Ruhe haben will. Außer dir kennt das hier keine Sau. Niemand würde mich hier suchen. Wenn du möchtest, gebe ich dir die Schlüssel. Dann kannst du jederzeit abhauen, wenn Franzi dir auf die Eier geht."

„Danke, Winnie. Das wäre vielleicht nicht schlecht. Woher hast du den Garten?"

Er grinste mich an. „Von meinem Opa übernommen. Ist schon eine ganze Weile her. Ursprünglich wollte ich hier mal einen Proberaum reinzimmern." Er zeigte auf das signalgelbe Schrebergartenhäuschen, das immerhin groß genug war, um ein separates Schlafzimmer und eine kleine Küche zu beherbergen. „Aber mit den ganzen Spießern hier oben war das eine Schnapsidee. Dann habe ich eine Zeitlang Drogen hier gebunkert. Auch für andere. Gegen Kohle, versteht sich. Irgendwann habe ich mich daran gewöhnt, diese Option zu besitzen. Durch den Vertrag von meinem Opa habe ich das Ding unbefristet gemietet. Für ganz kleines Geld."

„Schön", sagte ich.

Dann wachte ich auf.

Zuerst konnte ich mit dem Traum gar nichts anfangen, wusste nicht, was es bedeuten sollte, oder warum nach relativ langer Zeit überhaupt Erinnerungen zurückkamen. Dann wurde mir klar, dass die große Sorge um Winnie diesen emotionalen Schub ausgelöst haben musste, einen von genau der Sorte, die bisher immer dafür gesorgt hatten, dass sich einzelne Lebensabrisse wieder einstellten.

Und dann traf mich die eigentliche Erkenntnis wie ein Hammerschlag: Ich wusste nun, wo Winnie sich versteckte.

Als ich das Restaurant betrat, saß Jonny schon mit Dusán an „unserem" Tisch. Der Cowboy wirkte sehr deprimiert, aber als er mich sah, richtete der große Mann sich etwas auf. Dusán erhob sich sogleich und wies mir diesmal den Platz am Kopfende des Tisches zu. Die beiden Männer tranken Bier, und auch ich genoss einen Augenblick später den kalten Gerstensaft.

Mein Wissen um Winnies Aufenthaltsort behielt ich vorerst für mich. Die Situation war für Jonny und mich noch genauso gefährlich wie vorher, und vor allem erschien mir der Albaner unberechenbar.

Als wir alle saßen, begann er: „Nun, da wir alle ein wenig ausgeruhter sind, lasst uns das Gespräch fortsetzen." Er faltete die Tageszeitung zusammen, und ich erblickte das Datum. Es war der 28. August 2001. Ich wusste nicht einmal die Uhrzeit, schätzte aber, dass es schon am Nachmittag war.

„In zwei Tagen", belehrte uns Dusán mit erhobenem Zeigefinger, „werden die Entwürfe der Euro-Geldscheine vorgestellt. Was soll das? Das wird Europas Untergang. Da kann ich direkt in albanische Lek investieren. Ich bin Geschäftsmann. Warum pflegt die europäische Union die Geschwüre ihres Kontinents mit dem Fett der Gesunden? Wohin soll das führen? Bald kannst du Zypern kaufen für eine Million Euro, gibst du deinen Mercedes obendrauf, gebe ich dir Griechenland, verstehst du? Diese ganze Umstellung wird so viel kosten, dass es bald kein Zurück mehr gibt. Michael Grundmann, das sind die wahren Verbrecher! Die mit ihren Anzügen in den Banken sitzen. Sie stehlen nicht. Sie werden für ihre Verbrechen belohnt."

Mir wurde das Geschwätz zu viel. „Ich bin auch Banker, Dusán. Aber war das ein Grund, meine Frau zu töten? Warum habt ihr Franziska umgebracht?"

„Micha ...", mischte sich Jonny ein, „... auch Franzi wollte dich töten lassen."

„Trotzdem. Ihr habt sie vergewaltigt und misshandelt. Ihr seid die Verbrecher! Nicht die Banken. Die beschützen unser Geld."

Der Albaner brach fast zusammen, so sehr musste er lachen.

Jonny gab mir mittels Zeichensprache zu verstehen, dass ich mich zurückhalten solle. Aber dazu hatte ich keine Lust. Immer noch hatte ich das Bild vor Augen, wie Franziska halbverwest in der Diele hing. Dazu kamen noch die ganzen Details aus dem forensischen Befund. Und nun saß mir ihr Mörder gegenüber und lachte mich aus. Plötzlich war es ruhig geworden. Ich hörte leise Geräusche aus der Küche. Offenbar würde der offizielle Restaurantbetrieb gleich losgehen, und mich beschlich der Gedanke, Dusán einfach zu töten. Und zwar jetzt. Als ich aufblickte, fest entschlossen, ihm mein Bierglas in den Hals zu rammen, blickte ich in sein ernstes Gesicht.

„Michael, weder habe ich Winfried von Hochstedter getötet, noch habe ich Franziska Grundberg umgebracht. Winnie werde ich töten, wenn ich ihn finde, aber wenn du darauf bestehst, mir den Mord an einer Frau anzuhängen, beleidigst du mich so sehr, dass ich dich töten muss. In meinem Land zeugt das Blut eines Mannes immer von Ehre, das Blut einer Frau ist nichts wert. Tötest du eine Frau, verlierst du deine Ehre ...", dann schrie er: „Hast du das kapiert?"

Plötzlich hatte ich sein Messer am Hals. Es ging so schnell, dass selbst Jonny nur entsetzt aufsprang, aber auf eine Geste Dusáns hin langsam wieder Platz nahm, während die Reste aus den umgefallenen Biergläsern auf den Fußboden tropften.

„Verstanden", brummte ich, und er nahm das Messer weg.

„Schön", strahlte Dusán. „Dann können wir endlich reden. Noch ein Bier?" Bevor ich etwas sagen konnte, räumten zwei Kellner die Gläser mitsamt der nassen Tischdecke ab und brachten neues Bier. Einen bat ich um Feuer, während ich meine Zigaretten suchte.

Dusán bestand darauf, mit uns anzustoßen, dann meldete sich Jonny: „Ich kenne deine Heimat, Dusán, wusstest du das? Ich war als LKW-Fahrer oft dort. Ich habe dort mit vielen Menschen gesprochen, mit netten und mit weniger netten. Der eine oder andere hat es auch bereut, mich bestehlen zu wollen, so wie ich es bereut habe, mich hin und wieder betrügen zu lassen. Aber eines war fast noch stärker dort als der Überlebensinstinkt der Menschen: Das war ihre Ehre. Deshalb glaube ich dir, Dusán. Und du solltest uns glauben, dass wir nur bei dir eingedrungen waren, um unseren Freund Winnie zu retten. Und um vielleicht auch Franziskas Mörder zu finden."

Jonny machte eine kurze Pause. Dann sah er Dusán direkt ins Gesicht. „Du bist es also nicht gewesen. Dennoch bist du nun an der Reihe, uns zu verraten, was du mit uns vorhast, und was du über die ganze Geschichte weißt, Dusán."

Man konnte dem Mafioso ansehen, dass ihn Jonnys Worte mit einem gewissen Stolz erfüllten. Ich persönlich war zunächst gespannt, was uns Dusán nun mitteilen würde. Instinktiv hielt ich mein Bierglas fester in meiner Hand, war bereit, im Ernstfall meinen ursprünglichen Plan umzusetzen: das Glas an der Tischkante zu zerschlagen und ihm mit der Scherbe die Kehle aufzuschlitzen. Wenn ich hier und jetzt mein Ende finden sollte, würde ich nicht kampflos die Bühne verlassen.

„Nun gut. Falls ich euch töten muss, wird euch das, was ich erzähle, nichts mehr nutzen. Bleibt ihr am Leben, werden wir einen Weg finden, an einem Strick zu ziehen. So sagt man doch, oder? Also sollt ihr alles erfahren, was ich weiß."

Inzwischen füllte sich das Restaurant mit den Ausflüglern, die den sonnigen Spätsommertag für ihre Spaziergänge in den nahe gelegenen Wandergebieten genutzt hatten. Während Dusán erzählte, schwoll im Hintergrund die Geräuschkulisse aus Stimmengewirr und Gelächter an.

„Euer Freund, Winfried, sagst du, Jonny? Ich weiß nicht so recht. Wenn eure Freunde euch töten wollen, was mögen dann erst eure Feinde mit euch tun wollen?"

Als würden ihn seine eigenen Worte köstlich amüsieren, fing der gedrungene kleine Mann herzlich an zu lachen. Jonny ließ sich nicht beeindrucken.

„Du wolltest uns etwas erzählen", sagte er. „Es war nicht die Rede davon, dass du dich über uns lustig machen würdest."

„Oh, verzeih, Jonny. Aber ich versuche nur, euch zu verstehen. Nun gut. Du sagtest, ihr sucht nach dem Mörder dieser Frau, die ihrerseits versucht hatte, ihren Mann ermorden zu lassen?"

Wieder brach er kurz in Gelächter aus, fing sich aber sofort wieder und fuhr fort: „Und ihr wollt euch nicht bedanken?" Wir schwiegen.

Ich begann, den Albaner zu hassen. Der Mafioso sah mich direkt an, als er endlich verkündete: „Hier kommen wir vielleicht zusammen, wenn ihr wirklich so entschlossen seid, wie ich vermute. Zufällig kenne ich die Mörder deiner Frau, Michael. Und als sie die abscheuliche Tat planten, haben sie sich auf einen Pfad begeben, der sie zu den Leuten führt, die nicht auf der Liste meiner, äh ..., Begünstigten stehen. Sie sind außer Kontrolle, versteht ihr? Nein, natürlich nicht. Aber ihr kennt ihren Anführer."

„Und wer, bitte schön, soll das sein? Kannst du jetzt mal Klartext reden?", rief ich.

Dusán schien jede Sekunde zu genießen. Er nahm einen kräftigen Schluck Bier, und endlich sagte er: „Es ist Polizeioberkommissar Stüben. Meine Leute sagten, du warst erst kürzlich noch mit ihm Kaffee trinken."

Jonny machte nun ein ausgesprochen fassungsloses Gesicht und spiegelte damit genau meine Gefühle.

„Die Bullen?", fragte Jonny.

„Wieso?", wollte ich wissen.

„Ihr müsst wissen, dass ich seit ein paar Jahren mit Stüben ein Abkommen habe. Er tut mir nichts, und im Gegenzug lasse ich ihn in Ruhe. Ich lasse ihn seine Geschäfte machen. Geschäfte mit Glücksspiel, Nutten und, ach, was weiß ich? Aber was macht Winnie?"

Ich hatte wieder das Gefühl, dass er mich leicht nachäffte, als er Winnie sagte.

„Winnie macht 100.000 Deutsche Mark Schulden bei Dusán, dem Löwen. Und danach? Er geht zu Stüben, spielt bei ihm Black Jack, und macht dort noch mehr Schulden."

Wir starrten ihn beide verblüfft an. Obwohl das Restaurant nun voll war, kamen unaufgefordert zwei Kellner und brachten uns Essen.

„Petrash, pünktlich auf die Minute. Biftek, Burani, Qofte? Vorzüglich. Noch eine Runde Bier!" Petrash, der Kellner, verschwand.

„Nun, meine Freunde, macht er den unverzeihlichen Fehler. Bis dahin habe ich ihm nichts getan, oder? Doch Winnie geht zu Stüben, und er verlangt von ihm das Geld, das er mir schuldet, und dazu noch das Geld, das er Stüben schuldet, und ..." er hob den Zeigefinger. „Und das Geld, das er Franziska Grundberg schuldet mit einer Kleinigkeit obendrauf für sich. Er verlangt 250.000,-DM, damit er nicht erzählt, dass Stüben illegale Geschäfte macht und einen Teil des Drogenhandels, vorzugsweise bei den Italienern, kontrolliert. Was ich immer gut fand. Auch da hat Dusán ihm noch nichts getan."

Mittlerweile verflog mein Zorn auf den Mafioso und ich war wie gelähmt von der entsetzlichen Erkenntnis, wie schlüssig seine Ausführungen waren.

„Was macht Winnie, nachdem er Stüben die Pistole auf die Brust gesetzt hat? Er bekommt Angst und haut ab. Verschwindet. Keine Ahnung wohin. Was macht Stüben, als er Winnie nicht findet? Er kommt zuerst zu mir. Ich sage ihm, dass ich Winnie selber suche, und ich verspreche Stüben, dass ich ihm Winnies Eier zu fressen gebe, wenn ich ihn finde. Falls er bezahlt, verspreche ich Stüben, halte ich ihn fest, damit Stüben ihm die Eier zu fressen geben kann. Deal. Aber nun kommt Stübens unverzeihlicher Fehler. Er geht zu Franzi und macht, was ihr zu Recht nicht gut findet. Zuerst will er nur Informationen. Er foltert sie. Weil sie nichts weiß, kann sie nichts sagen. Winfried hat sich verkrochen. Dann vergewaltigt er sie. Weil es ihm Spaß macht und weil er erregt ist von dem, was er vorher mit ihr gemacht hat. Dann tötet er sie. Langsam. Hat sie immer wieder abgesetzt auf den Boden. Bis ihr Genick endlich brach. Wie soll ich mit so einem Irren zusammenarbeiten? Er hat seine Ehre verspielt. Ich will sie weg haben. Weg!"

Der Albaner wedelte ein paar Mal mit seiner Hand in der Luft, als ob er einen Gestank vertreiben wollte.

„Und was ist, wenn sie dich verpfeifen?", fragte Jonny.

„Wenn sie in den Knast kommen, werden sie erst recht meinen Schutz brauchen. Wisst ihr, wie viele Leute dort die Bullen hassen? Wisst ihr, wie viele Albaner es dort gibt? Macht Stüben einen Fehler, ist er sofort tot. Wichtig ist, dass ihr sie in den Knast bringt. Oder sie tötet. Mir egal."

„Ich mach ihn kalt!", schrie ich.

Für einen Augenblick war es im Restaurant mucksmäuschenstill. Ein paar Gäste sahen herüber, aber sehr schnell stellten sich wieder die Gespräche ein. Jonny lachte kurz, aber es wirkte sehr gekünstelt.

„Lass das bitte, Jonny", bat ich.

Dusán grinste breit. „Michael, mein Freund. Das ist sehr ehrenhaft. Aber was machen wir mit Winnie?"

„Wenn du ihm was tust, mach ich dich auch kalt!", gab ich ihm zu verstehen. Noch bevor Dusán etwas erwidern konnte, knallte Jonny die Faust auf den Tisch, dass die Biergläser umzufallen drohten, und sah uns beide strahlend an.

„Was ist?", fragte ich ihn.

„Ich habe eine Idee, wie wir alle bekommen, was wir wollen."

„Dann lass mal hören, Champ", forderte ich ihn auf.

In der folgenden halben Stunde erörterte Jonny uns einen Plan, der genauso gefährlich wie genial war. Aber selbst Dusán bekam leuchtende Augen und schien mehr als begeistert von der Idee meines Freundes zu sein. Mich erinnerte das Ganze ein wenig an die Geschichte mit dem Trojanischen Pferd.

Aber ich willigte ein.

Ich hatte sowieso nichts zu verlieren.

Mit Speck fängt man Mäuse

„Also gut, dann lasst es uns versuchen", verkündete der Albaner. Dusán war inzwischen mit uns in sein Büro umgezogen, da das Restaurant jetzt zu voll geworden war, um über wichtige Dinge ungestört reden zu können.

Er nahm ein Mobiltelefon und tippte umständlich eine Nummer in das Display. Ich nickte Jonny zu, als Dusán zu reden begann: „Hallo, Herr Kommissar. Neulich baten Sie mich doch um Hilfe. Sind Sie noch interessiert an Winfried von Hochstedter, lieber Stüben?"

Dusán lauschte und grinste, dann sagte er: „Das wird nicht ganz billig. Mir sind Kosten entstanden, und er schuldet mir Geld. Auch wenn ich seine Situation wohlwollend einschätze, wird er in diesem Leben das Geld nicht mehr zurückzahlen können, wenn ich ihn an Sie ausliefere. Also, ich fürchte, wir reden von 300.000,-DM, natürlich inklusive aller Aufwendungen. Ich bin ja kein Halsabschneider. Sie bringen das Geld nach Düsseldorf, und alles Weitere klären wir dann."

Es entstand eine Pause. „In vierundzwanzig Stunden." Wieder eine Pause. Dusán trank einen Schluck, machte sich dann über Stüben lustig, indem er sich den Hörer an sein Hinterteil hielt und uns zuflüsterte: „He is not amused, ha, ha..." Der Albaner hatte offensichtlich Spaß, während ich Jonnys Plan für waghalsig hielt.

Plötzlich fragte Dusán: „Einverstanden? Das ist schön. Ich freue mich. Bis morgen!"

Zu uns gewandt sagte er stolz: „Das wäre geritzt! Was für ein Spaß. Ich fange wirklich an, euch zu mögen."

Jonny wirkte auf einmal sehr aufgekratzt. „Er hat also angebissen? Dann dürfen wir keine Zeit verlieren. Ich brauche ein Auto. Oder besser noch: mein Motorrad."

„Eine Frage hätte ich noch an unseren neuen Partner, Jonny."

Ich musste es aussprechen, da in meinem Innersten die widersprüchlichsten Gefühle dabei waren, meinen Verstand zu benebeln. Noch vor ein paar Stunden hätte ich keinen blanken Heller auf unser Leben gesetzt, und nun sah es fast so aus, als ob wir die Zügel wieder in der Hand hielten. Verrückt.

„Warum sollten wir dir trauen?", fragte ich den kleinen Albaner.

Der nahm seinen Hut ab und rieb sich seine Halbglatze mit beiden Händen. Dann sah er mich direkt an, und zum ersten Mal, seit wir in dem kleinen, stickigen Büro saßen, lächelte er nicht mehr. Mit fast mitleidigem Blick sagte er: „Mein Freund, ich habe die Befürchtung, dass du deine Frage falsch formuliert hast. Es ist doch so: Du bist bereit, jemanden zu beseitigen, der mir im Weg steht. Dafür bringt der arme Idiot auch noch 300.000 Deutsche Mark vorbei und nimmt dich dafür mit, obwohl er jemand ganz anderen sucht. Du hingegen tust das alles für jemanden, der mich engagiert hat, um dich zu töten, und der vorher auch noch deine Frau gefickt hat, mit der er ganz nebenbei dein Haus verzockt hat. Junge, du solltest mich fragen, warum ich dir trauen soll!"

Plötzlich gackerte Jonny los, wie ich es noch nie gehört hatte. „Schnauze, Goldmann!" stieß ich hervor. Jonny brach fast zusammen vor Lachen. „Arschlöcher!", rief ich und verließ das Büro, bevor ich mich am Ende selbst nicht mehr beherrschen konnte und auch losprusten musste.

Obwohl ich es nicht wollte, wurde es immer deutlicher, dass ich Dusán mochte. Sicherlich war er kriminell, geldgierig und schmierig. Aber wenn ich an meinen Personaldirektor aus der Sparkasse dachte, war der Albaner mir lieber. Alle verrückt.

Ich ging hinüber zur Hotelbar. Inzwischen wusste man hier im Haus Bescheid über mich und Jonny, und man behandelte uns wirklich wie Gäste. Nur dass wir nichts zahlen mussten. Oder vielleicht doch? Am Ende mit unserem Leben? Ich winkte dem Kellner.

„Petrash? Ein großes Bier. Und einen Wodka. Ich danke dir." Ich mochte den großen dunkelhäutigen Mann. Sicherlich wusste er, dass ich für seinen Boss, Dusán, wichtig war, und seine Aufmerksamkeit rührte in erster Linie daher. Aber er hatte etwas Pfiffiges an sich und ich fühlte mich ihm einfach vom Bauch her verbunden. Er gab mir direkt ein frisch gezapftes Pils, und keine Minute später schob er mir den Wodka über den Tresen. Da stand auch schon Jonny neben mir.

„Micha, da gibt es noch eine Sache", flüsterte er mir ins Ohr.

Ich hob mein Glas. „Prost, Cowboy. Wie du siehst, bereite ich mich gerade vor. Wo wollen wir es denn tun?"

Etwa eine Stunde später standen wir in der Küche des Hotels. Dusán lehnte an einem unbenutzten Herd. Ich hatte inzwischen mächtig einen im Kahn, aber die Gefahr, wieder gänzlich dem Alkohol zu verfallen, sah ich zu diesem Zeitpunkt nicht. Dazu nahm ich mich selbst nicht wichtig genug. Es galt, ein Ziel zu verfolgen.

„Pass bitte auf mein Gesicht auf", bat ich Jonny. Als er und der Mafioso verdutzt dreinblickten, lachte ich schallend. „War nur ein Witz. Jetzt schlag schon zu, Champ!"

Zack! Jonny verpasste mir einen Schlag direkt auf die Nase. Vor Schmerzen schrie ich auf. „Ah! Das tut weh, du Rindvieh."

„Noch mal", verlangte Dusán. „Das reicht so nicht. Du musst ihm noch ein oder zwei Schläge verpassen. Aber das mit dem vielen Blut ist gut", lobte er

In der Tat war mein Hemd voller Blut, und meine Nase fühlte sich an, als ob sie gebrochen wäre. Aber einen Schönheitswettbewerb wollte ich sowieso nicht gewinnen. Zack! Jonny verpasste mir noch einen gezielten Schlag auf die Wange. Ich wurde fast ohnmächtig.

„Jetzt noch die andere Seite. Das müsste dann genügen", empfahl Dusán.

Zack! Dann wurde es mir schwarz vor Augen. Gleichzeitig dachte ich, mein Kopf steckte in einem Sack voller Nadeln, dann öffnete sich der Boden unter mir und ich fiel, bis ich das Bewusstsein verlor. Ich träumte.

Meine Hand rutschte an der grünen Bomberjacke ab, und schon erwischte mich die Linke des Nazi-Skins. Ich fiel zu Boden, wo ich mich sofort zur Seite rollte, bevor mich sein Stiefel treffen konnte. Mithilfe der Hauswand in meinem Rücken stand ich auf. Der Nazi drehte sich zu seinem Freund um, der etwas abseits stand und ebenfalls eine frisch polierte Glatze trug. Aber durch seine schwarze Bomberjacke präsentierte er fast einen Anflug von Individualismus.

„Scheiß Nazischwein!", rief ich, den Augenblick seiner Unachtsamkeit ausnutzend, und schlug ihm mit beiden Fäusten gleichzeitig ins Genick. Der Getroffene brach zusammen wie ein geplatzter Mehlsack. Seinem Freund schien das nicht zu gefallen. Er zog einen abgesägten Aluminium-Baseballschläger aus der Jacke und kam wütend auf mich zu.

„Deutschland verrecke!", schrie plötzlich eine schwarz gekleidete Gestalt und schlug den Nazi mit einem Stein nieder. Ich erkannte Winnie, der immer wieder auf den Skinhead mit der schwarzen Bomberjacke eintrat. Winnies Gesicht war voller Blut, er musste eine Platzwunde am Kopf abbekommen haben. Der andere Nazi rappelte sich gerade wieder auf, da schlug ich ihn so heftig mit der Faust ins Gesicht, dass ich dachte, mein Handgelenk sei gebrochen.

„Scheiß Herrenrasse, ja?", fuhr ich ihn an, während er sich wieder hinlegte. Dann packte ich Winfried am Arm: „Los, weg hier. Da waren noch mehr von den Faschos. Und danke!"

„Lass uns auf eine Party gehen, hat er gesagt. Da gibt es geile Weiber, hat er gesagt. Und zu kiffen und zu trinken ohne Ende, meinte der feine Herr Grundberg..."

„Schnauze, jetzt komm. Ich wusste nicht, dass es eine Nazi-Fete war, klar?"

„Ja. War nicht so schlau, schon im Hof No Future zu grölen."

Wir rannten weg. Nach einer Weile waren wir einigermaßen sicher, dass niemand uns gefolgt war, und hielten an. Als ich wieder zu Atem kam, säuberte ich Winnies Kopfwunde notdürftig mit einem Taschentuch.

„Wie hast du mich gefunden?", fragte ich.

„Ich sah noch, dass du in die andere Richtung gerannt warst. Pogo, Sülze und Martin sind ja zu dritt, und Martin hat seine Wumme mitgenommen. Also bin ich dir gefolgt. Ich wurde nur etwas aufgehalten von so einem Faschisten im schwarzen Ledermantel." Er deutete auf seine Kopfwunde. „Was wolltest du eigentlich in dieser Sackgasse?"

„Ach, ich dachte, da ginge es auch raus auf die Hauptstraße."

„Micha, wenn du mich nicht hättest."

Kaltes Wasser riss mich aus den Erinnerungen, während Winnies letzte Worte in meinem Kopf nachhallten.

... Wenn du mich nicht hättest ...

Langsam kam ich zu mir und ein heller Fleck vor meinen Augen verwandelte sich langsam in Jonnys Gesicht. Gleichzeitig wurde ich von der Wirklichkeit wieder eingeholt, und der kurze Lebensabriss verflüchtigte sich wie der Qualm von Winnies Zigarette, den ich vor wenigen Augenblicken noch zu riechen geglaubt hatte.

... Wenn du mich nicht hättest ...

„Jonny!", stöhnte ich. „Was ist passiert?"

„Ich glaube, ich habe zu heftig zugeschlagen. Tut mir leid, Michael."

„Schon gut, Johannes", äffte ich seine Betonung meines Vornamens nach, und dann hielt ich ihm meine Hand hin, damit er mir in die Höhe half. Zuerst war ich noch etwas benommen, aber dann ging es mir schnell besser. Leider steigerten sich auch die Schmerzen.

„Tut verdammt weh. Sieht es denn wenigstens auch echt aus?"

„Mein Freund, da gehe ich jede Wette ein. Es wird funktionieren. Deine Schmerzen werden nicht vergebens gewesen sein. Glaub mir, mit dem Anblick solcher Blessuren bin ich sehr vertraut", meldete sich Dusán. Jonny lachte kurz auf, beherrschte sich doch sogleich wieder.

„Das ist gut, Dusán. Wie geht es jetzt weiter?", fragte ich und funkelte Jonny böse an.

„Was?", fuhr er mich an. „Ich werde jetzt mit Aurel losfahren und Kommissar Jakobi besuchen. Du erinnerst dich? Der Arschkriecher von Stüben? Der andere Bulle, der auch im Krankenhaus war?"

„Klar weiß ich noch, wer das ist. Habe ich jemals etwas vergessen?" Dusán brach ein weiteres Mal in Gelächter aus. Ich ignorierte ihn und hakte stattdessen nach: „Was willst du von der Zecke? Der steckt doch da bestimmt mit drin. Du bist dafür verantwortlich, dass ich lebend da wieder rauskomme, Jonny. Mit Polizei meinte ich die Guten, nicht die korrupten Arschlöcher, die Franzi getötet haben!"

Ich war ehrlich entsetzt von Jonnys Plan, den Komplizen von Stüben auf die Sache anzusetzen. Den Bock zum Gärtner machen? Doch da schaltete sich Dusán ein.

„Michael, mein Freund. Um hier ein Zitat aus einem meiner Lieblingsfilme anzubringen: Aurel wird ihm ein Angebot machen, das er nicht ablehnen kann. Es gibt auch hier, wie so oft im Leben, zwei Optionen. Entweder Jakobi folgt unserer höflichen Aufforderung und alarmiert die Polizei, damit sie dich aus den Klauen des korrupten Kommissar Stüben befreit, dann ist alles gut. Alle sind zufrieden, und wir können Stüben in Ruhe im Knast fertigmachen. Wenn er sich unserer Bitte entziehen sollte, was kaum vorstellbar ist, so wie ich Jakobi kenne, dann wird Aurel ihn töten, und Jonny wird dich retten, indem er Stüben tötet. Dann ist zumindest alles gut für mich." Er grinste breit und fuhr fort: „Du siehst, weshalb sollte ich euch betrügen? Nun, mein Freund, trink noch etwas und dann ruhe dich aus. Deine Prellungen werden prächtig aussehen, wenn Stüben kommt."

Er tätschelte meine Schulter und verließ uns dann.

Jonny räusperte sich. „Ich muss los. Aurel wartet schon draußen. Mach dir keine Sorgen, ich lasse dich nicht im Stich."

„Ich weiß. Wenn ich dich nicht hätte ..."

Geschäft ist Geschäft

Mal wieder war ich alleine an der Hotelbar, und nur Petrash Kolonja, der Kellner, Barkeeper oder Schläger, je nachdem, was Dusán gerade benötigte, wachte über mein Schweigen und schob mir unaufgefordert neue Drinks über den Tresen. Die einzigen zwei Hotelgäste an der Bar, typische Vertreter oder Messebesucher, verschwanden sofort, als ich plötzlich auftauchte, voller Blut und mit zerfetzter Kleidung, aber mir war es egal. Petrash auch. „Gudd, dahs wäg sind die Pännär", hatte er nur bemerkt, dann stand auch schon ein Glas Whiskey zur Begrüßung vor mir auf dem Tresen. Die Henkersmahlzeit?

Mir war klar, dass die Aktion lebensgefährlich war. Wenn Stüben wirklich Franzi umgebracht hatte, war er mehr als skrupellos, und vor allem war er nicht alleine. Er hatte nach Dusáns Angaben ein halbes Dutzend korrupter Polizisten unter sich, mit deren Hilfe er einen Teil des Glücksspiels und des Drogenhandels in Wuppertal kontrollierte. Bisher hatte er sich mit Dusán arrangiert, aber dennoch war er nun dem Albaner ein Dorn im Auge, da er zusehends außer Kontrolle geriet. Offenbar wollte Dusán nun Stübens Kollegen Jakobi zum Nachfolger krönen.

Wenn es schiefging, wäre es das für mich gewesen. Wenn in ein paar Stunden Stüben für seine 300.000,-DM nur mich statt Winnie bekam, bestand die Möglichkeit, dass er mich sofort abknallte. Für 300.000,-DM stand ihm das fast zu. Ich verabschiedete mich und ging schlafen.

Allaj Gashi und Baftir Malaj waren zwei Hünen, denen man eine Tarnung als Kellner gar nicht abgenommen hätte. So machten sie auch keinen Hehl aus ihrer eigentlichen Funktion. Beide trugen schwarze Anzüge mit riesigen Beulen an den Stellen, wo sich ihre Pistolen befanden. Ihre kahlen Schädel waren vernarbt. Dazu trugen sie dunkle Sonnenbrillen. Sie entsprachen einfach dem Klischee eines Mafioso. Zwischen den beiden Riesen befand ich mich. Klein, blutig geschlagen und offenbar gebrochen.

Diese Rolle zu spielen fiel mir überhaupt nicht schwer. Schwer war es für mich, nicht meinen gesamten Hass, all meine Unzufriedenheit, meine Ängste und mein elendes Selbstmitleid in einem einzigen Augenblick auf die Person zu entladen, die gerade vor mir stand.

Wir erwarteten Stüben im alten Kutschenhaus, einem Nebengebäude des Hotels. Er trug wieder eine beigefarbene Jacke zu Bundfaltenjeans und hielt einen schwarzen Pilotenkoffer in den Händen. Der Mann, der ihn begleitete, hatte dreist seine Polizeiuniform anbehalten. Die Pistolentasche an seinem Gürtel war geöffnet. Stüben war außer sich vor Zorn.

„Willst du mich verarschen, Dusán? Ist das Wort des Löwen nichts mehr wert? Was soll ich mit diesem hässlichen Pisser? Den kann ich mir jederzeit schnappen. Jederzeit. Also: Wo ist von Hochstedter?"

Er presste den Koffer fester an seinen Bauch.

„Hör mal, Schimanski, wie hast du mich gerade genannt? Wenn ich ein Gesicht hätte wie ein explodierter Mettigel, wäre ich wohl ein wenig vorsichtiger."

Meine Anspielung auf seine Aknenarben schien ihn noch wütender zu machen. „Ich will Winfried von Hochstedter!", brüllte er uns an. „Jetzt mach endlich dein Maul auf, du Scheiß-Kanake!"

Endlich meldete sich Dusán, der die ganze Zeit mit ausdruckslosem Gesicht das Geschehen beobachtet hatte. Hasserfüllt sah er den Kommissar an, und als er sprach, klang seine Stimme ungewohnt eisig.

„Stüben, ich habe dich gefragt, ob du von Hochstedter willst, und du sagtest: Ja, ich muss den Mistkerl beseitigen. Er weiß alles. Ich sagte dir, es kostet dreihunderttausend, und nun frage ich dich: Wo ist das Geld?"

Stübens Gesicht war wie versteinert, aber er schmiss den Pilotenkoffer mit so viel Schwung auf den Fußboden, dass der Koffer bis zu Dusán schlitterte, der ihn mit einem eleganten Fußtritt zu Allaj umlenkte.

Ohne die beiden Polizisten aus den Augen zu lassen, öffnete der Albaner den Koffer, der gefüllt war mit Hundert-DM-Scheinen.

„Unregelmäßige Seriennummern", sagte Allaj. Dusán nickte zufrieden, dann schubste er mich grob auf Stüben zu.

„Was soll ich mit dem Kerl?", schrie der Kommissar. „Du hast das Geld, jetzt bring mir von Hochstedter. Geht das nicht in deinen Albanerschädel?"

Es schien fast, als könne Dusán sich kaum noch beherrschen, aber er blieb immer noch ruhig. Fast tonlos klärte er Stüben auf: „Dieser nette Mann hat von mir viele Dinge erfahren, die für ihn entwürdigend sind. Er weiß nun, dass Winfried von Hochstedter ihn töten wollte. Er weiß, dass Winfried von Hochstedter seine Frau gefickt hat. Er weiß nun, dass sein Kind nicht von ihm ist. Und ich glaube, er hat dir jetzt etwas zu sagen. Nicht wahr, Michael?"

Stübens verdutzter Blick ließ mich fast meine Schmerzen vergessen. Es gab mir ein Hochgefühl, als ob das Dopamin die Kontrolle über meinen Körper übernommen hätte. Nun bestand für mich kein Zweifel daran, dass Stüben uns auf den Leim gegangen war. Unser Plan würde funktionieren, und der Gedanke gab mir Rückenwind. Ich trat einen Schritt vor.

„Wie sieht es aus, Columbo? Soll ich dich und deinen Schutzmann zu Winnie bringen? Darf ich dabei sein, wenn ihr dem Schwein die Rübe wegblast? Dann lasst uns mal zu eurem Peterwagen gehen, denn sonst läuft uns der Bursche noch weg. Dann ist es nicht meine Schuld, mein korrupter Freund und Helfer …"

Ohne Vorwarnung schlug mir Stüben mit dem Ellenbogen ins Gesicht. Er traf natürlich meine gebrochene Nase, und da rastete ich aus. Während ich mir mit beiden Händen mein Riechorgan hielt, rannte ich wie ein Stier auf Stüben los und rammte ihm meinen Kopf in den Bauch. Wir stürzten zu Boden. Wie ein Schwimmer auf dem Trockenen krabbelte ich auf Stüben zu, setzte mich auf seinen Brustkorb und schlug mit den Fäusten auf sein Gesicht ein, bis der verdutzte Uniformierte mich von ihm herunterriss. Ich landete auf dem Rücken und blickte in die Mündung seiner Dienstwaffe.

Dusán liefen vor Lachen die Tränen hinunter. Sein gedrungener Körper zitterte im Rhythmus seiner Lachsalven.

Ich sah mich um.

Während Allaj seine Waffe auf den Uniformierten gerichtet hielt, zielte Baftir wiederum mit seiner Waffe auf Stüben.

„Steckt eure Waffen weg,", sagte Dusán plötzlich, „sonst trifft noch ein, was Michael Grundberg befürchtet. Winnie entwischt euch."

Stüben hatte sich aufgerappelt. Mit Genugtuung nahm ich zur Kenntnis, dass wir nun beide eine blutige Nase hatten. Etwas getrübt wurde meine Freude nach einem Blick in seine kalten grünen Augen, von denen ich ablesen konnte, dass ich die nächsten zwei Stunden nicht überleben würde, wenn Jonny und Aurel keinen Erfolg haben sollten.

Alle steckten ihre Pistolen ein. Ich nutzte den Moment, in dem mich niemand beachtete, da ich als Einziger keine Waffe trug. Ich schalte das Diktiergerät in meiner Tasche auf Aufnahme.

„Also: Wo steckt der Kerl?", wollte Stüben wissen.

„Das möchte Michael uns nicht verraten. Er möchte gerne dabei sein, wenn von Hochstedter stirbt. Und jetzt ...", der Mafioso bückte sich nach dem Geldkoffer, „... jetzt pack deinen Zirkus ein und verzieh dich, Krautfresser!" Dann spuckte er Stüben ins Gesicht.

Irgendwo auf dem Hotelparkplatz lachte jemand ausgelassen. Der Kommissar wischte sich seelenruhig mit einem Taschentuch den Speichel aus dem Gesicht und ließ es achtlos auf den Boden fallen. Er drehte sich auf dem Absatz um und verließ das ehemalige Kutschenhaus ohne ein weiteres Wort.

„Hey, nimm mich mit, Kommissar Rex!", rief ich, dann packte mich der Uniformierte am Arm und zog mich hinter sich her.

Draußen stand tatsächlich ein Streifenwagen. Wir stiegen ein. Ich nahm mit Stüben auf dem Rücksitz Platz.

„Nach Wuppertal", sagte ich zu dem Polizisten, der am Steuer saß. „Das ehemalige Industriegelände bei Tacke. Wenn wir da sind, steige ich aus. Sobald ich mich in Sicherheit glaube, rufe ich euch mit meinem Mobiltelefon an, und dann verrate ich euch, wo genau ihr ihn dort findet. Also: deine Nummer, Derrick?"

Seine Antwort kam für mich etwas unerwartet. Er rammte mir seine Pistole in die Seite. Gleichzeitig fuhr der Wagen an.

„Dich nehme ich mir ganz am Schluss vor", zischte Stüben mir zu. „Ich verpass dir ein komplettes Magazin an Stellen, die dich nicht umbringen, und die letzten beiden Kugeln bekommst du in die Augen. Hast du das verstanden, Grundberg?"

„Ja, Stüben. Alles im Kasten. Hattest du auch so einen Spaß, als du meine Frau getötet hast?"

Kurz stutzte der Kommissar. Dann lachte er fast zustimmend. Innerlich füllte ich den Becher der Wut auf diesen Mann, ohne mir nach außen etwas anmerken zu lassen.

Aber ich wusste, dass es nur eine Frage der Zeit war, bis die angesammelte Frustration überlaufen würde. Und das würde nichts Gutes bedeuten.

„Ich habe von Winfried gehört, du mochtest die Schlampe doch gar nicht", sagte Stüben. „Konntest dich gar nicht mehr an sie erinnern. Das war übrigens auch ihr Problem: sich zu erinnern. Zum Beispiel daran, wo Winfried steckt. Zuerst haben wir ja nur höflich gefragt."

Stüben lachte dreckig und auch der Polizist am Steuer stieg mit ein. „Tja...", fuhr er fort, „und als wir mit ihr fertig waren, musste ich zugeben, dass sie wohl doch nicht gelogen hatte. Ha, ha. Ich habe es ihr aber noch am Schluss schön besorgt. Von vorne, von hinten. Ich meine sogar, als wir sie mit dem Seil hochgezogen haben, hat sie immer noch gelächelt ..."

„Jetzt mal im Ernst, Herr Oberkommissar Stüben", unterbrach ich ihn. „Wie wird man in Ihrer Position als angesehener Beamter plötzlich zu so einem korrupten, miesen, brutalen und menschenverachtenden Arschloch? Gibt es bei euch Bullen eine Spezialausbildung dafür? So extra Kurse in Schutzgelderpressung, Drogenhandel, kontrolliertem Glücksspiel? Habe ich noch ein Hobby von Ihnen vergessen? Ach ja, Prostitution gehört ja auch zu Ihren Leidenschaften, Balko ..."

Der Wagen verließ die Autobahn. Bald waren wir am Ziel. Stüben sah mich völlig ungerührt an.

„Grundberg, ich habe da eine Idee. Deine Frau hat mir als Liebhaberin ausgesprochen gut gefallen. Ich denke, ich werde mich mal um deine Tochter Vanessa bemühen, wenn ich mit dir fertig bin. Mal sehen, was die Kleine im Bett so drauf hat. Möchtest du dabei auch zusehen, du Wurm?"

Dies war der Moment, den ich hatte kommen sehen. Der Moment, in dem der Becher überlief. Der Streifenwagen bewegte sich langsam den steilen Weg hinab zum zerfallenen Industriegelände. Es gab dort keine Laternen, und die zerfallenen Fabrikgebäude blieben in Schatten getaucht, während die Scheinwerfer des Autos am Ende der Zufahrt eine alte Ziegelwand erleuchteten. „Sackgasse!", rief der Fahrer.

Diesen kurzen Moment, als Stüben nach vorne sah, nutzte ich aus. Ich riss ihm die Pistole, die er auf mich gerichtet hielt, aus der Hand. Sofort löste sich ein Schuss, der jedoch nur das Beifahrerfenster zertrümmerte. „Was!", schrie Stüben, doch ich schoss ihm zur Antwort in das Knie. Er heulte auf vor Schmerz und hielt sich die Einschussstelle mit beiden Händen. Zwischen seinen Fingern sickerte Blut hervor.

Als der Beamte am Steuer sich umdrehte, schlug ich ihm geistesgegenwärtig mit der Pistolen ins Gesicht. Ich spürte, wie seine Nase brach. Der war erst einmal beschäftigt.

Dann schoss ich Stüben, der noch vor Schmerzen gekrümmt war, in das andere Knie. Peng! Dann schoss ich ihm in die Unterarme. Zweimal. In den linken Fuß. Ein Schuss, dann machte es Klick beim rechten Fuß. Das Magazin war leer.

Der Fahrer richtete sich wieder auf und zog seine Dienstwaffe. Ich warf mich vor Schreck nach hinten. Ich versuchte zu fliehen, aber die Tür ließ sich natürlich nicht öffnen. Mir wurde langsam klar, dass ich das alles nur mit Glück überleben würde. Wo blieb nur Jonny? Warum war ich so dumm, zu schießen, statt ruhig zu bleiben und mich an den Plan zu halten?

Ich war fast taub durch die Schüsse. In meinen Ohren hörte ich nur noch Pfeifen, ähnlich wie nach einer Granatenexplosion.

Verzweifelt schlug ich dem Polizisten mit ganzer Kraft gegen die blutverschmierte, gebrochene Nase. Ich landete einen Glückstreffer. Wahrscheinlich wurde er vor Schmerzen ohnmächtig. Plötzlich verschwanden die Schatten draußen, und das Gelände wurde von einem Dutzend Scheinwerfern erhellt. Das Blaulicht einiger Streifenwagen reflektierte von den Ziegelmauern der Fabrikgebäude.

„Da ist ja die Kavallerie", dachte ich. „Jonny hat es tatsächlich geschafft."

Der Rest war Routine. Jakobi bekam das Diktiergerät mit Stübens Geständnis. Stüben und sein Komplize wurden verhaftet und ins Krankenhaus gebracht. Ich gab dann zu Protokoll, dass Stüben mich entführt hatte und mich auf dem alten Tacke-Gelände umbringen wollte. Dusán hatte durch Aurel klar zu verstehen gegeben, dass Stüben professionell genug sei, Jakobi nicht zu verpfeifen. Im Klartext hieß das natürlich, dass die Chance, von Stüben nicht verraten zu werden, dem sicheren Tod durch Aurel vorzuziehen war.

„Wie soll ich das mit deinen Schüssen auf Stüben erklären?", fragte mich Jakobi, als wir uns verabschiedeten.

„Da bin ich auch mal gespannt, wie Sie das lösen, Jakobi. Aber im Prinzip war es Stübens Idee. Ich gehe dann mal zu Aurel. Dusán wartet bestimmt schon. Und Sie wissen ja: Wenn er sauer ist, tja ..." Ich ließ mir von Jakobi Feuer geben, zog an der Zigarette und fuhr fort: „Wenn er sauer ist, kann er sehr unangenehm werden."

Oben an der Zufahrt auf das Gelände parkte ein schwarzer Mercedes. Ich tat mein Möglichstes, um gelassen zu erscheinen, als ich langsam auf die Karosse zuging. Ich fühlte mich wie eine Mischung aus John Wayne in Arizona und einem Teenager nach seinem ersten Mal.

Durch die getönten Scheiben konnte ich niemanden erkennen, aber es war definitiv Dusáns Auto. Wie von Geisterhand öffnete sich die hintere Autotür. Der Motor wurde angelassen, und ich setzte mich zu Jonny.

„Was sollte das Geballer?", fragte er mich.

„Das war Stübens Idee. Fahr los, Aurel. Ich brauche jetzt etwas zu trinken."

„Stübens Idee?", rief Jonny.

Auszeit

In den nächsten Tagen war die Presse voll von dem Skandal, den die Verhaftung des korrupten Polizisten ans Licht der Öffentlichkeit gebracht hatte. Begriffe wie Wuppergate und Schlagzeilen wie Die Polizei - Dein Freund und Killer rundeten das Bild ab. Außer dem Mord an Franziska und meiner Entführung gingen auch andere Delikte auf Stübens Konto. Durch Dusáns Einwirken auf Polizeioberkommissar Jakobi wurden Stüben auch eine illegale Spielhölle in der Friedrich-Engels-Allee, direkt neben dem großen Polizeipräsidium, und ein Bordell in Solingen, das mit minderjährigen Mädchen und Jungs betrieben wurde, zur Last gelegt. Was leider den Tatsachen entsprach und entsprechend leicht bewiesen werden konnte. Wenn auch Dusán auf geschickte Art und Weise dem toten Polizisten alles Mögliche unterzujubeln, hier konnte die Justiz selbst den Schleier entfernen und die unfasslichen Verbrechen des niederträchtigen Staatsdieners freilegen.

Ohne Zweifel entledigte sich Dusán auf diese Art elegant der Konkurrenz, die ihre Geschäfte sowieso direkt mit Stüben betrieben hatte und dem Albaner ein Dorn im Auge war.

Mir war klar, dass er die Gelegenheit beim Schopfe packte, um reinen Tisch zu machen und sich Jakobi so zu formen, wie es für Dusáns Zwecke am besten war. Ich kann nicht behaupten, dass es mich überraschte, als ich davon hörte, Stüben sei am 5. September auf dem Gefängnishof erstochen worden. Ich kann auch nicht behaupten, dass ich bei dieser Nachricht Mitleid empfand. Offiziell hieß es, die Polizei hätte bei seiner Verhaftung mehrere Warnschüsse auf den fliehenden Beamten abgegeben. Als man ihm im Gefängnishof die Kehle von einem Ohr zum anderen aufschlitzte, saß er im Rollstuhl.

„Bring ihn zum Schweigen, Aurel", hatte ich Dusán sagen hören, als wir im Balgowlah gesessen hatten. In den Nachrichten war zu vernehmen gewesen, dass Stübens Verhandlung auf den 6. September festgesetzt worden war. Nun war es aus mit Stüben, der elende Ratte. Auf ihn zu schießen war ein gutes Gefühl gewesen. Das machte mir fast Angst.

Aber die größte Angst hatte ich vor einer Sache, die ich seit den Erlebnissen mit den Albanern und den verbrecherischen Polizisten vor mir herschob: Noch immer hatte ich nicht versucht, Winnie in diesem ominösen Schrebergarten zu finden. Dabei setzte ich voraus, dass es diesen Garten wirklich gab. Wenn es nicht nur ein Traum war, würde ich dort meinen Freund finden.

Wollte ich ihn überhaupt noch finden? Musste ich? Im Prinzip war er jetzt in Sicherheit. Die Mafia wollte Winnie nicht. Die Polizei wollte ihn auch nicht mehr. Dort war man zur Genüge mit dem Sachverhalt beschäftigt, dass einer von ihnen der Verbrecher war und das Ganze zu einem öffentlichen Skandal heranwuchs.

Aber ich wollte ihn.

Sicher gefiel mir nicht, was aus meinem Leben geworden war, aber war es denn besser als die Lüge, die ich vorher gelebt hatte? Die Lüge, die Winnie aufgedeckt hatte, indem er mir meine Erinnerungen zurückgegeben hatte.

Und er war Vanessas Vater. Er konnte es auch in Zukunft sein, indem er sich um das Kind kümmerte. Irgendwann wäre Vanessa alt genug, das selbst zu entscheiden. Aber das Recht auf die Wahrheit stand ihr zu.

Doch wäre Winnie gut genug für sie, nur weil er besser war als ich?

Ich war ratlos, als ich am 8. September bei Jonny auf der Terrasse saß. Mit seinem Zippo hatte ich mir eine Zigarette angezündet. Ich betrachtete das schwere Feuerzeug. Die Skyline von New York war darauf abgebildet. Im Vordergrund stand die Freiheitsstatue, aber mir gefielen die Zwillingstürme des World Trade Centers am besten.

Irgendwie waren sie wie Winnie und ich. Sie gehörten zusammen, ragten heraus, standen zusammen da bei Wind und Wetter, bei Sturm und Kälte. Es waren zwei Türme, die ein Gebäude bildeten. Sie waren untrennbar, würden niemals einstürzen. Sie waren wie unsere Freundschaft. Unerschütterlich und ewig.

„Und du nimmst dir jetzt erst mal eine Auszeit?", fragte mich Jonny. Während er meine Antwort abwartete, trank er einen großen Schluck aus seiner Bierflasche. Als er sie absetzte, gab ich ihm sein Zippo wieder.

„Ja, ich werde für zwei Tage nach Berlin fahren. Dort gibt es einen plastischen Chirurgen. Frau Doktor Tatjana Jakova. Soll gut sein. Vielleicht kann die in meinem Gesicht noch was retten."

Jonny grinste mich an. „Lass mich raten. Sie ist Albanerin?"

„Blitzmerker. Ja. Sie schuldet Dusán einen Gefallen. Weißt du noch, dieser Tag bei Dusán, wo wir im Restaurant gegessen haben? Als dieses Kind den Schreikrampf bekommen hat, beim Anblick meiner Hackfresse? Das hat ihn wohl sehr beschäftigt. Deshalb kam er letztens an und gab mir die Adresse in Berlin. Er meinte, es wäre das Mindeste, was er für mich tun könnte. Na ja. Und wenn ich zurück bin, suche ich nach Winnie. Prost, mein Freund. Ich verdanke dir viel, wenn nicht mein Leben. Ist übrigens ein schönes Zippo. Muss mir auch mal eins kaufen. Gibst du es mir noch mal? Meine Kippe ist ausgegangen. Ich rede zu viel."

Er gab mir das Feuerzeug. "Selbst schuld, dass du kein eigenes Feuerzeug hast. Du hattest das gleiche. Hatte ich dir damals geschenkt. Vielleicht taucht es ja noch in deinen Kartons zu Hause auf."

"Echt?", fragte ich verdutzt.

"Nein. Echt nicht. Prost, Micha." Jonny lachte mit einer für seine Verhältnisse ausdrucksstarken Mine. Wir stießen an.

"Auf uns, Jonny."

Die Schöne und das Biest

Am Ostbahnhof in Berlin stieg ich in ein Taxi. Nach kurzer Zeit hielt der Wagen in der Friedrichstraße vor der Klinik mit dem Namen Medical Center Berlin. Ich zahlte, stieg aus und betrat den großzügigen Empfangsbereich der Schönheitsklinik. Ich blieb zunächst am Eingang stehen, um mir einen Überblick über das moderne Institut zu verschaffen. Nicht zuletzt zögerte ich auch wegen meiner Nervosität.

Angesichts der Damen, die dort hinter dem Empfangstresen saßen oder durch die drei langen Flure huschten und dann und wann aus dem Aufzug traten, dachte ich eher, in ein Casting für Models geplatzt zu sein. Bildhübsch war untertrieben, nein, diese Frauen waren perfekt. Es war für einen Menschen, der so entstellt war wie ich, der absolute Zwang, sein ganzes Geld in diese Klinik zu stecken, um hinterher sich selbst sagen zu können: Ja, verdammt, ich habe alles getan, um diese göttlichen Wesen nicht mit meiner Fratze zu beleidigen.

Es war ekelhaft. Aber es funktionierte. Ich spürte es selbst.

„Sie wünschen bitte?" Ich nahm diesen blonden Engel gar nicht als menschliches Wesen wahr. Möglicherweise hatte ich mich stundenlang von diesem strahlenden Lächeln blenden lassen, bevor ich antwortete: „Was ich mir wünsche? Ach, das ... Was ich hier will? Ich habe einen Termin mit Doktor Jakova."

Ungerührt lächelte sie weiter. „Herr Grundberg? Bitte kommen Sie mit mir. Frau Doktor erwartet Sie."

Sie stand auf, und als diese fleischgewordene Barbiepuppe dann im Flur vor mir her stakste, war es fast wie Sex. Dieser perfekte Hintern wackelte bei jedem Schritt verführerisch, und ich konnte nicht wegsehen. Die ganze Zeit dachte ich an Schokoladenpudding, Fußball, Steuererklärungen und meine Röntgenbilder, doch es half nichts. Als wir am Büro von Doktor Jakova ankamen, hatte ich eine Erektion. Passend zu meiner Röhrenjeans.

Schnell betrat ich das Büro und setzte mich unaufgefordert auf den erstbesten Stuhl vor dem Schreibtisch. Dann erst registrierte ich die hübsche schwarzhaarige Frau mit der schmalen Nase und den großen blauen Augen. Es war das wundervollste Antlitz, das ich jemals gesehen hatte.

„Setzen Sie sich doch, Herr Grundberg. Mein Name ist Tatjana Jakova" begrüßte mich die hübscheste Frau der Welt.

„Ich weiß …", erwiderte ich plump und lief rot an, weil ich ja schon saß. Dabei blieben die Narbenverläufe auf meinem Gesicht stets weiß, und ich wusste genau, dass ich nun aussah wie Frankensteins Monster. Ich wollte gerade aufstehen und wegrennen, da legte sie plötzlich ihre Hand auf meine Schulter. Ich hatte keine Ahnung, wie sie so schnell hinter mich gekommen war.

„Was kann ich für Sie tun, Herr Grundberg?"

War sie denn blind? Wohl kaum. Das wäre für einen Chirurgen die Garantie, dass alle Patienten nach der OP so aussähen wie ich.

Also musste sie sich über mich lustig machen, was mich erzürnte. Ihre Hand ignorierend, sprang ich auf, drehte mich um und war fest entschlossen, meine Beklommenheit mit unflätigen Worten zu überspielen. Hier würde ich nicht bleiben. Doch dann sah ich direkt in die bodenlosen Seen ihrer Augen. „Ich …, äh …, Ich möchte, dass die andere Seite meines Gesichts auch aussieht wie ein Hackbraten."

Sie fing an zu grinsen, und spätestens ab da war klar, ich hatte mich gerade rettungslos verliebt. Sie wich meinem Blick nicht aus.

„Das wäre für mich zwar eine ungewöhnliche Aufgabe, aber machbar ist es. Schließlich gibt es bei der ästhetischen Chirurgie keine medizinische Indikation. Ich dürfte Ihnen sogar die Ohren abnehmen." Sie zupfte an meinem linken Ohrläppchen. „Oder die Nase." Sie gab mir einen kleinen Stupser auf mein Riechorgan. Dann sah sie an mir herunter. „Halten Ihre Erektionen immer so lange an? Das wäre auch im Zusammenhang mit der Anästhesie sehr interessant. Da kommt das ja schon mal vor. Wissen Sie, das lenkt dann schon ein wenig von der Arbeit ab."

Auch wenn die Formulierung vielleicht ein wenig ungeschickt klingt an dieser Stelle: Meine Nervosität und auch mein Zorn waren plötzlich wie weggeblasen.

Dafür war mein Selbstbewusstsein zurückgekehrt. „Für die Beantwortung dieser Frage brauchen wir vielleicht einen weiteren Termin, Frau Doktor."

Sie grinste derart unanständig, dass ich mich gezwungen sah, irgendetwas zu sagen.

„Woher kennen Sie Dusán?" Sie strich mir zart über die Schulter und dann setzten wir uns beide wieder hin. Darüber war ich sehr froh, da es immer noch in meinen Lenden puckerte.

„Haben Sie eine Vorstellung davon, was mich die Miete hier kostet? Friedrichstraße. Mit Parkplätzen. Komplett renoviert. Geleaste Einrichtung. Dusán gab mir das Startkapital. Wissen Sie, womit ich anfing, als ich nach Deutschland kam? Dreimal dürfen Sie raten. Ich war damals zwölf Jahre alt."

Natürlich konnte ich es mir denken. Männer denken immer an so etwas. Sofort wurde er wieder hart. „Keine Ahnung. Viel konnten Sie ja nicht machen, stimmt's?"

„Ich war Prostituierte. Richtig. Bis Dusán mich unter seine Fittiche nahm. Er ließ mich studieren. Er gab mir alles. Ich stehe immer noch tief in seiner Schuld. Ich habe schon viel für Dusán getan. Aber einen Gefallen schulde ich ihm noch. Sie sind deshalb der Schlüssel zu meiner Freiheit. Wenn ich Sie zufriedenstelle, schulde ich dem Löwen nichts mehr. Ich wäre dann mit Dusán auf Augenhöhe. Geschäftspartner, sozusagen. Heute läuft die Klinik besser, als ich es je zu träumen gewagt hätte. Nebenbei kontrolliere ich ein Bordell und ein Restaurant für Dusán. Dort können wir ja heute Abend zusammen essen? Dann können wir alles besprechen."

„Äh, wo jetzt?"

„Wo Sie möchten."

„Weshalb erzählen sie mir das alles so freimütig? Im Prinzip geht es mich doch nichts an, was sie sonst noch so tun", hakte ich nach.

„Ich bin Albanerin. Auch wenn ich schon lange hier lebe. Und wir albanischen Frauen reden nicht um den heißen Brei herum. Jede Antwort, die du gibst, ist schon eine, die man nicht aus dir herausprügeln muss. So leben Frauen dort."

Natürlich teilte ich der geschäftstüchtigen Ärztin mit, dass ich das Restaurant bevorzugte, wenn es um die Einnahme von Speisen ginge.

„Gut. Dann werden wir jetzt noch ein paar medizinische Untersuchungen machen.", meinte Tatjana Jakova lächelnd.

„Soll ich mich freimachen?"

Ihr Lächeln wurde breiter, aber schon kam eine der Schönheiten im weißen Kittel und nahm mich mit sich.

Blutproben, Gewebeentnahmen und viele der Untersuchungen, die mir so vertraut waren, das ich darüber ein Lied singen könnte, ließ ich über mich ergehen, und dann machte ich mich auf den Weg zu unserer Verabredung.

Erstaunlicherweise handelte es sich um ein türkisches Restaurant in Kreuzberg. Man konnte die Reaktionen des Personals im Balgowlah auf Dusán als Person respektvolle Zurückhaltung nennen. Beim Anblick der hübschen Albanerin stand den Angestellten in dem gepflegten Restaurant in Kreuzberg jedoch die nackte Angst ins Gesicht geschrieben. Mir wurde etwas mulmig, doch ich konnte mich nicht sattsehen an Tatjana Jakova. Als sie den Mantel ablegte, blieb mir fast die Luft weg. Ihre schwarzen Haare wurden betont durch eine tief ausgeschnittene rote Seidenbluse. Angeblich denken Männer alle zehn Sekunden an Sex. Ich verdoppelte die Frequenz bei ihrem Anblick. Sie raunte ein paar Worte, offenbar auf Türkisch, dann geleitete man uns zu unserem Tisch, der sich in einem Hinterzimmer befand. Verzweifelt versuchte ich, ein sinnvolles Gespräch anzufangen. Doch erfolglos.

„Ah, Tatjana?" 5-4-3-2-1... „Seit wann ..., äh ..."

„Wie bitte, Michael?"

5-4-3-2-1 ... „Ach nichts. Schon gut."

„Äh, Tatjana..." 5-4-3-2-1 ...

„Was, Michael?"

„Ist das ein eher trockener Rotwein ..." 5-4-3-2-1...

„Du hast doch gerade Bier bestellt."

„Wer? Ich? Echt? Na dann ..."

Bevor ich mich vollends zum Clown machte, versuchte ich eine andere Taktik. Ich schwieg. Das stille, aber tiefe Wasser. Schwätzer waren noch nie interessant gewesen.

„Hast du dich jetzt fest zu einer Operation entschlossen? Wir müssen noch die Ergebnisse der Untersuchungen auswerten. Ein paar Gespräche werden auch noch folgen. Ich muss ein paar Unterlagen aus dem Krankenhaus anfordern, in dem du gelegen hast. Das kostet auch Zeit. Du wirst die nächste Zeit in Berlin bleiben müssen", sagte sie schließlich.

5-4-3-2-1...

„Wieso?", fragte ich.

Dann fiel mir wieder ein, wer Tatjana Jakova war. Ich ließ sie reden und gab ihr deutlich zu verstehen, dass ich mich ihrer Expertise anschließen würde und ihr im Hinblick auf ihre Maßnahmen zu meiner Verschönerung voll vertraute. Dabei fiel ich mehrmals in ihr Dekolleté.

Nach dem Essen fragte sie mich: „Was hältst du eigentlich von Dusán?" Die Frage überraschte mich. Gott sei Dank gab mir der Kellner, der uns türkischen Mocca brachte, etwas Zeit zum Nachdenken.

„Als ich ihm das erste Mal begegnete, waren wir Feinde. Er hat dir sicherlich erzählt, wie wir uns kennengelernt haben?" Sie nickte.

„Was hat er denn genau erzählt?", wollte ich wissen.

„Keine Chance. Du bist dran, mir etwas zu erzählen."

„Nun ja. Mittlerweile mag ich Dusán. Das soll nicht bedeuten, dass ich das alles gutheiße. Also, das mit den Verbrechen, der Prostitution und all so was."

„Aber?"

„Was aber?"

„Aber es macht dich ein wenig scharf, dazu zu gehören? Zu den bösen Jungs?", vermutete sie.

„Ich finde nur, dass es unter den Leuten, die sich den Deckmantel der Seriosität umgelegt haben, mitunter Leute gibt, die nicht mal eine Spur der Ehre in sich haben, die Dusán auszeichnet. Du kennst ja sicher seine Geschichte?"

„Was meinst du?"

„Na, seine Erlebnisse in Shkodra. Das Massaker mit seinen Schwestern und seinem Vater."

Tatjana wirkte überrascht. „Wer hat dir das verraten?"

Ich musste lächeln. Zum ersten Mal heute fühlte ich mich dieser Frau überlegen.

„Beziehungen", antwortete ich knapp. Tatjana winkte dem Kellner, der sich im Nebenraum extra für uns bereithielt, und keine dreißig Sekunden später hatten wir feinsten Scotch auf dem Tisch.

„Wer Blut nimmt, muss Blut geben, Michael. Das Kanun ist das älteste Gesetz, das wir kennen. Egal, wo auf der Welt wir gerade leben und egal, wie alt wir sind. Das Kanun kam zurück, als das totalitäre Regime fiel. Heute leben in Shkodra bestimmt an die 700 Familien nach dem Regeln der Blutrache. Damals war Dusán einer der ersten, der in dieser Form Rache nahm. Und da war er noch so jung und handelte auch noch gegen die Polizei. Jeder in der Stadt war bereit, ihm bei der Flucht zu helfen. Egal, wohin der Löwe kam, sein Ruf war ihm vorausgeeilt, und man hatte später, als er ein erwachsener Mann war, so viel Respekt oder auch Angst vor ihm, dass er schnell seine eigenen Leute um sich scharen konnte. Das waren Männer, die nicht als Handlanger für die Cosa Nostra arbeiten wollten. Sie wollten etwas für sich selbst und ihre Familien tun. Auch da war Dusán einer der ersten, der sich mit seinem Geschäft unabhängig gemacht hatte."

„Geschäft ist gut", bemerkte ich. Der Glanz in ihren Augen, wenn sie über den Albaner sprach, machte mich etwas eifersüchtig.

„Und dann ging er nach Berlin? Habt ihr euch da kennengelernt?", ergänzte ich schnell.

„Sag mal, was glaubst du, wie alt ich bin?" Tatjana schien ernsthaft beleidigt zu sein. Ich beschloss, besser zu schweigen.

Wir nippten zeitgleich an unserem Scotch. Der feurige und gleichzeitig milde Geschmack breitete sich auf der Zunge aus, als Tatjana endlich fortfuhr: „Als Dusán nach Berlin kam, hat er viel für die Kommunisten gearbeitet. Gleichzeitig war er der Mittelpunkt eines Netzwerkes, das seine Kreise bis in den Westen gezogen hatte. Schnell erkannte er, dass in Westdeutschland einer wie er absolute Narrenfreiheit haben würde."

„Also machte er rüber."

„Also machte er rüber, richtig. Und da fing seine Karriere erst richtig an, als die RAF ihr Unwesen trieb. Dusán hatte Freunde in Jordanien, und so wurde er Baader als Kontakt in Berlin empfohlen."

„Ach, das heißt, die Leute in dem Militärcamp, wo die RAF trainiert hatte, haben Dusán empfohlen?", fragte ich überrascht.

„Genau so war es. In den Siebzigern hatte Dusán überall seine Finger mit drin. Hast du eine Idee, wie reich er heute ist?"

„Nein."

„Möchtest du mit mir vögeln, Michael?"

„Ja."

Ein Mann muss tun, was ein Mann tun muss

„Hat sie echt gesagt, vögeln?", fragte Jonny. Die Ampel wurde grün, und er fuhr an.

„Ja, hat sie", antwortete ich. „Und so lernte ich dann ihr zweites Standbein kennen. Den Puff."

„Nicht im Ernst. Ihr wart zusammen im Bordell?"

„Jep."

„Und da wollte sie dich ..."

„Jep."

„Und da hast du sie gefickt?"

„Nö."

„Nö?"

„Jep."

„Jetzt erzähl schon!"

Also berichtete ich ihm, was gestern in Berlin noch geschehen war.

„Wir bestellten uns ein Taxi. Ich glaube, die Leute in dem türkischen Restaurant waren heilfroh, als Tatjana endlich ging. Mittlerweile bin ich davon überzeugt, dass die Frau nicht richtig tickt. Die hatten wirklich Angst, Jonny. Angst vor ihr."

„Wieso?" Jonny sah mich verständnislos an.

„Guck bitte auf die Straße. Du fährst fast siebzig. Die haben teilweise gezittert, wenn sie uns das Essen brachten oder Wein nachschenkten. Die Kellner hatten eine Panik in den Augen, als ob sie im Jurassic Park einen Stall ausmisten sollten. Glaube mir. Zugegeben, die Frau hat sich nach oben gearbeitet. Ist schon klar, dass die nichts geschenkt bekam. Mit zwölf Jahren als Prostituierte angefangen, dann noch das Studium, die Mafiageschichte. Das ist schon beeindruckend."

„Was denn? Dass sie den Spieß umdrehte und selber Puffmutter geworden ist? Oder dass sie reichen alten Weibern das Fett absaugt? Ich glaube, du bist wirklich verliebt, mein Freund."

Ich sah ihn an, oder vielmehr das, was sein riesiger Stetson freiließ. „Willst du jetzt die Geschichte hören, Cowboy?"

Jonny grummelte als Antwort irgendetwas Unverständliches. Unbeeindruckt fuhr ich mit der Erzählung fort. Ich genoss, dass mein Freund wirklich neugierig war.

„Also gut. Das Bordell erinnerte mich an ein Matratzen-Outlet."

„Sehr treffend."

„Schnauze! Es war halt auch ein Eckhaus. Alle Matratzen-Outlets sind Eckhäuser. Der Puff hatte vier Etagen und ein Dachgeschoss. Zwischen dem Erdgeschoss und der ersten Etage war ein Werbeschild angebracht, das ging komplett durch, auch über Eck. Und über dem Eingang, der sich genau auf der Ecke befand, hing noch eine separate Leuchtreklame, darauf stand …"

„Puff!"

„Nein. Nachtclub. Darf ich jetzt erzählen? Und guck nach vorne, wenn du fährst!"

Wieder dieses Grummeln. Ich wertete es als Zustimmung. „In diesem Nachtclub wurden wir noch mehr hofiert als bei dem Türken vorher. Tatjana hat es faustdick hinter ihren süßen Ohren, glaube mir. Um es kurz zu machen: Irgendwann standen wir in einem Zimmer mit einem riesigen Wasserbett. Die komplette Decke bestand aus Spiegelfläche. Indirekte Beleuchtung. Sehr gemütlich. Eine Flasche Cristal im Kühler. Drei Gläser …"

„Wieso drei?"

„Gut aufgepasst, mein treuer Viehtreiber. Aber warte. Bis dahin hatte ich mich schon auf ein Nümmerchen mit ihr gefreut. Ich meine, sie ist echt bildschön und klug und witzig. Ich war schon ein kleines bisschen verschossen."

„Ich glaube, du hattest das letzte Mal Sex mit dieser komischen Krankenschwester. Übrigens dein erster Sex, wenn ich das mal so nennen darf! Ich glaube, in erster Linie bist du untervögelt, Micha."

„Das mag sein. Aber ich rede von Liebe und von echten Gefühlen …"

Innerlich musste ich darüber auch selbst lachen. Jonny ließ sich davon nicht beeindrucken und wirkte mürrisch wie eh und je. „Und dann ging es ab, oder was?", fragte er fachmännisch nach.

„Du kannst mich mal. Ich überlege mir noch, ob ich dir den Rest erzähle. Die nächste Abfahrt runter. Da ist es."

Natürlich hatte mich persönlich die ganze Geschichte mit Tatjana eher frustriert als amüsiert. Außerdem waren wir fast am Ziel. Ich brauchte noch ein Bücherregal für meine Wohnung.

Nach einem kurzen Stück auf der Autobahn hielten wir in Kaarst beim IKEA.

„Danke, dass du mitkommst. Ich weiß ja, dass dir der Laden nicht gefällt.

„Gibt es überhaupt jemanden, der diesen Schrott hier mag? Oder ist das nur zwanghaftes Verhalten von Idioten?"

„Komm jetzt, Jonny, ich muss da rein. Ich halte es kaum noch aus …"

Eine halbe Stunde später war ich Besitzer eines Billy-Regals und lud Jonny noch zu einem Heißgetränk im IKEA-Restaurant ein.

„Der kleine Dustin möchte im Kinderparadies abgeholt werden …"

Während Jonny an seinem Kaffee nippte, kommentierte ich die Lautsprecherdurchsage: „Mann, das haben die doch schon durchgesagt, als wir hier reinkamen."

Hinter uns sagte plötzlich ein junger Mann zu seiner weiblichen Begleitung: „Schatz, lass uns noch in Ruhe austrinken. Das sind Profis. Die wurden doch für solche Situationen ausgebildet."

Einen Moment schwiegen wir amüsiert, dann fragte Jonny zaghaft: „Jetzt erzähl mal weiter, Micha. Was ist dann noch Schlimmes passiert, dass du den ersten Flieger zurück genommen und mich mitten in der Nacht aus dem Bett geklingelt hast, damit ich mit dir heute ein verschissenes Regal kaufe?"

„Und mit mir zu Dusán fährst."

„Von mir aus auch das. Liegt ja auf dem Weg. Hast du eigentlich keinen Führerschein?"

„Weiß ich nicht."

„Ach ja. Tut mir leid."

Ich fuhr also fort: „Nun, das Bett war nicht leer. Eine Dame lag darauf, und sie war nackt. Bis auf ein paar blaue Netzstrümpfe, die ich aber bewusst vernachlässigen möchte."

Nun zeigte Jonny doch eine deutliche Reaktion. Zumindest waren sowohl sein Mund als auch seine Augen weit offen.

5-4-3-2-1…

„Echt jetzt? Du hattest einen Dreier?"

„Für was hältst du mich? Ich fragte Tatjana, was das soll. Sie fragte mich, ob ich eine eigene möchte. Ich sagte ihr, dass ich nur sie möchte. Da sagte sie, dass sie nicht auf Männer steht und sie gedacht hätte, wir vernaschen … Natascha, so hieß die Frau, zusammen."

„Natascha vernaschen, ist klar. Und?"

„Tja, dann erklärte sie mir, mit ihr zu vögeln hieße nicht, sie zu vögeln. Männer wären ihr hinsichtlich ihrer Körperöffnungen ein Gräuel."

„Und was dann?"

„Ach Jonny. Was wohl? Ich habe die Flasche Cristal aus dem Kühler genommen und den Damen einen schönen Abend gewünscht. Dann habe ich meinen Flug umgebucht und dich angerufen. Und jetzt muss ich Dusán erklären, dass ich lieber meine Hackfresse behalten will, obwohl Tatjana ein ganz feines Mädchen ist."

Ich hatte für mich beschlossen, zu dem zu stehen, was aus mir geworden war. Wenn ich nun aussah wie ein Monster, dann war das halt so. Dann war das ich. Ich wollte lernen mit mir selbst zu leben.

„Mit welcher Begründung?", fragte Jonny.

„Begründung wofür?"

„Für beides. Für die Hackfresse und das feine Mädchen."

Ich dachte kurz nach. „Lass uns fahren. Weißt du, Jonny. So wie ich jetzt aussehe, das bin halt ich. Und damit werde ich mich jetzt anfreunden. Ich habe keine Lust, mich zu verstellen. Zumindest jetzt im Moment nicht. Es gibt Dinge, die mir wichtiger sind."

Ich hielt es für angebracht, mich möglichst schnell mit Dusán zu treffen, um seinen Erkundigungen nach meinem Treffen mit Tatjana Jakova zuvorzukommen. Im Prinzip war ich ihm ja auch sehr dankbar für sein Angebot. Ich hatte von Tatjana zudem eine sehr nette Textmitteilung erhalten, aus der hervorging, dass sie mich weder hatte brüskieren wollen, noch gewillt gewesen war, sich über meine Zuneigung lustig zu machen.

Offenbar existierten diese Dinge in ihrem Universum gar nicht. Sie wollte nur mich, ihren Kunden, auf eine Weise an sich binden, die sicherlich ihre Wurzeln in ihrer ehemaligen Tätigkeit als Prostituierte fand, aber wohlwollend als überaus geschäftstüchtige Akquise bezeichnet werden konnte. Wie sie mir versicherte, kam es zumeist positiv bei ihren männlichen Patienten an. Ich sagte Tatjana, dass ich noch einmal über die Operation nachdenken würde, doch insgeheim war mir inzwischen egal, ob ich ein hässlicher Kinderschreck, ein Sozialschmarotzer oder ein Komplettversager war. Wahrscheinlich war ich alles gleichzeitig.

Meine Narben standen inzwischen für das Monster, das aus mir geworden war. Unfähig zum Erfolg, alle ins Verderben reißend. Der Einbrecher, dem ich meine Narben im Gesicht und auf meiner Seele verdankte, war außerhalb meines Universums. Und dafür hatte ich indirekt auch Winnie auf dem Gewissen, auch er ein Opfer meiner giftigen Existenz. Ich musste ihn finden, bevor es zu spät war.

Vielleicht sollte ich Dusán nach einem Job fragen. Der Beruf des Schuldeneintreibers würde mir recht gut „zu Gesicht" stehen.

„Ein Mann muss tun, was ein Mann tun muss", sagte Dusán später, als wir im Restaurant seines Düsseldorfer Land-Hotels saßen. „Tatjana ist eine geschäftstüchtige Frau. Und sehr loyal. Ich vertraue ihr ohne Ausnahme. Wenn sie sagt, du kannst jederzeit zu ihr kommen, wird das so sein. Wenn sie dir ihre Mädchen anbietet, wird sie dich sehr mögen. Aber niemals mehr wird sie jemandem gehören. Außer mir, ha, ha, ha!"

Dusán lachte schallend und schlug mir dabei freundschaftlich auf die Schulter. Dann wurde er wieder ernst. „Es gibt noch etwas anderes. Du sagtest mir, Winfried würde einen Schrebergarten besitzen. Nun, ich habe diesen Schrebergarten gefunden. Aber Angst macht mir der Gedanke, dass du ihn wirklich dort antreffen könntest."

„Wieso?"

„Ich möchte ihm nichts mehr tun. Du weißt es, und auch Jonny weiß es." Er nickte dem Cowboy zu, und mein Freund tippte kurz an seinen Stetson. „Ebenso, meine wissenden Freunde, ist uns bekannt, dass auch von der Polizei keine Gefahr mehr für Winfried ausgeht. Wir wissen es, weil Stüben tot ist." Beide nickten wir zustimmend. „Nur leider weiß ich auch, dass Winfried davon nichts weiß. Wenn er sich in diesem Gartenhaus versteckt, wird er jeden Besuch als Bedrohung ansehen. Er wird sich möglicherweise wehren. Dazu werden ihm Worte nicht in den Sinn kommen. Das sollte euch ebenfalls klar sein."

Ich sah Jonny an. Er fing meinen Blick auf, und ich wusste, dass er mich begleiten würde. „Aurel wird mit Euch kommen", sagte Dusán. Offenbar konnte der Albaner inzwischen unsere Gedanken lesen.

„Und was ist mit dem Billy-Regal?", fragte Jonny.

Vergissmeinnicht

Aurel Zekaj und Jonny waren inzwischen fast so etwas wie Freunde. Auch wenn keiner von beiden sich das je eingestanden hätte. Man konnte zwar nicht von Herzlichkeit sprechen, aber Aurel war ein großer Fan des Boxsports. Das äußerte sich nicht nur dadurch, dass zu seinen Aufgaben die Manipulation gewisser Wetten bei Boxkämpfen gehörte, auch der Sport als solcher hatte es ihm angetan. Jonny, das „Gold aus dem Pott", war unter eingefleischten Fans längst zur Legende geworden, und das führte bei Aurel zu einem aufrichtigen Respekt vor dem Cowboy.

Als der Albaner uns auf dem Parkplatz begrüßte, bedachte er wie üblich Jonny mit ein paar Boxhieben, denen der große Mann trotz seines Alters mühelos und mit der Andeutung eines Lächelns auswich. Die beiden Männer umarmten sich kurz, während Aurel mir anschließend nur zunickte. Wir stiegen in den schwarzen Benz und machten uns auf den Weg zu der Schrebergartensiedlung. Meine Nervosität wuchs mit jedem Kilometer. Endlich würde ich Winnie wiedersehen. Sicherlich wollte ich auf Jonny als Freund nicht mehr verzichten. Wie könnte ich auch, wo ich doch unzweifelhaft ohne seine Hilfe schlicht aufgeschmissen gewesen wäre. Aber mein Verhältnis zu Jonny war für mich längst nicht so intensiv, hatte nicht die Tiefe und war vor allem nicht so alt wie meine Freundschaft mit Winnie.

Jonny hatte mich einmal mit einem Gänseküken verglichen, das zum ersten Mal seine Augen öffnet und, in meinem Fall, Winfried von Hochstedter sieht und als seine Mutter betrachtet. Ich habe fürchterlich gelacht, aber vielleicht verkörperte Winnie für mich wirklich einen Archetyp von Freundschaft.

Ich liebte ihn, das war unstrittig, und er war für mich da gewesen, als ich ausgespuckt worden war, zurück in diese Hölle, die sich mein Leben nennt.

Bald würde ich für ihn da sein.

Und zwar schon heute, am zehnten September 2001.

Das Autoradio lief, und man sprach darüber, dass Rudolf Scharping sich vor dem Verteidigungsausschuss für seine zahlreichen Privatflüge mit Bundeswehrmaschinen rechtfertigen musste. Dagegen hatten die Amerikaner größere Probleme. Donald Rumsfeld gab öffentlich zu, dass für über zwei Billionen US-Dollar aus dem Verteidigungsetat der Nachweis ihrer Verwendung fehlte.

„Kann man ja mal schnell verlegen, so ein bisschen Klimpergeld", bemerkte ich trocken.

„Das wird ihm den Hals brechen, es sei denn, morgen fällt eine Bombe aufs Pentagon und alle Akten verbrennen", vermutete Jonny.

„Amerika hat immer Geld für Waffen", beendete Aurel die Diskussion.

Wir nahmen die Abfahrt Wuppertal-Barmen und verließen die Autobahn. Mir stockte fast der Atem, als wir ein paar Minuten später an dem Krankenhaus vorbeifuhren, wo ich vor über drei Monaten aus dem Koma erwacht war. Die Straße führte an der Zufahrt zur Pathologie vorbei und endete dann. Wir bogen ab in einen Privatweg. Auf einem Schild stand:

Willkommen beim Kleingartenverein Vergissmeinnicht e.V.

Aurel lenkte den Wagen an dem kleinen Parkplatz vor dem Vereinshaus vorbei, wobei er das Schild, das die Durchfahrt untersagte, einfach ignorierte. Er fuhr mit einem Affenzahn den kleinen steilen Weg hinauf, dass hinter uns massig Staub aufgewirbelt wurde. Sicher, der Albaner konnte Auto fahren. Doch wenn Winnie da war, würde er uns längst gesehen haben. Unauffällig ging anders.

„Aurel, meinst du nicht, wir sollten unten parken?", fragte ich.

„Schnauze. Ich habe keine Lust zu laufen."

Seine Antwort ersparte uns jede Diskussion. Kurz darauf hielt er mitten auf dem schmalen Weg. Sofort erkannte ich den Schrebergarten mit dem großen gelben Gartenhaus. Das Grundstück war weniger heruntergekommen, als ich vermutet hatte. Es wirkte in gewisser Weise sogar gepflegt, wenn auch mit einigen verwilderten Stellen, wo Stauden und Büsche ausladend ihren Wuchs betrieben. Die benachbarten Gärten unterschieden sich dagegen nur durch die Individualität ihrer Gartenzwerge.

Es war die Handschrift einer Frau.

Sofort dachte ich an Franzi. Ob sie sich hier mit Winnie getroffen hatte? Ich wusste gar nicht, ob sie Gärten mochte. Aber ich hatte sie ja auch nicht wirklich gekannt.

Jonny zog hörbar die Luft ein, dann sagte er: „Aurel, das war Scheiße."

„Was war Scheiße?", gab er zurück. Ohne eine Antwort abzuwarten stieg er aus. Ich sah Jonny an.

„Dass du hier raufbretterst wie ein Irrer und die ganze Siedlung nun weiß, dass wir hier sind", rief Jonny. Allerdings mehr zu mir, da ich noch im Auto saß.

Ich schwieg, Jonny zuckte mit den Schultern, öffnete ebenfalls seine Tür und folgte dem Albaner. Einen Moment später standen wir vor dem Gartentörchen. Jonny trat vor und öffnete. Das Tor war nicht verschlossen. Der Cowboy lüftete kurz seinen Stetson, dann betrat er den Garten.

Aurel und ich folgten ihm. Plötzlich trat Winnie hinter dem kleinen Geräteschuppen hervor. „Winfried!", rief Jonny noch, dann zog Winnie eine Pistole und feuerte zwei Schüsse auf Jonny ab. Der erste Schuss fegte dem Cowboy den Hut vom Kopf, doch der zweite traf ihn in den Bauch. Jonny brach zusammen. Aurel zog ebenfalls seine Waffe, doch geistesgegenwärtig schlug ich sie ihm aus der Hand.

„Winnie!", schrie ich und stellte mich vor Aurel. „Ich bin es. Steck die Scheiß-Kanone weg! Wir tun dir nichts! Hör auf! Und du, Aurel, bleib cool!"

Ohne eine Reaktion der beiden abzuwarten, sah ich nach Jonny. Er war noch bei Bewusstsein, aber er krümmte sich vor Schmerzen. Aurel half mir, ihn aufzurichten. Währenddessen beschimpfte er Winnie auf Albanisch.

„Er muss ins Krankenhaus. Hilf uns, du Hurensohn", verlangte Aurel. Winnie stand immer noch wie angewurzelt da. Er sah fürchterlich aus. Eingefallenen Wangen, ungepflegtes Äußeres. Er wirkte panisch. Die Pistole hatte er fallen gelassen. Ich hob sie auf, während Aurel den großen Mann stützte.

„Los, komm jetzt", sagte ich noch einmal zu Winnie. Endlich setzte er an, uns zu helfen. Wir schleppten Jonny zum Auto und packten ihn auf den Rücksitz. Winnie stieg vorne ein, und ich setzte mich hinten zu Jonny. „Bleib wach, Kumpel. Du schaffst das", versprach ich ihm. Um die Blutung zu stillen, drückte ich ihm die ganze Zeit seine Jacke auf die Wunde.

Aurel fuhr wie eine gesengte Sau, nachdem er den schweren Wagen mit einem Manöver wie aus einem amerikanischen Krimi rückwärts noch auf dem schmalen Weg gewendet hatte.

So waren wir Minuten später schon an der Ambulanz des Klinikum Barmen. Der zuständige Oberpfleger an der Aufnahme der Ambulanz, Hubert, kannte mich sogar noch.

„Mensch Michael, wir haben uns ja lange nicht mehr gesehen. Mein Gott, was ist passiert? Ist das eine Schussverletzung? Wir müssen die Polizei verständigen!" Aus einer Eingebung heraus zwinkerte ich Aurel kurz zu und sagte: „Ist schon erledigt, Hubert. Oberkommissar Jakobi ist schon auf dem Weg hierher. Das Ganze hier war nur ein blöder Unfall im Schützenverein."

Ich sah, wie Aurel sein Mobiltelefon herauszog und hinausging auf den Flur vor der Ambulanz. Der Albaner hatte mein Zeichen verstanden. Jonny hatte man sofort weggebracht. Wir beantworteten noch ein paar Fragen zu Jonnys Person, und kurz darauf saß ich zusammen mit Aurel und Winnie draußen auf einer Bank im Flur unweit des Kiosks, wo ich damals die Tom Astor-CD gekauft hatte. Heute kam mir meine Zeit im Klinikum Barmen sehr unwirklich vor, dabei waren es die einzigen echten Erinnerungen, auf die ich zurückgreifen konnte. Sämtliche Geschichten aus meiner Zeit vor dem Überfall, die mir ins Bewusstsein kamen, wirkten manchmal wie Diebesgut oder Hehlerware auf mich, die ich mir gewaltsam angeeignet hatte.

Aber das hier, das war ich. Ich hatte mein Leben wiedergefunden.

Wir saßen eine gefühlte Ewigkeit auf dem Krankenhausflur, der verschiedene medizinische Bereiche miteinander verband, und beobachteten schweigend Ärzte, Schwestern, Patienten und Besucher bei ihrem Treiben.

Manchmal wurden wir mit kurzen Blicken bedacht und gaben schroffe Antworten auf die lästigen Fragen, die uns von Fremden gestellt wurden, die einfach nur Kontakt suchten, sei es aus Neugierde oder Langeweile.

Dann stand der ebenso frisch gebackene wie korrupte Oberkommissar Jakobi vor uns und fragte: „Wer hat geschossen?"

Winnie zuckte zusammen und erinnerte in diesem Moment an einen verstörten kleinen Jungen, den man beim Kaugummiklauen erwischt hatte. Vielleicht hatte ich Rückenwind durch mein inzwischen gutes Verhältnis zu Dusán im Zusammenhang mit den jüngsten Erlebnissen, oder ich war einfach nur völlig mit den Nerven am Ende.

„Es war ein Unfall", gab ich zurück. „Also gehen Sie da jetzt rein, sagen ihren Spruch auf, und dann holen Sie sich Ihre Belohnung ab. Das kriegen wir hin, oder soll ich noch mal beim Löwen nachfragen?"

Aurel schlug ihm leicht gegen den Arm: „Ich glaube, Michael hat Recht. Also?"

Mürrisch betrat Jakobi die Ambulanz. Dabei hielt er seinen Dienstausweis griffbereit, als wäre es ein Messer. Etwa eine halbe Stunde später kam er zurück.

„Goldmann ist über den Berg. Er wird es überleben. Alles ist geklärt."

„Fein gemacht, Jakobi. Dann fahren wir jetzt zu Dusán", sagte Aurel.

Er drückte Winnie den Mercedes-Schlüssel in die Hand und sah ihn zornig an. „Hoffentlich kannst du besser fahren als dich verstecken. Jakobi nimmt mich mit." Verächtlich spuckte er vor Winnie auf den Fußboden und verschwand mit dem Polizisten.

„Er mag Jonny halt sehr", entschuldigte ich den Albaner. Aber nun waren wir alleine. Endlich. Bisher hatte sich Winnie kaum gerührt. Aber er hatte es immerhin vorgezogen, in meiner Gesellschaft zu bleiben, statt sein Glück in der Flucht zu suchen.

Langsam drehte ich den Kopf, bis ich ihn direkt ansehen konnte. Er hatte die Augen niedergeschlagen und starrte einfach nur geradeaus, wirkte fast teilnahmslos. Keine Spur mehr von der Ausgelassenheit und Leichtigkeit, die mein Bild von ihm prägten, wann auch immer ich an ihn dachte.

„Winnie, bist du bereit für ein paar Eckdaten, und hast du die Güte, im Anschluss ein paar meiner Fragen zu beantworten?"

„Glaube kaum, dass es im Moment ratsam wäre, dir etwas abzuschlagen, oder?"

Fast erheiterte mich das kurze Aufblitzen seines typischen Sarkasmus, aber ich zog es vor, ihn kurzerhand zu konfrontieren: „Der Bulle, der dich gejagt hat, ist tot. Stüben hieß der." Ich bemerkte, wie sich Winnies Blick verdunkelte, als ich den Namen erwähnte.

„Die Mafia hat ihn ausgeknipst, nachdem ich dafür gesorgt hatte, dass er in den Knast kam. Deine Schulden bei Dusán sind dadurch Vergangenheit. Stüben gab vorher zu, dass er Franzi getötet hatte. Der andere Bulle steht nun auch auf der Gehaltsliste der Mafia ..."

Winnie wurde bleich. Doch ich ließ nicht von ihm ab: „Du hast mich mit der Börsenscheiße ruiniert. Ich habe alles verloren. Ach ja. Vanessa wollte sich umbringen, aber nun geht es ihr besser. Man hat sie mir übrigens weggenommen. Sie lebt jetzt bei Karl. Sollte dich echt interessieren, denn Vanessa ist deine leibliche Tochter. Aber keine Angst, ich bin dir nicht böse. Aber wenn Jonny gestorben wäre, hätte ich für nichts garantieren können. Hast du mal Feuer?" Ich steckte mir eine Zigarette in den Mund.

„Jonny wird leben", sagte Winnie. „Lass uns abhauen. Hier ist doch Rauchverbot."

Ich steckte die Zigarette verlegen hinter das Ohr. „Wie konnte ich das nur vergessen", sagte ich und stand auf.

Wir gingen langsam in Richtung Ausgang.

„Weshalb hast du mir geholfen?", grummelte Winnie. Ich funkelte ihn an.

„Eigentlich sollte ich dir die Fresse polieren. Aber selbst dazu musste ich dich ja erst einmal retten."

Winnie blieb kurz stehen, während ich weiterging. Er schloss hektisch wieder auf. „Micha, ich war mehr als verzweifelt. Du weißt ja von Dusán, dass ich ihm viel Geld schuldete. Durch meine Spielchen wusste ich, dass Stüben ein paar Läden kontrollierte. Ich wusste nur nicht, dass er Bulle war. Das wurde mir erst klar, als ich ihn im Krankenhaus wiedersah. Also versuchte ich, Stüben zu erpressen. Ich sammelte Beweise. Ich dachte, endlich bekomme ich einen Teil der Unsummen zurück, die ich verzockt habe. Nur noch einmal bei dem Schwein abkassieren, dann endlich aussteigen. Von vorne beginnen. Du weißt, wozu Stüben fähig war. Was er mit Franziska gemacht hat."

„Hast du sie geliebt?", hakte ich nach.

„Ich habe sie vom ersten Tag an geliebt. Genau wie dich. Aber ich war ihr verfallen, ja ausgeliefert. Glaub mir, sie hat mich gezwungen, dich um die Ecke zu bringen, als du aufgewacht bist. Sie drohte mir, mich zu verpfeifen. Sie hätte mit mir Schluss gemacht. Vielleicht hätte sie mich sogar selbst getötet. Franzi war einfach geisteskrank, glaub mir."

„Das mit dem Auftragskiller wollte ich gerade ansprechen."

Wir waren inzwischen am Auto angekommen. Der Benz begrüßte uns mit dem Zwinkern seiner Blinker. Winnie setzte sich hinter das Steuer, ich nahm zunächst die blutige Jacke aus dem Fond und warf sie ins Gebüsch auf dem Parkplatz. Kurz überlegte ich, ob ich Winnies Pistole hinterherwerfen sollte, entschied mich aber dagegen. Ich steckte sie in meine Jacke. Dann stieg ich auch ein.

„Wohin fahren wir?"

„Wir bringen die Karre zum Balgowlah, und dann gehen wir in den U-Club. Dort geben wir uns mal so richtig die Kante. Und dann reden wir mal, wir zwei. Einverstanden?"

Alles auf Anfang

Es begann schon zu dämmern, als wir den Mercedes vor dem Restaurant in der Varresbeck abstellten.

Zuerst führte ich Winnie auf mein Zimmer, über das ich immer noch jederzeit verfügte im Balgowlah. Dort unterzog er sich einer gründlichen Reinigung, die am Ende durch den Wechsel der Kleidung gekrönt wurde. Ich gab ihm Unterwäsche, ein Hemd und ein paar Jeanshosen. Sogar eine alte Jacke fand ich in seiner Größe.

Als ob er mit dem Dreck auch seine Angst abgelegt hätte, erstrahlte er nicht nur äußerlich, sondern auch von innen heraus mit dem alten, ihm typischen Selbstbewusstsein, als wir unten vor das Haus traten.

Da kam Dusán persönlich hinaus und stellte sich so vor uns, dass er uns den Weg hinunter zur Straße versperrte. Hasserfüllt blickte er Winnie ins Gesicht.

„Ich schuldete Michael dein Leben, aber nun hast du auf einen Freund geschossen", sagte er endlich. „Meine Schuld ist getilgt, so wahr ich dich verschone." Dusán nickte mir kurz zu.

„Danke, Dusán", sagte ich, aber der Albaner hatte noch mehr zu sagen.

„Wenn du dich in einem meiner Geschäfte blicken lässt, ist es so, als würdest du den Löwen direkt beleidigen. Wenn du weiterhin betrügst und blindwütig um dich schießt, wird auch deine Freundschaft mit Michael dich nicht retten. Ich werde dir das Herz herausschneiden und es persönlich an deine Mutter verfüttern, wenn du einem meiner Freunde etwas antust ... Winnie."

Er spuckte auf den Boden, und dann drehte er sich um und ging ohne ein weiteres Wort.

„Die Rotzerei geht mir langsam auf den Sack!", zischte Winnie und zog mich am Arm, bis ich ihm auf die Straße folgte.

Wir liefen einige Zeit die Varresbecker Straße hinunter, und auf der Friedrich-Ebert-Straße kauften wir uns in einem kleinen Kiosk zwei Dosen Bier.

„Prost, Micha! Auf die alten Zeiten."

„Auf die alten Zeiten, auch wenn ich nicht an alles erinnern kann, was du damit ansprichst."

„Aber du fühlst es doch? Prost!" Tatsächlich fühlte ich mich euphorisch wie schon lange nicht mehr. Fast war es, als ob ich direkt dort ansetzten könnte, wo meine Erinnerungen aufhörten. Winnie und ich, ich und Winnie. Sonst nichts.

Wir tranken so schnell, dass Winnie noch mal zurückging und Nachschub holte. Da ich kaum etwas gegessen hatte, zeigte der Alkohol schon seine Wirkung, als wir den U-Club betraten. Wir bezogen zwei Plätze direkt am Tresen mit Blick auf die Tanzfläche, wo um die siebzig junge Leute zu dem stampfenden Beat der Technomusik tanzten.

Schon im Mutterleib nehmen wir Geräusche wahr, und entsprechend ist der Herzschlag der Mutter das erste Geräusch, das wir registrieren. Der Mensch ist auf Rhythmus programmiert, und ich spürte mit jedem Beat, wie mich die Technomusik wegführte von meiner rationalen Seite. Ich ertrank in Emotionen, ergötzte mich an dem Anblick der hübschen Frauen und genoss den Alkohol, für dessen Nachschub Winnie sorgte.

Irgendwann tanzte ich sogar, als Winnie mit zwei entzückenden jungen Frauen zu mir auf die Tanzfläche kam. „Das sind Nina und Michaela!", brüllte Winnie. Dann verschwand er, um kurz darauf mit vier Cocktails zurückzukehren. „Prost!", rief er, als wir alle ein Glas in der Hand hatten, und wir stießen an.

Ich hatte keine Ahnung, wie lange wir dann noch in dem Club blieben, aber wir kamen beide schon nahe an einen kritischen Alkoholpegel heran, als wir mit den zwei jungen Frauen schließlich gingen. Im Prinzip ließ ich mich zu diesem Zeitpunkt nur noch im Sog der Geschehnisse treiben.

Draußen auf der Straße zündeten sich Nina und Michaela jeweils einen Joint an. Nina, eine schlanke Blondine mit kurzen Haaren, hatte sich bei mir eingehakt und teilte sich die Tüte mit mir, während wir lachend in die Richtung des Hauptbahnhofs gingen.

„Sag mal, was macht ihr eigentlich so? Seid ihr Studentinnen?", fragte ich Nina.

„Michaela studiert BWL, ich arbeite bei der Sparkasse."

„Ist ja ein Ding. Da habe ich auch mal gearbeitet."

„Was ist denn mit deinem Gesicht passiert?", wollte Nina wissen.

„Überfall", antwortete ich knapp, da ich merkte, wie mir plötzlich schlecht wurde. Doch Nina schlang ihre Arme um mich und schob mir ihre Zunge in den Mund. Das machte es für mich auch nicht besser, aber ich hielt durch, bis wir den Kuss beendet hatten. Unmittelbar danach erbrach ich mich herzhaft hinter das nächste Gebüsch.

Winnie bekam einen fürchterlichen Lachkrampf.

Nina lachte nicht. Ich versuchte gar nicht erst, ihr zu erklären, dass mir schon vorher schlecht gewesen war.

„Ist das deine Methode zu zeigen, dass Liebe durch den Magen geht?", prustete Winnie und bog sich vor Lachen.

Nina schien zuerst sehr empört, aber Winnies Gelächter war ansteckend, und so heiterte sich ihre Mine schnell wieder auf.

„Micha, du bist ein echter Kavalier!", schrie Winnie.

„Du weißt gar nicht, wie Recht du hast. Hast du mal Feuer?", fragte ich leicht brüskiert. Michaela war schneller und gab mir ihre Streichhölzer.

„Was war denn das für ein Überfall? In der Sparkasse etwa?", fragte Nina.

„Was? Die haben die Sparkasse überfallen?", rief Michaela dazwischen.

„Nein", mischte sich Winnie ein. „Micha ist zu Hause überfallen worden und lag ein Vierteljahr im Koma. Er weiß nicht wer er ist, aber dafür hat er jetzt ein paar Superkräfte bekommen. Er kann Gedanken lesen und auf Kommando kotzen."

„Winnie, du Arschloch", gab ich zurück. „Aber es stimmt. Als ich weg war, hat Winnie immer meine Frau getröstet. Und es stört mich nicht, weil ich mich nicht an sie erinnern kann."

„Deine Frau?", fragte Nina fast entsetzt.

„Keine Sorge, Nina. Man hat sie zu Hause aufgeknüpft." Die Frauen starrten Winnie entsetzt an.

„Kein Witz?", fragte Michaela. Und da mussten Winnie und ich lachen.

„Bitte lasst euch nicht verarschen von diesem Mann. Er hat einen sehr eigenwilligen Humor. Wir wollen doch noch etwas feiern."

Ich versuchte, das Ganze zu herumzureißen, bevor die Stimmung wegen der Sticheleien zwischen Winnie und mir noch kippte.

Am Bahnhof kaufte ich mir eine Zahnbürste und eine Creme dazu. Mit Mineralwasser aus der Dose putzte ich mir unter steten Sticheleien meines Freundes die Zähne.

Als wir endlich zusammen in ein Taxi stiegen, hatte sich Nina noch weitere Küsse von mir gestohlen.

Offenbar war die Zahnbürste eine gute Investition.

Sie ließ sich auf der Rückbank sogar von mir befummeln. Winnie saß vorne und hielt über seiner Schulter Händchen mit Michaela. Es schien klar zu sein, worauf alles hinauslief, als wir gegen drei Uhr nachts bei Winnie ankamen.

In seiner geräumigen Wohnung, in der Winnie seit Wochen nicht mehr gewesen war, schwärmten Nina und Michaela sofort aus, um sich alles anzusehen. Winnie legte mir einen Arm um die Schulter.

„Es ist fast wie früher, oder? Trotz der ganzen Scheiße sind wir immer noch wie Brüder. Mann, ich liebe dich."

„Winnie, schön, dass du da bist."

Ich wusste keine bessere Antwort. Klar, ich hatte mir fest in den Kopf gesetzt, Winnie zu finden, ihn zu retten, ihm zu helfen und zu verzeihen. Doch trotz allem, so berauscht ich auch war, und so sehr ich Sex mit Nina begehrte: Meine Gedanken kreisten permanent um Jonny. Ich vermisste den Cowboy und hatte ein schlechtes Gewissen, weil Winnie auf ihn geschossen hatte. Das Szenario, Jonny wäre ums Leben gekommen, konnte und wollte ich mir nicht vorstellen. Oder die Möglichkeit, dass er bleibende Schäden an der Wirbelsäule davontrüge. Das machte mir Angst.

Nun saß ich hier bei Winnie, sozusagen am Ende meines Weges, und doch war es nicht genug. Es war, als stünde ich wieder an einem Anfang.

Wo die Liebste hinfällt

Aus der Bang und Olufsen dröhnte die Musik von den Deftones. Das dritte Album der US-amerikanischen Cross-over-Band hieß White Pony und hatte nicht umsonst den Musikern zu einem gewissen Hype verholfen.

Wir saßen auf der schwarzen Ledercouch und tranken Wodka-Lemon. Die beiden jungen Frauen lachten, tranken und ließen sich von uns befummeln. Winnie hatte seinen Arm um Michaela gelegt, wobei seine Hand sich unter ihrem T-Shirt befand. Auch mir tat schon der Kiefer weh von der Knutscherei mit Nina. Ich war heiß. Wir waren heiß. Winnie starrte förmlich vor Geilheit.

„Ich habe Bock zu ficken", dachte ich. „Vielleicht hatte Jonny ja Recht, dass ich untervögelt bin."

Nina und Michaela saßen da, drehten einen Joint nach dem anderen und lachten. Und zwar wirklich über jeden Mist. Egal wie dumm oder sinnlos der Spruch auch war, egal ob er von mir oder Winnie kam: Sie brachen stets gleichzeitig in Gelächter aus. Unisono. Da capo. Fortissimo.

Aber auch ich stand im Zentrum der Gespräche.

„Wie lange warst du verheiratet?", wollte Nina wissen.

„Genaugenommen ist er ja verwitwet", korrigierte Winnie.

„Ach, mir kam es vor, als wären es nur ein paar Wochen gewesen", antwortete ich. Winnie verschluckte sich vor Lachen. Michaela schloss sich sofort an. Nina stimmte in den Refrain ein.

„Den habe ich verstanden, Michael. Du hast ja dein Gedächtnis verloren. Der war gut!" Wieder geierten sie los, dieses Mal unisono. Lars Ulrich von Metallica wäre mit dem Rhythmusgefühl der beiden Frauen ein viel besserer Schlagzeuger geworden. War er aber nicht.

„Winnie, bitte mach diese Metallica-Scheiße aus. Das ist für mich als Musiker nicht zu ertragen mit dem Trommler. Mach wieder Deftones an, oder was weiß ich. Aber nicht das." Winnie schüttete den Mädchen etwas Wodka nach und wechselte mit der Fernbedienung die CD, und kurz darauf dröhnte das neue Album Amnesiac von der Band Radiohead.

„Nur vom Feinsten, Winnie. Viel besser!", lobte ich meinen Freund. Die Frauen quiekten, selbstverständlich gleichzeitig. Bei dem Song I might be wrong überkam mich ein seltsames Gefühl. Hektisch zog ich an dem Joint. Es war fast so, als ob Erinnerungen zurückkehren wollten, aber eine unsichtbare Wand sie nicht zu mir durchließe.

„Vermisst du deine Frau?", hakte Nina nach. Michaela lag nun auf Winnie, der mit beiden Armen bis zu den Ellenbogen in ihrer Hose steckte und ihr Hinterteil knetete.

„Och, nö ..., wieso?", fragte ich zurück. Ich war völlig benebelt und starrte ihr die ganze Zeit in den Ausschnitt.

„Was wäre denn, wenn du dich plötzlich erinnern würdest? Wäre das dann schlimmer mit deiner Frau?"

„Ach, scheiß drauf. Wir müssen alle sterben, irgendwann. Lass uns Spaß haben." Ich schnappte förmlich nach ihr und bekam eine Brust zu fassen. Nina war offenbar nicht in der rechten Stimmung.

„Ey, hör auf! Spinnst du?" Sie riss sich los und sprang auf. Dabei stolperte sie, fiel hin und knallte mit dem Kopf auf die Kante des Wohnzimmertisches, der sich in diesem Moment als sehr stabil erwies. Bewusstlos blieb sie liegen. Die Brust streckte sie mir dabei wie zum Hohn entgegen. Winnie zog seine Hände aus Michaelas Hose. Die junge Frau rollte sich von ihm herunter und stürzte mit einem Aufschrei zu Nina.

„Scheiße", meinte Winnie.

„Schon wieder", sagte ich.

„Was?", fragte Winnie.

„Schon wieder fällt jemand vor mir hin und knallt auf ein Möbelstück. Genau wie dein Killer."

„Mein Killer?"

„Ruft endlich einen Arzt!", schrie Michaela.

Insgeheim beschloss ich, über ein Leben ohne Mobiliar nachzudenken. Das erschien zu diesem Zeitpunkt weniger riskant.

Eine halbe Stunde später, etwa gegen sechs Uhr morgens, war der Rettungswagen mitsamt den beiden Frauen verschwunden. Winnie schüttete den Rest aus der Wodkaflasche in sein Glas.

„Echt Scheiße", meinte ich.

„Keine Angst, ich habe noch eine Flasche", antwortete Winnie.

„Das meinte ich nicht", sagte ich, ließ mir aber dennoch gefallen, dass Winnie mir aus der neuen Flasche nachschenkte.

„Danke, alter Freund."

„Gerne, Micha. Prost. Auf uns!"

„Auf uns! Scheiß auf die Hühner!"

Männer entwickeln bei solchen Gelegenheiten, ich nenne es mal Abschwellphase, automatisch eine tiefes Gemeinschaftsgefühl, die man in der Art nur in einem Buddhistenkloster findet. Winnie und ich - ich und Winnie. Mehr brauchte es nicht. Nur Alkohol.

„Du bist mein bester Freund, Winnie!", rief ich. Disco in Moscow von den Vibrators dröhnte so laut aus den Lautsprechern, dass wir fast schreien mussten, um uns zu verständigen.

„Und du bist mein Bruder, Micha! Schon immer!"

„Ich liebe dich, Mann!"

„Und ich liebe meinen Bruder auch, Alter!"

Winnie bückte sich und holte das Marihuana unter dem Tisch hervor, wo wir es wegen des Rettungsdienstes versteckt hatten.

„Bauste einen?", fragte er mich und streckte mir den Tabak und das Gras entgegen. Dabei schmiss er die Wodka-Flasche um. Der Kartoffelschnaps ergoss sich über den Fußboden, der durch Ninas Karambolage mit dem Tisch sowieso schon mit dem Inhalt diverser Aschenbecher und Getränkeresten getauft war. Eine Riesensauerei.

„Klar, mach ich!", sagte ich. „Und dann ..."

„Ja?"

„Und dann gehen wir frühstücken!"

„Klar, machen wir. Direkt nach der Tüte!"

„Auf Nina und ihr Gras!", rief Winnie und hob sein leeres Glas. Ich konnte nicht anstoßen, da ich versuchte, den Tabak auf dem Zigarettenpapier zu verteilen. Leider sah ich schon doppelt.

„Micha, ich habe dich immer geliebt!"

„Ja, Winnie, ich auch!"

„Aber! Ich habe dich immer beneidet!"

„Echt? Wieso?"

„Na, weil du alles konntest. Du hattest immer die besten Frauen, warst immer beliebter als ich. Immer!"

„So ein Quatsch. Wir sind doch Brüder. Wir haben immer alles geteilt. Du hast ja sogar Franzi gefickt!"

„Ja, das habe ich. Und es tut mir so leid. Alles tut mir leid! Ich habe schon immer alles verkackt!"

„Ach Winnie ..."

Er kam zu mir rüber und heulte, wie nur betrunkenen Männer heulen können. Ohne Grund. Einfach so, aber martialisch.

„Ist doch alles gut, Winnie", tröstete ich ihn.

Alles ist wie früher, hatte er gesagt. War das alles, was früher da war? Sich abzuschießen, dummes Zeug zu tun und zu reden? Hatte denn mein späteres Leben mit Frau und Kind nicht viel mehr zu bieten gehabt?

Ich fragte mich, ob ich nicht mehr verloren hatte, als ich je aufgegeben hatte.

War meine Familie nicht das Opfer der jugendlichen freiheit wert gewesen?

Nun hatte ich eh alles verloren.

Irgendwann brannte endlich der Joint, der bestimmt keinen Schönheitswettbewerb gewonnen hätte. Aber er funktionierte. Offenbar hatte ich es mit der Dosierung der grünen Blätter etwas zu gut gemeint. Wir saßen nach ein paar Zügen wie gelähmt in unseren Sesseln und starrten. Die Musik war einfach irgendwann ausgegangen.

Als wir wieder sprechen konnten, war es schon halb acht am Morgen des 11. September.

Wir waren zwischendurch eingeschlafen.

„Jetzt frühstücken. Ich bekomme einen Fress-Kick", verkündete Winnie und stand auf.

Morgenstund ist ungesund

Da ich duschen wollte und neue Klamotten brauchte, fuhren wir mit dem Taxi zu mir.

Anschließend gingen in das kleine Café gegenüber, wo ich einmal mit dem verblichenen Hauptkommissar Jakobi gesessen hatte. Zu unserer Freude gab es dort ein anständiges Rührei und eine Menge starken Kaffee.

„Mensch, Micha. Was war das für eine krasse Nacht? Ich glaube, wir zwei haben nichts verlernt. Es ist jetzt schon nach acht und ich bin immer noch betrunken!"

Winnie hatte dazu auch noch eine Fahne, die seine Aussage bestätigte.

„Kaffee ist bestellt."

Die zombiehafte Bedienung würdigte uns keines Blickes, als sie uns den Kaffee brachte. Vielleicht hatte Stüben beim letzten Mal nicht bezahlt?

„Ach, Micha. Wir zwei sind die Besten", sagte Winnie.

„Ja sicher. Die deutsche Antwort auf Beavis und Butthead. Und ich bin nicht Beavis", sagte ich.

„Du bist das Phantom der Oper!", meinte Winnie und hielt sich die Hand vor seine Gesichtshälfte.

Der Zombie warf uns finstere Blicke zu, Winnie erwiderte diese mit einer Kusshand in Richtung der persönlichkeitsreduzierten Kellnerin.

„Hübsche Frau. Hast du sie schon geknallt?"

„Bitte, Winnie."

Ich betrachtete die Frau genauer. Das Gesicht schien keine Muskeln zu besitzen. Sie wirkte auf mich wie jemand, dem man jegliche Emotionen rausgeprügelt hatte. Die schwarzen Haare waren ungepflegt und der Blick gehetzt. Sie war viel zu dünn, was ihre Größe von knapp 1,80m noch betonte. „Eine echt arme Sau", meinte Winnie. „Genau wie ich", fügte er hinzu und lächelte schief.

„Immerhin hast du größere Brüste."

„Du Arschloch!", kommentierte er meine Bemerkung. Dann nippten wir beide an unserem heißen Kaffee.

„Weißt du, was pathologisches Spielen ist?"

„Nein, nicht direkt, Winfried. Vielleicht, wenn jemand das Haus seines besten Freundes an der Börse verzockt?"

„Das ist zum Beispiel eine mögliche Konsequenz daraus. Und ich weiß, dass meine Entschuldigung niemals ausreichen kann, um das wiedergutzumachen."

Ach, lass mal. Passt schon. Ich hätte ja eh umziehen müssen, weil meine Frau gestorben ist, und man hat mir ja auch mein, nein …, warte …, unser Kind weggenommen. Wessen Schuld war das eigentlich?"

Plötzlich spürte ich Wut, die sich aus der Tiefe meines Bewusstseins den Weg nach oben suchte.

„Pathologisches Spielen wird allgemein Spielsucht genannt. Es ist eine Zwangsstörung und wird als Krankheit sogar anerkannt. Aber es hat bei mir alles kaputt gemacht. Die Wohnung ist das Einzige, das mir zumindest noch zur Hälfte gehört. Die andere Hälfte gehört der Bank."

„Und wie konnte es dazu kommen? Und müsstest du jetzt nicht schon längst an dem Automaten da vorne stehen?"

Wie auf Kommando fing der Geldspielautomat am Eingang an, wild zu blinken und eine fürchterlich laute Melodie abzufeuern.

„Siehst du? Er ruft dich schon", sagte ich und sah Winnie herausfordernd in die Augen.

„Ich habe nicht mehr gezockt, seit ich mich in der Gartenlaube versteckt hatte. Im großen Stil konnte ich sowieso nirgendwo mehr spielen. Wegen der Bullen und der Mafia. Ich denke, ich habe es im Griff. Ich kann dir das sogar erklären."

„Schieß los!"

Winnie trank seine Tasse leer und winkte mit ihr zum Zombie hinüber. Dann füllte er den Rest aus dem Kännchen nach. Ich trommelte mit meinen Fingern ungeduldig auf dem Tisch. Benebelt vom Alkohol und Hasch streiften meine Gedanken umher, und plötzlich stellte ich mir wieder Franzi vor, wie sie in unserem Haus von der Decke baumelte. Ich hatte im Ohr, wie Vanessa mich anflehte, bei ihr zu bleiben. Die Wut brach nun durch. Ich stellte mir vor, wie ich Winnie tötete. Mit meinen eigenen Händen.

Da klingelte mein Handy. Ich erkannte die Nummer sofort.

„Dusán", sagte ich zu Winnie. Dieser schüttelte den Kopf und stand auf. Während mein Freund in Richtung der Toiletten ging, nahm ich das Gespräch an.

„Hallo Dusán."

„Guten Morgen, mein Freund. Wie mir zu Ohren kam, gab es einen Unfall? Ich hoffe, dir geht es gut? Ist Winfried auch bei dir?"

„Der ist gerade zur Toilette. Willst du ihn sprechen?"

„Das gehört mit Sicherheit zu den Dingen, die ich niemals möchte. Töten, ja, womöglich. Sprechen, nein."

„Das kann ich verstehen, Dusán. Was kann ich für dich tun?"

„In erster Linie kannst du etwas lassen für mich. Lass die Finger von Winnie. Darüber hinaus solltest du ihn meiden wie ein syphilierender Freier das Bordell. Verstehst du mich? Nicht jede Wahrheit verdient es, ausgesprochen zu werden. Bitte komm noch einmal zu einem gemeinsamen Essen in mein Haus, so schnell es deine Zeit erlaubt. Es ist wichtig."

Dann legte er auf. Mich beschlich ein mulmiges Gefühl. Winnie kam zurück.

„Darf ich jetzt was sagen?", fragte er.

„Klar."

Trotzdem wartete Winnie noch, bis der Zombie den Kaffee serviert hatte. Ich fragte mich, ob mein Freund mir ansah, dass meine Stimmung etwas getrübt war. Warum auch immer.

„Angefangen hat die Scheiße vor zehn Jahren. Da habe ich nur aus Spaß bei einem Kunden in einer Pokerrunde in seiner Kellerbar mitgespielt. Reicher Schnösel. Habe seine Yacht versichert. Ich habe da über zehntausend Mark gewonnen. Für den war das nichts. Peanuts. Aber so fängt es an. Das nennt man die Gewinnphase. Ein Erfolgserlebnis, das dich prägt, kann reichen. Du fühlst dich gut. Die meinten dann: He, komm bloß wieder. Revanche!"

„Ja, nee. Ist klar."

„Und dann setzt du immer mehr. Ich bin beim zweiten Mal wieder mit Gewinn da raus."

„Die haben dich abgezogen."

„Na und! Darauf kommt es nicht an. Du redest dir das eh schön in dieser Phase!"

Winnie wurde unentspannt.

„Die nächste Phase nennt man die Verlustphase. Der eine Pokertisch reichte mir nicht mehr. Die Verluste hatte ich stets bagatellisiert. Ich war davon überzeugt, ich würde beim nächsten Mal gewinnen und den Mist ausgleichen. Irgendwann spielte ich jeden Tag. Auch bei Dusán."

Er zeigte auf mein Handy. Dann schüttete er sich Kaffee ein.

„Und dann hast du dir von mir Kohle geliehen. Und später von Franzi. Hast du sie deshalb gefickt?"

„Micha, ich habe sie alle gefickt! Ich habe alle Freunde und alle Verwandten verloren. Ich habe Schulden gemacht und gespielt. Ich habe gestohlen und gespielt. Ich habe betrogen und gespielt."

Ich hielt mir die Hände vor das Gesicht, aber ich schwieg. Warum erzählte er mir das alles? Das würde nichts ändern. Es gab einfach keinen Weg, irgendetwas rückgängig zu machen.

Ich wünschte mir in diesem Moment, wir wären noch bei Winnie und ich hätte noch Nina auf dem Schoß.

„Micha, die letzte Phase nennt man nicht umsonst die Verzweiflungsphase. Du warst immer ein guter Freund für mich. Während alle anderen mich schon mieden wie die Pest, hast du bis zum Schluss immer versucht, den Kontakt zu mir zu halten. Bis du dann nur noch mit diesem Cowboy abhingst."

„Kein Grund ihn abzuknallen."

Winnie ignorierte meine Bemerkung.

„Das mit Franzi war eine ganz seltsame Kiste. Ich glaube, Franzi war nur an zwei Dingen interessiert: an Geld und an allem, was dir wehtut oder dich aufregt. Als du mich dann auch fallen gelassen hattest - vollkommen zu Recht - hatte ich plötzlich Franzi am Hals. Sie ließ sich von mir hofieren, hörte mir zu, wenn ich mit meinen Gewinnen prahlte, und irgendwann hatte ich sie soweit, dass sie mir Geld lieh. Gefickt hatte ich sie ja schon viel früher. Das kannst du dir an Vanessas Alter ausrechnen. Und ich wette, ich war nicht der einzige, sorry, Alter. Ich war schon immer neidisch auf dich. Du warst immer so ..., ehrenhaft."

„Das höre ich oft in letzter Zeit."

„Aber Franzi wollte mehr. Sie wollte Geld. Zur Not auch über deine Leiche. Sie hatte mit mir gespielt, während ich nur spielte. Das war alles ihre Idee. Der Auftragsmord.

Die Optionsscheine. Du und ich, wir waren beide ihre Opfer. Ich hatte die Mafia im Nacken. Verstehst du?"

„Du bist echt eine arme Sau, Winnie."

Wir schwiegen. Tranken Kaffee. Starrten. Sackgasse.

Es gibt Gespräche, die ein natürliches Ende besitzen. An diesem Punkt, fand ich, waren wir nun angekommen. Ich stand auf.

„Alter, sei mir nicht böse. Ich möchte etwas schlafen und danach noch zu Jonny ins Klinikum. Ich komme später bei dir zu Hause vorbei, ja? Ich will mir noch ein Auto besorgen und so."

„Ist alles gut? Sind wir noch Freunde?"

„Ja klar, Mann. Ich lade dich ein. Trink ruhig den Kaffee aus. Und lass die Finger von der Kellnerin. Hast du noch Kippen?"

Winnie gab mir die ganze Schachtel. Wir umarmten uns und ich ging.

Allerdings nicht zu mir nach Hause.

Krankenbesuch

Ich lief das Fischertal hinunter, nahm mir beim Laufen hektisch eine Zigarette aus der Schachtel. Winnies Zippo steckte auch in der Packung, aber ich nahm meine Streichhölzer. Ich mochte den Schwefelgeruch. Unten am Alten Markt stieg ich in den Bus zum Klinikum Barmen. Etwa um neun Uhr war ich bei Jonny.

Er lag auf der Station der Inneren Medizin im Hochhaus. Es ging ihm schon wieder ganz gut, und er freute sich, als ich in sein Krankenzimmer kam.

„Setz wenigstens den Cowboyhut ab, wenn ich reinkomme", begrüßte ich ihn. Jonny saß in seinem Bett und hatte zu seinem Bademantel wirklich den Stetson aufgesetzt.

„Micha, schön, dass du gekommen bist. Wollte gerade eine Runde spazieren gehen."

„Geht das denn mit deiner Wunde?"

Er hielt sich die ganze Zeit die Stelle, wo die Kugel ihn erwischt hatte.

„Och, ich werde bald schon wieder entlassen. Ich hatte sehr viel Glück, dass es keine wichtigen Organe erwischt hat. Das Gefährlichste war, dass ich so viel Blut verloren hatte. Danke noch mal, Micha. Jetzt hast du mir zum zweiten Mal das Leben gerettet."

„Hör auf!", winkte ich ab. „Du bist nur durch mich in diese Situation geraten. Es war meine Schuld. Und Aurel ist auch dabei gewesen. Ihm verdankst du mindestens so viel wie mir."

Jonny ließ sich von der Bettkante rutschen und verzog das Gesicht, als er sich aufrichtete. Wäre er nicht so durchtrainiert gewesen, hätte er sicherlich mehr Schwierigkeiten gehabt, sich mit einer frischen Wunde zu bewegen.

Es war für mich gespenstisch, als wir uns durch den Hufeisen-Umgang zum Kiosk neben der Ambulanz bewegten. Das hier war praktisch der Ort meiner zweiten Geburt. Fast jeder vom Pflegepersonal und so mancher Arzt kannte mich noch. Die meisten blieben kurz stehen und wechselten ein paar Worte mit mir, und so dauerte es für Jonny fast zu lange, bis wir am Kiosk ankamen, wo er sich erschöpft auf der Bank vor der Ambulanz fallen ließ. Er fächerte sich mit seinem Stetson Luft zu und erntete mit seinem Bademantel-Cowboystiefel-Outfit teils belustigte und teils fragende Blicke.

„Ruh dich aus, Cowboy. Ich hole uns im Kiosk etwas zu trinken", sagte ich und ließ ihn alleine.

Der Verkäufer im Kiosk starrte mich entsetzt an, als ich hereinkam. Ich kannte ihn nicht, und er hatte mein entstelltes Gesicht wohl auch noch nicht gesehen. Arschloch, dachte ich.

Die Frau, die mit dem Rücken zu mir gewandt dort stand, fand ich sowieso wesentlich interessanter. Als ich mir ihr Hinterteil betrachtete, das sich exzellent unter der engen Schwesterntracht präsentierte, begann eine Vermutung in mir Kontur zu gewinnen. Diesen Hintern würde ich unter Hunderten erkennen.

„Schwester Sabrina?", fragte ich, obwohl ich schon wusste, dass ich Recht hatte. Sie drehte sich um und blendete mich mit ihren hinreißenden blauen Augen. Sie trug die Haare offen, also hatte sie Pause. Ich dachte sofort an unseren Sex. Ich dachte an ihren Körper, an ihre feuchte Wärme, als ich in sie eingedrungen war. Aber ich dachte auch an die unzähligen netten Gespräche, an ihr Lachen, wenn ich meine dummen Scherze gemacht hatte. Und mir wurde klar, wie sehr ich diese Frau liebte. Ich wollte einfach alles von ihr.

„Michael. Wie geht es dir?", fragte sie und nahm mich einfach in die Arme.

Es fühlte sich an, als würde ich verglühen.

„Sabrina, ich ...", stammelte ich.

„Es tut mir leid, dass ich mich nicht verabschiedet habe. Es war auf einmal alles so anders, seit wir ..., na ja. Ich habe mich letzte Woche von meinem Mann getrennt."

Sie ließ mich los und holte die Kette heraus, an der nun der Ehering fehlte.

„Sabrina, bitte ...", brachte ich hilflos hervor.

„Was darf es denn sein, der Herr?", mischte sich der unbekannte Kiosktyp ein. „Oder ist das hier Verbotene Liebe mit versteckter Kamera? Hier wird zwischendurch auch etwas gekauft."

Jäh aus meiner rosa Wolke gerissen, sagte ich zu ihm: „Zwei kalte Coke, zwei Kaffee. Und einen kleinen Gefallen können sie mir noch tun. Wenn Sie mal genug Gewinn machen, was bestimmt schwer wird, wenn Sie alle Ihre Kunden so behandeln wie mich, dann kaufen Sie sich doch ein Buch über Benimmregeln. Und alles zum Mitnehmen."

Schwester Sabrina kicherte und zog mich am Ärmel hinaus auf den Flur. Ich sah ihr tief in ihre Augen.

Dann küssten wir uns.

Lange.

Dann küssten wir uns noch einmal.

Bevor sie ging, holte sie einen Briefumschlag aus ihrer Handtasche, gab ihn mir in die Hand und flüsterte mir ins Ohr: „Den habe ich schon vor ein paar Tagen geschrieben. Habe nur deine Adresse nicht herausgefunden. Gib mir noch etwas Zeit, und dann ruf mich an, ja?"

Noch ein Kuss.

Dann war sie weg.

Ich drehte mich um und sah Jonny auf der Bank sitzen.

Der Cowboy hob langsam den Arm und winkte einmal. Ich nickte ihm zu und ging wieder in den Kiosk.

Kurz darauf kam ich mit den Getränken auf einem Kartondeckel zu Jonny.

„Dachte schon, du hättest mich vergessen", brummte er.

„Komm, wir gehen raus. Brauche frische Luft", sagte ich.

Etwas später saßen wir auf der Bank, auf der ich so oft mit Winnie meine Nachmittage verbracht hatte.

„Was ist los?", fragte Johnny. „War das etwa die Schwester? Wie hieß die noch?"

„Sie heißt immer noch Sabrina. Und ja, das war sie."

Wir tranken synchron einen Schluck Cola.

„Hübsch", meinte Jonny.

„Oh, ja", antwortete ich. Jonnys Lächeln war das Aufrichtigste, das ich je an einem Menschen gesehen hatte. Da wurde mir wieder klar, wie sehr ich doch den Cowboy im Herzen trug. Dann traf es mich umso härter.

„Du, Micha. Ich muss dir etwas sagen."

„Nur zu. Hau es raus."

„Es ist mehr eine Bitte."

„Auch das ist gestattet, mein Freund."

„Gesetzt den Fall, ich wäre, äh ..., nicht mehr da. Würdest du dich dann um Rita kümmern?"

Mich beschlich plötzlich ein Gefühl des Unwohlseins. Jonny war nicht der Typ Mensch, der delegierte.

„Rück raus mit der Sprache", sagte ich.

Jonny trank seine Cola aus und nippte an dem Kaffee.

„Jonny! Verarsch mich nicht. Was soll die Frage?"

Jonny war kreidebleich geworden, und ich spürte meinen Herzschlag im Kopf. Aus meinem Unwohlsein war eine Vorahnung geworden.

„Die Ärzte haben Krebs bei mir festgestellt. Sie haben im Labor ein großes Blutbild gemacht und wurden stutzig. Prostata. Hat schon gestreut. Nichts mehr zu machen. Mir bleiben noch drei oder vier Monate. Vielleicht ein Jahr, wenn ich die Scheiße mit der Chemo über mich ergehen lasse. Und all das. Kann man nichts machen."

„Jonny, das glaub' ich nicht", sagte ich und mein Hals schnürte sich zu. Ich war den Tränen nah.

„Es stimmt aber. Ich habe es selbst gesehen auf den Röntgenbildern. Bitte beantworte meine Frage. Ich habe niemanden außer dir."

„Ich muss zu Dusán. Soll ich dein Auto da abholen? Gib mir die Schlüssel."

„Was ist mit Rita?"

„Natürlich, du Arschloch!", schrie ich und schluchzte anschließend wie ein Schlosshund. Jonny stand auf.

„Ich hole die Schlüssel."

Als ich mich beruhigt hatte, nahm ich die Schachtel mit den Zigaretten von Winnie aus der Tasche. Ich fischte eine heraus und anschließend auch das Zippo-Feuerzeug, das sich ebenfalls in der Schachtel befand. Darauf befand sich die Skyline von New York.

Als Jonny zurückkam, nahm ich die Schlüssel.

„Jonny, ich brauch jetzt etwas Zeit, um das zu verpacken. Ich komme vorbei, sobald ich kann. Bitte verzeih mir. Ich meinte das nicht so. Ich will dich echt nicht hängen lassen jetzt, aber ich muss noch mal zu Dusán."

„Kein Problem. Mein Auto steht nicht mehr in Düsseldorf. Aurel brauchte dringend einen fahrbaren Untersatz, da habe ich erlaubt, die Karre kurzzuschließen, und nun steht er am Balgowlah."

Katharsis

Etwa eine Stunde später aß ich mit dem Albaner im Balgowlah zu Mittag. Ich hatte ihm von Jonny erzählt, aber er schien gar nicht richtig zuzuhören.

„Krebs, verstehst du? Ich werde nun auch einen guten Freund verlieren. Wird das jemals aufhören?"

„Ich möchte, dass du mit mir in den Keller gehst. Ich will die etwas zeigen."

Der Albaner wartete meine Antwort nicht ab, stand auf und setzte sich in Bewegung. Ich folgte ihm.

Unten im Keller zeigte er mir einen Mann, der, nur in Unterhose bekleidet, mit Ketten an eine Wand gefesselt war.

„Dusán, spinnst du? Seit wann hast du hier ein eigenes Verlies?", rief ich entsetzt.

„Tagesgeschäft. Willkommen in meiner Welt", sagte der Mafioso eiskalt.

„Aber, was zum …", setzte ich an, doch Dusán legte mir die Hand auf den Mund.

„Pst. Jonny ist ein guter Mann. Irgendwann wird er von uns gehen, das ist gewiss, so wie du und ich auch gehen werden, wenn es an der Zeit ist. Du warst ja sogar schon einmal gegangen, und nun bist du wieder hier. All das haben wir nicht in der Hand. Dieser Mann hier hat mich bestohlen. Er hat davon Drogen gekauft und damit an einer Schule gedealt. Jetzt muss ich ihn töten, sonst verliert man den Respekt vor mir."

Ohne Vorwarnung zog er sein Messer und durchtrennte dem Mann die Kehle.

Ich war vor Entsetzen gelähmt. Der Albaner schob mich in Richtung Kellertreppe und sagte dabei: „Ich habe ihn geliebt, glaube mir. Aber das ist nicht wichtig. Eines ist von viel größerer Wichtigkeit: Bevor du einen Menschen verlierst, hattest Du einen wahren Freund gewonnen. Das ist etwas, das bleiben wird. Viel mehr als Fleisch und Knochen. Du bist ein reicher Mann, Michael."

Ich war angeekelt. Musste weg.

„Wo steht Jonnys Karre?"

„Und ein störrisches, kleines Kind, das den Körper eines Erwachsenen bewohnt."

„Also. Wo?"

„Trink noch einen Espresso mit mir in meinem Büro. Dort darfst du auch eine von deinen wütenden Zigaretten rauchen, so wie du es immer tust, wenn die Dinge dir nicht gefallen."

Wir gingen in sein Büro. Dusán schloss die Tür und setzte sich vor den Schreibtisch, der sich wie immer in feinster Ordnung befand. Wahrscheinlich benutzte er ihn gar nicht, vermutete ich.

„Was macht dein Freund Winfried?", fragte Dusán plötzlich.

„Wieso? Willst du noch jemanden umbringen? Er stirbt zumindest nicht an Krebs. Darüber bin ich sehr froh, obwohl er mir im Moment auf die Nerven geht mit seinem Gejammer. Er hat uns schließlich alle in Schwierigkeiten gebracht mit seiner krankhaften Spielsucht."

Ich setzte mich auf den Besucherstuhl vor ihm und er sagte: „Alles hat sich in gewisser Weise aufgeklärt. Manches war gut so, wie es kam. Manches war eher schlecht. Auf einen Mann wie Stüben mag die Welt gerne verzichten, Franziska hatte dagegen ihr Ende nicht verdient, wie du mir zustimmen wirst. Doch wir konnten es nicht verhindern. Du konntest auch den Mann im Keller nicht retten."

„Ich verstehe kein Wort", sagte ich und suchte genervt meine Zigaretten.

„Michael, weshalb bist du so sicher, dass du von einem Unbekannten überfallen wurdest? In Wahrheit stammte der Mann, der dich ins Koma versetzt hat, von mir. Warum sollte Franziska für einen Unbekannten lügen?"

„Dusán. Worauf willst du hinaus?"

„Bei mir im Dorf sagte man immer: Man kann nur beschützen, wen man kennt. Wen kannte Franzi?"

„Was weiß ich? Ich kannte sie ja selbst kaum", gab ich leicht gereizt zurück. Endlich fand ich die Zigaretten in meiner Jacke, zündete mir eine an und stellte das Zippo-Feuerzeug vor mich auf den Schreibtisch.

„Demnächst behauptest du noch, Winnie hätte mich ins Koma getreten", sagte ich und wollte eigentlich lächeln. Stattdessen packte mich ein kalter Schauer. In meinem Kopf fühlte es sich hingegen an, als ob man mir kochendes Wasser über mein gefrorenes Gehirn schüttete.

Das Zippo mit den Zwillingstürmen war das Letzte, das ich erblickte, bevor ich mein Bewusstsein verlor. Und es war das erste, das ich sah, als ich in meine Erinnerungen an den Überfall eintauchte.

Ich lag auf dem Fußboden im Schlafzimmer. Schmerzen. Der Geschmack von Blut in meinem Mund. Ich war einen Tag früher nach Hause gekommen, weil ein Auftritt mit den „Electric Cowboys" abgesagt worden war. Und ich hatte Franzi und Winnie im Bett überrascht. Winnie war immer noch nackt und hockte sich neben mich. Er hatte eine Zigarette im Mundwinkel. Der Gestank nach Sex war für mich noch schwerer zu ertragen als meine Schmerzen.

Winnie wühlte in meiner Jacke und fand mein Zippo mit den Zwillingstürmen. Das Feuerzeug, das Jonny mir geschenkt hatte, und das gleiche, welches der Cowboy auch besaß. Jonny, mein bester Freund und Winnie, den ich seit Wochen nicht mehr gesehen hatte. Winnie, der meine Frau vögelte und mir noch Geld schuldete. Winnie, den ich aus meinem Haus geworfen hatte, weil er mich beleidigt und belogen hatte.

Winnie zündete sich die Zigarette an. „Schön ...", sagte er, „... das behalte ich mal. Du wirst es nicht mehr brauchen."

Winnie trat immer wieder gegen meinen Kopf. Immer wieder.

Dunkelheit.

Man hatte mich auf den Fußboden gelegt, ein Kissen befand sich unter meinem Kopf. Mein Körper fühlte sich an, als würde mein Bewusstsein die Schmerzen jener Nacht reproduzieren.

„Michael!", rief Dusan. „Was ist passiert?"

Langsam stand ich mich auf, aber ich konnte noch nichts sagen.

Ich ging zu meiner Jacke und fühlte die Pistole, mit der Winnie auf Jonny geschossen hatte. Die Pistole, die ich die ganze Zeit dabei hatte und mit der ich ihn nun erschießen würde.

„Alles OK. Keine Ahnung, was das war. Ich glaube, ein Schwächeanfall. Aber ich muss jetzt los. Ich rufe an."

Draußen stieg ich in den Ford und fuhr mit durchdrehenden Reifen vom Hof.

Meine Vergangenheit hatte ich nun zurück, jetzt fehlte mir nur noch meine Rache.

Ground Zero @911

Ich schaltete das Autoradio ein und suchte nach einem Musiksender. Musik hatte mich schon immer beruhigt, und da ich gerade eben von meiner Vergangenheit hinterrücks überfallen worden war, musste ich mich dringend beruhigen, damit ich die Kontrolle über das große Fahrzeug behielt.

Mit einem Schlag wusste ich wieder alles. Vor allem war mir jetzt klar, dass ich so gründlich gescheitert war, wie ein Mann nur scheitern konnte.

Ich war Tantalos. Ich hatte nicht die Götter, sondern mich selbst belogen. Ich hatte alles, meine Persönlichkeit, meine Karriere, meine Ehe und in gewisser Weise sogar mein Kind dieser Lüge geopfert.

Nun zerfiel alles zu Staub, was ich anfasste. Sabrina sollte mein Fluch nicht treffen. Niemanden würde jemals wieder mein Fluch berühren, wenn ich erst getan hatte, was nötig war.

Es gab keine Musik im Radio, und irgendwann bekam ich mit, dass alle Sender über das gleiche Thema berichteten.

Offenbar hatte es einen Anschlag auf das World Trade Center gegeben, und die Türme waren eingestürzt.

Wenn das mal kein Zeichen der Götter war.

Du und ich, wir sind wie diese Zwillingstürme. Zwei verschiedene Gebäude, die zusammen etwas ganz Großes ergeben, hatte er gesagt. Oder war ich es selbst gewesen?

Nun, Winfried von Hochstedter: Jetzt gibt es sie nicht mehr. Und wir werden mit ihnen gleichziehen.

Begleitet von den Horrormeldungen im Radio, erreichte ich gegen 16 Uhr Winnies Wohnung.

Leider war er nicht zu Hause, sonst hätte ich ihn schon an der Tür abgeknallt.

Ich stieg in Jonnys Auto und fuhr zu dem Friedhof, auf dem Franzi beerdigt worden war.

Es hatte auch eine Zeit gegeben, in der unsere Ehe funktioniert hatte. Alle Erinnerungen waren zurückgekehrt, und nun suchte mich die Trauer mit einer zeitlichen Verzögerung heim.

Ich weinte an diesem Grab um meine Frau, um die Mutter eines Kindes, das ich so liebte, als wäre es von mir.

Den Verdacht, dass Vanessa nicht von mir war, hatte ich schon früher gehabt. Ich hatte es akzeptiert, genau wie ich Franzi ihre Seitensprünge immer verzeihen konnte.

Genauso, wie sie mir meine Ausbrüche verziehen hatte, wenn ich mit der Band unterwegs gewesen war und nach mehreren Tagen völlig abgerockt in ihren Schoß zurückgekrochen kam.

Ich hatte sie immer geliebt, das wusste ich jetzt.

Und jetzt nahm ich Abschied.

Danach rief ich Aurel vom Handy aus an. Nach einer halben Stunde kam einer der Albaner vorbei, die ich nur vom Sehen her kannte. Er brach geschickt Winnies Tür auf und verschwand danach wortlos.

Ich setzte mich in den Sessel, in dem ich auch gesessen hatte, als wir mit den Frauen gefeiert hatten, und wartete.

Bestimmt hatte ich im Fernsehprogramm genauso oft die Türme einstürzen sehen, wie ich mir in meinem Kopf den Zerfall meiner Freundschaft mit Winnie vor Augen geführt hatte.

Es war nicht nur das Geld, das er mir nie zurückgegeben hatte. Es war vor allem sein Neid auf mich, seine Missgunst bezüglich meiner beruflichen Karriere und sein Vertrauensbruch auf der ganzen Linie, die unsere letzte Phase der Freundschaft ausmachten.

Winnie, du blödes Arschloch! dachte ich, da hörte ich, wie seine Tür sich öffnete.

Wie aufs Stichwort.

Er starrte mich an. „Micha? Was machst du hier?"

„Kann ich dir erklären", antwortete ich und ging auf ihn zu.

Winnie streckte mir seine Hand entgegen, und ich schlug ihm mit der Faust in sein Gesicht. „Tue ich aber nicht!", ergänzte ich mein Statement.

Er fiel nach hinten, hielt sich die Nase, und ich trat ihm in den Bauch. Er krümmte sich, stolperte nach hinten und ging stöhnend in die Hocke. Ich nahm die hässliche große Leonardo Vase und schlug sie ihm über den Kopf. Endlich war das Schwein bewusstlos.

So leicht sollte er mir nicht davonkommen.

Ich fesselte ihn in der Küche mit Klebeband.

Ratio und Reactio

Nun ist es 21:20 Uhr. Gerade ist auch noch der dritte Turm eingestürzt. Es sah aus, als wäre das Gebäude so konstruiert worden, dass es auf engstem Raum zusammenfallen konnte..

Ich fragte mich zuerst, wo da der Bezug zu mir stecken könnte. Also fragte ich meinen Freund.

„Sag mal, Winnie. Wenn wie doch die beiden Türme des World Trade Centers waren, wofür steht dann wohl das WTC 7, das gerade eingestürzt ist?"

Ich nahm die Fernbedienung und stellte den Ton lauter.

„Was willst du von mir!", brüllte Winnie. Ich schob ihm so heftig die Pistole in den Mund, dass ich spürte, wie ein Zahn abbrach.

„Es geht hier nicht darum, was ich will, es geht darum, was du getan hast. Du hast mein Leben zerstört, weil dein eigenes nichts wert war. Und erst recht jetzt, würde ich an deiner Stelle keinen mickrigen Pfennig darauf verwetten. Auch wenn du gerne spielst, hier verlierst du."

Ich spannte den Hahn, zog aber direkt die Pistole raus. Winnie legte sein Kinn an die Brust und fing an zu heulen. Unter dem Stuhl tropfte es, als er anfing, sich einzunässen.

Ich ging um ihn herum, um dem Urin auszuweichen, der sich wie ein gelber, giftiger Fluss über die schwarz-weißen Fliesen auf mich zu bewegte. Ich hielt ihm die Pistole an den Hinterkopf.

Das Ende war nur noch 2mm entfernt. Ich musste nur noch abdrücken. Wenn Jakobi mich erst einmal in seinen Fingern hätte, würde er mir den Rest geben. Dann hätte ich auch meinen Frieden gefunden.

Ich hörte ein Geräusch und blickte auf.

Da stand Dusán in der Küche und sah mich an.

„Dusán? Was machst du hier?"

Noch immer hielt ich den Revolver an den Kopf dieses zitternden und schluchzenden Wracks, das einmal mein Freund gewesen war.

„Nicht ich mache hier etwas. Du bist es, der etwas macht: einen schweren Fehler. Ich hatte so gehofft, du hättest mich verstanden, als wir zusammen aßen und sprachen. Dann sagte mir Aurel, dass du gerne in diese Wohnung hier wolltest. Da wurde mir klar, dass du nun begriffen hast, was du bisher nicht sehen wolltest."

„Dusán, komm mir bitte nicht in die Quere! Das hier ist meine Angelegenheit."

„Während die ganze Welt vor Entsetzen den Einsturz des amerikanischen Traums beobachtet, bemerkst du gerade erst die Trümmer deines Lebens. Aber ich bitte dich: Räum die Trümmer weg und fang von vorne an. Ich werde dir zur Seite stehen."

„Wozu? Dusán! Wozu? Ich bin ein entstellter Freak, und vor mir sitzt das Arschloch, das an allem schuld ist. An dem Tod meiner Frau, meiner Monstervisage, dem Verlust meines Vermögens, meines Heims, und sogar mein Kind ist von ihm. Er hat auf meinen wahren Freund geschossen, und selbst den werde ich an den Krebs verlieren. Dusán, ich möchte nur noch eins vom Leben: meine Rache."

„Dann sollte Winfried nun lachen. Denn das bedeutet seinen Triumph am Ende. Denn dann hat er es geschafft: Er hat dich besiegt. Zugrunde gerichtet. Vielleicht bist du doch nicht so tapfer, wie ich geglaubt habe. Ich lasse dich nun allein. Falls du nicht geschnappt wirst - skrupellose Killer kann ich immer gebrauchen. Viel Glück."

Dusán drehte sich um, und der Anblick seines Rückens weckte in mir plötzlich Angst.

„Dusán! Warte mal." Ich steckte die Pistole weg. Dusán blieb einfach nur stehen. Ein kleiner Mann von gedrungener Statur. Fast dicklich. Trotzdem genauso Volksheld wie Verbrecher. Trotzdem ehrenhafter als jeder Politiker. Etwa auch ein Freund?

„Dusán. Was soll ich tun?"

Endlich drehte er sich um und lächelte sogar.

„Ich dachte schon, du würdest nie fragen, Michael. Ganz einfach: Gib ihn mir. Geh nach Hause. Dann kümmere dich um deine Tochter. Sei Jonny ein guter Freund in den letzten Tagen, die ihm bleiben, und halte das Versprechen, das du ihm gabst. Triff dich mit Frauen und lass dich im Namen deines verdammten Gottes von der Jakova operieren. Ich zahle das."

Wir standen da und ich merkte, wie ich rot wurde. Dusán konfrontierte mich mit etwas, das mir fast fremd erschien.

Er machte mich verantwortlich.

„Also, mein Freund Michael. Dort ist die Tür. Wirst du nun gehen und tun, was du tun musst?"

Ich dachte an Sabrina und auch an Vanessa. Ich dachte an Jonny und an [...] ich dachte auch an Karl Westkötter, der mich in der Hand hatte, wie einst die genmaschine, die mich beatmete, als ich im Koma lag.

Egal, ob es Sinn ergab, was ich tat. Ich wollte Autonomie. Nicht mehr länger der Spielball anderer sein.

Ich wollte bestimmen, wie das Spiel der Schicksalsschergen zu Ende ging.

„Nein", sagte ich und richtete wieder die Pistole auf Winnie.

Da trat Dusán einen Schritt vor. Blitzschnell zog er sein Messer und durchtrennte Winnie die Kehle.

„Mal gespannt, wie Jakobi das hier geradebiegt. Nun gibt es für dich hier nichts mehr zu tun. Lass uns gehen, Michael."

Dusán zog mich sanft am Arm hinaus aus der Küche.

Hinaus aus der Wohnung eines Verräters.

Zurück in mein Leben.

Übrigens

Wer mich kennt, weiß, dass ich in diesem Buch viele autobiografische Erlebnisse ein-fließen ließ.

Aber davon abgesehen lagen mir vor allem zwei Sachen am Herzen:

Aufzuzeigen, dass die Dinge oft nicht das sind, was sie scheinen.

Alles hat stets mehrere Perspektiven, die zu beachten sich lohnt.

Und ich finde, es gibt heutzutage zu wenig Menschen, die eine eigene Überzeugung besitzen, und noch viel weniger handeln auch danach.

Versucht, Euch selbst treu zu bleiben und steht zu Euren Leuten.

Aber seid nicht sparsam mit Konsequenzen, wenn sie nötig sind.

Egal wie hoch er auch ist, jeder Turm kann irgendwann einstürzen. Retten kann man sich nur in der Gegenwart. Mach deinen Frieden mit der Vergangenheit.

Danke an alle meine Freunde, vor allem dafür, dass sie selbst Fehler machen und mir meine verzeihen.

Und Dank an meine alte Heimatstadt Wuppertal für die Inspiration zu diesem Buch.

Danke an meine Lektorin Susanne Pavlovic und an meinen Verleger Danilo Schrei-ter.

Tom Fuhrmann 2014

Back to Back

Im Showgeschäft wird der Begriff back to back verwendet, wenn dieselbe Veranstaltung an mehreren aufeinanderfolgenden Tagen in verschiedenen Städten stattfindet. Die deutsche Übersetzung Rücken an Rücken steht aber auch für die unerschütterliche Freundschaft zwischen dem Toningenieur Chris Mücke und Esteban Gomez, einem ehemaligen Söldner. Mücke findet zufällig eine teure Uhr. Zwei Tage später ist er mit seinem Freund Esteban auf der Flucht, bis sie entscheiden, dass Angriff nicht nur die beste Verteidigung ist, sondern auch der letzte Ausweg. Vom geheimnisvollen Dubai über die Straße des Rock 'n' Roll bis in Englands größtes Fernsehstudio führt die blutige Spur der beiden zu einem Ende, mit dem keiner gerechnet hätte.

Tom Fuhrmann
Back to Back
ISBN: 978-3941139-08-4
Softcover, 148 Seiten
Preis: 12,00 Euro